作者简介

庄若江　江南大学教授，研究生导师，江南文化与影视研究中心主任，无锡市作协副主席，吴地文化研究专家。著有《说吴》《城市文化》《吴文化内涵的现代解读》《工商脉动与城市文化》《无锡望族》《台湾女作家散文论稿》等著作；主编著作《创业文化与地域经济发展》《江南学人文丛》《创意城市蓝皮书·无锡卷(2013)》《无锡文艺评论集》《悦读无锡》（丛书）、《荡口古镇》（丛书）等，发表论文130余篇，另有文学创作《坐看云起》《江南望族》《中华酒歌》《江南文脉》等。

本书系江南大学重点资助课题《江南文化艺术及其当代价值研究》成果之一，课题编号：2015JDZD09

国民阅读经典

庄若江 著

江南诗性
文化的
多元解读

魂牵梦绕的美丽江南

历史学家说她"悠久" ◇ 地理学家说她"温润" ◇ 语言学家界定她的关键词是"吴语"

气象学家总结她的气候特征叫"梅雨" ◇ 而美学家们对她的评价是"诗性"

中国文史出版社

图书在版编目（CIP）数据

江南诗性文化的多元解读 / 庄若江著.—北京：
中国文史出版社，2016.12
ISBN 978-7-5034-8772-9

Ⅰ.①江…　Ⅱ.①庄…　Ⅲ.①诗歌研究—中国
Ⅳ.①I207.22

中国版本图书馆 CIP 数据核字（2016）第 320586 号

责任编辑：李晓薇

出版发行：中国文史出版社
网　　址：www.chinawenshi.net
社　　址：北京市西城区太平桥大街 23 号　邮编：100811
电　　话：010-66173572　66168268　66192736（发行部）
传　　真：010-66192703
印　　装：北京天正元印务有限公司
经　　销：全国新华书店
开　　本：710mm×1000mm　1/16
印　　张：15.5
字　　数：215 千字
版　　次：2017 年 3 月北京第 1 版
印　　次：2017 年 3 月第 1 次印刷
定　　价：68.00 元

桥外有桥
橹声迢迢
寺外有寺
钟声悠悠
风景待人欣赏
文化待人研究

余光中敬题
癸巳年立冬

自　序

有一首关于江南的歌，这样唱道：

如果你来江南

请备好一把油纸伞

那吴侬软语会化成雨

淋湿你的心

不肯说再见

有一首绿雨中的诗

低吟着小桥流水　碧螺春讯

二泉映月　台城柳烟

啊　江南　永远的江南

让你化作一片云

飘过天目湖　洞庭山　果林茶园

如果你来江南

请千万别踏上小船

那清渠如网会织成湖

缠住你的心

让你永流连

有一支划过千年的桨

带你去周庄古镇　华西新村

江中绿岛　金陵城垣

啊　永远的江南

让你变成一轮月

融进太湖水　运河船　幽幽青山

江南　永远的江南

魂牵梦绕的美丽江南

　　江南之美，江南之魅，只有生活在江南的人自己知道。早就想写这样一本关于江南的书，不是纯理论，但有研究和思考，有自己的解读和观点；也不是纯粹的散文，又带着些许的诗情和画意。一向认为，江南文化的学术之旅，应该是一场令人愉悦的美的旅行，没有那么多刻板和生硬，没有外来的强迫与压力，也并不虚幻和缥缈，更贴合于任何学术追求真谛的本性。

　　任何单调乏味的文字，都会辜负了江南。所以一开篇就这样甚至有些任性地盛赞了江南：

　　　　在华夏民族的生息区域，这是一片神奇而充满魔力的板块。历史学家说她"悠久"，地理学家说她"温润"，语言学家界定她的关键词是"吴语"，气象学家总结她的气候特征叫"梅雨"，而美学家们对她的评价是"诗性"。在经济学家看来，她是"富庶"与"繁华"的代名词，而在文学家、艺术家们的眼里，她就是诗词歌赋，就是画山绣水，就是说不完也道不尽的风花雪月。在历代统治者眼里，她是朝廷源源不断的财赋，是"苏湖熟，天下足"的大粮仓，而在平民百姓的心目中，她则是人世间独一无二、无可比拟的宜居天堂。她的名字，叫"江南"。

　　江南文化是在吴越文化的基础上，经过长期的吸纳融合，取舍扬弃之后，逐渐发展起来的诗性特色极为鲜明的区域文化。作为中国诗性文化的半壁江山，这种诗性特质超越了禁锢人性、实用主义和功利主义的精神桎梏，成为中华民族舒解心灵与诗意栖居的内在追求的动力，它使人们的生活更人性化，也更具趣味和意义。江南，在为我们营造了无比旖旎的自然风光之外，也赋予历代文人墨客以无限的灵感与遐想。

　　江南的灵山秀水，江南的多彩文化，那些文化的丰富内涵，那些内涵独有的特色，还有那些在历史上结缘江南、邂逅江南的人物……，无论散文随笔，还是论文著述，零零星星、吉光片羽、琐琐屑屑、雪泥鸿爪其实一直在我的笔端游走，数十年来已成为一个生命中挥之不去的情结，只是并未形成一个系统的架构。

　　这些年，研究的动力全然发乎于内心，探究的轨迹也十分清晰，从城市文化，到吴地文化，再到江南文化，后面的脚印覆盖了前面的足迹，但内在维系，环环相扣，由浅入深，由散乱而变得系统；江南的形象也由模糊而清晰，由感性而知性。于是，"写一部好看的、比较系统的江南的书"成为一个挥之不去的念头，这个念头在日复一日的忙碌中每每沉沦隐去，但每到一定的季节就又会被唤醒：每当踏春于鼋头渚，登鹿顶，临太湖，沉醉于春涛卷雪般的如云樱花，或是游走于桃红柳绿、草长莺飞的蠡湖堤岸，怀想当年范蠡西施泛舟五湖的传说，抑或是在早春时节捷足先登一窥疏影横斜暗香浮动的梅园，尤其是在万里清秋的日子里，在惠山脚下汩汩千年的二泉旁聆泉品茗，与670多岁高龄的老银杏低语相拥，或踏进康熙、乾隆每下江南必要驻跸的寄畅园，内心总会涌出要写点什么的冲动。更不消说，在姑苏的七里山塘，看船娘腰肢舒展摇起满塘的涟漪，在网师园听评弹艺人轻启朱唇吟唱"月落乌啼霜满天"，在杭州西子湖畔的苏小小墓旁遥想旧时佳人的浪漫情愫，在断桥边感受那些早已风流云散的"三生石上旧精魂"了。正如有人说的那样,"这真是一片特别能招惹浪漫情怀,特别能撩拨起闲情逸致,甚至是几分荒凉心的土地"。

2008年,在一个特殊的背景下,我策划并主撰了大型人文纪录片《说吴》,虽历经波折与艰辛,但与央视新影视中心的编导们合作得十分愉快。2009年6月片子在央视"探索发现"栏目首播后获得很大社会反响,2010年元旦CCTV纪录频道开播的第一天,这部片子又被选为首日播出片,后来又远播海外多个国家频道。在朋友们的怂恿下,我将原先八集的纪录片解说词进行了修改扩容,出版了同名图书《说吴》,居然销售极好,书店、网上很快销售一空,并获得了2010年度"全国优秀(古籍通俗类)图书奖"。一段时间内,我不断接到电话和书信询问书哪里有卖,这让我忽然意识到竟然这世界有那么多人和我一样深爱这片土地,深爱这里的文化。

2014年11月,江苏省电视总台计划拍摄一部名为《江南文脉》的系列纪录片,省委宣传部还将其列入了"五个一工程"重点项目,但一直找不到合适的撰稿人,多方打听之下找到了我。本来以为那一次的南京之行,只不过是充任一个顾问的角色,只需将想法心得与编导做个沟通交流,殊不知最后片子的撰稿任务竟然又落到了自己的头上。12月签约之后,要求5个月时间完成。尽管长期研究地域文化有了不少感悟,尽管担任江南文化与影视研究中心主任的虚职,尽管头上有几个文化研究会会长、副会长的顶戴,尽管写过无数关于江南文化的零星文字,但是,要完成这样一部系统、完整、宏大的叙事构架,又要在浩瀚的资料堆里筛选、淘洗出可以用镜头来加以表现的内容,尤其是必须准确无误地提炼出江南文化的特质,这一切,对我而言压力仍然巨大。

十五个篇章,是当下纪录片少见的宏大叙事构架,感性与知性的交织,言简意赅的表达,具有镜头感表现力的文字,是纪录片的基本要求，要做到并不容易。而且明知道即使是纪录片也要躬身俯就观众，我内心想要表达的东西未必能在片中得以完整呈现，明知道今天浮躁的市场更喜欢缤纷抢眼的花段子，明知道纪录片制作者也不得不媚俗，明知道有些挚爱的内容即使写了也不一定会拍，虽然有许多个"明知道"，但我还是接受了任务，我想至少自己有机会在文字中传达、呈现我的所思所想，至少有机会去尝试希冀企及的思想高度和审美高度，至少对有着江南情结的我而言，可以借助这一外来的任务，逼迫自己在一个较短的时间里完成心中久已有之的"江南"书写夙愿。

此后的五个月里，埋头资料，不惜牺牲视力和颈椎的健康，放弃所有的节假日和休息日，在不辨晨昏的节奏中终于从混沌走向清晰，从杂乱走向系统，在不断地审思搭建、推倒重来、修改再修改中逐渐形成了一个较为完整的"江南诗性文化"解读体系。虽然，有遗憾、有不足、有遗漏，虽然还有一些零星的感悟未能编织进这个架构之中但终于有了一个完整的模样，我为此而感到欣喜和释然。

纪录片解说词是一种特殊的文体，对文字有着严苛的要求，既要有学术论文般的严谨和思想闪光，也要有鲜活的形象性可读性、甚至可听性，更重要的是要具有镜头可以表现的视觉内容，不可独立或游离于片子之外。那时的想法真如余光中先生说的那样，"真想在中国文学的风火炉中，练出一颗丹来。……我尝试着把中国的文字压缩、槌扁、拉长、磨利，把它拆开又拼拢，折来且迭去"，这于我显然是做不到的，但却是我写作时的心情。余先生所追求的那种"有声、有色、有光、有木箫的甜味和釜形大鼓骚响的"散文世界倒更像是为纪录片解说词所定位的文字风格。

应该承认，解说词的这种对文字的特殊要求，很大程度锻炼打磨了我的文笔，至少让自己的文字不至于枯涩无味。因此，在写作《江南诗性文化的多元解读》这本书时，虽然与解说词不同，加入了一些论证性的阐述，但是我还是延续了颇受欢迎的《说吴》一书的风格，尽可能深入浅出、兼顾雅俗地去表达，尽可能摒弃枯涩而采取丰润诗意的文笔，尽可能在有限的篇幅中表现更多的情思。不过，在出书之前，因为纪录片的15集内容并不能完全对应本书的主题，所以最后还是割去5篇，只留10篇，宁缺毋滥。

前两年，我邀请余光中先生为我负责编辑的刊物《江南文化》和主编的《江南学人文丛书》题几句话，收到后分外欣喜，因为余先生寥寥几句正点到了要害，说出了我心里的话："桥外有桥，橹声迢迢；寺外有寺，钟声悠悠；风景待人欣赏，文化待人研究。"先生说得太好了，江南的迷人之处并非只有自然风景，梦入烟水、画船听雨的后面，还有悠远而厚重的人文，有多少风景让我们品咂不够，更有多少灿烂的文化留待我们潜心研究。故而敬置于书前，作为全书的主旨。

2016 年 10 月 10 日于江南大学

目　录
CONTENTS

第一章

何处江南

——江南的地域界定与文化特质

在华夏民族的生息区域，这是一片神奇而充满魔力的板块。

历史学家说她"悠久"，地理学家说她"温润"，语言学家界定她的关键词是"吴语"，气象学家总结她的气候特征叫"梅雨"，而美学家们对她的评价是"诗性"。在经济学家看来，她是"富庶"与"繁华"的代名词，而在文学家、艺术家们的眼里，她就是诗词歌赋，就是画山绣水，就是说不完也道不尽的风花雪月。在历代统治者眼里，她是朝廷源源不断的财赋，是"苏湖熟，天下足"的大粮仓，而在平民百姓的心目中，她则是人世间独一无二、无可比拟的宜居"天堂"。

她的名字，叫"江南"。

一

"西洲在何处？两桨桥头渡"，华夏大地又有哪里能像江南这样激发出诗人如此之多的想象空间和浪漫情愫？诗性，灵动，智慧，昌明，膏馥，富庶，旖旎，温婉，精致，秀丽，淑灵，风雅，浪漫……，又有哪里能够当得起如此之多的美誉？

词人柳永用"东南形胜，三吴都会，钱塘自古繁华。烟柳画桥，风帘翠幕，参差十万人家。云树绕堤沙。怒涛卷霜雪，天堑无涯。市列珠玑，户盈罗绮，竞豪奢。重湖叠清佳，有三秋桂子，十里荷花…… "
赞美了杭
州。诗人
白居易则
用 " 黄
鹂巷口莺
欲语，乌
鹊河头冰
欲销。绿
浪东西南
北水，红

杭州西溪湿地一角

栏三百九十桥。鸳鸯荡漾双双翅，杨柳交加万万条。借问春风来早晚，
只从前日到今朝" 赞美了苏州。而他的那首脍炙人口的《江南好》更
成为赞美江南的千古绝唱，"江南好，风景旧曾谙。日出江花红胜火，
春来江水绿如蓝，能不忆江南？江南忆，最忆是杭州。山寺月中寻桂
子，郡亭枕上看潮头。何日更重游？"

"苏杭"作为"江南"的"双璧"城市，成为人们心目中"江
南"的指代。这自然是因为苏杭二州，在中国古代中晚唐以后代表
了江南城乡发展的最高水平，是人口最多也最繁华富丽的地方，以
至于成为人们心目中"江南"的最具代表性的指征。加上唐宋诗文
中大量对"江南美"的描摹、追思、怀念，大多集中于苏杭二州。
尤其是白居易、苏东坡、柳永等诗词骚客的吟咏之作传遍天下，契
合了唐宋以来文人墨客浓重的"江南情结"，于是"江南"便被浓
缩成了"苏杭"。事实上，江南远不止只有苏杭二州。

那么，历朝历代诗人词人笔下那个美不胜收的"江南"，究竟有
多大？边界在哪里？江南的版图究竟是怎样的轮廓？历朝历代人心
中划定的江南，又有着怎样的变化？

"江南"一词，出现在早期先秦及秦汉典籍中时，还是一个模糊宽泛的概

无锡梅园初春景色

念。《左传》昭公三年有"王以田江南之梦"的记载。这里的"江"，指长江；"梦"指的是云梦泽——春秋战国时期楚王的游猎区，大致包括了洞庭湖、长江中游南北的湖南、湖北一带。《尔雅·释山第十一》："河南，华。河西，岳。河东，岱。河北，恒。江南，衡。"这里的"江南，衡"以绵亘于湖南衡阳、湘潭一带的衡山为标志。

《史记·秦本纪》记载了"秦昭襄王三十年，蜀守若伐楚，取巫郡，及江南为黔中郡。"《五帝本纪》也载舜"南巡狩，崩于苍梧之野，葬于江南九疑，是为零陵。"《秦楚之际月表》记述了秦灭亡之后，项羽将楚义帝"徙都江南郴"。秦代时的黔中郡，即今天的湖南西部地区。九嶷山，又名苍梧山，位于湖南南部与广东、江西交界的南岭山脉。郴即今湖南南部的郴州。《史记·货殖列传》云："衡山、九江、江南豫章、长沙，是南楚也。"《史记·越王勾践世家》载："江南、泗上不足以待越矣。"这里的江南，指春秋时期楚国东部的洪、饶等；泗上，指徐州，则是当时楚国的北境。二境并与越邻。同卷载楚威王兴兵大败越"越以此散，诸族子争立，或为

王，或为君，滨於江南海上。"具体地点在浙江台州临海。显然，从先秦到西汉，"江南"并非某地的专指，而是包括长江以南、南岭以北，湖南、江西及湖北的长江以南的广大区域。

东汉时，人们还把荆襄之地称为江南。王逸的《楚辞章句》："襄王迁屈原于江南，在江湘之间。"这里的江南干脆把跨长江南北的荆州和襄阳也囊括了进去。东汉袁康、吴平辑录的《越绝书》，记载了越王勾践为吴所败后，听从计倪的强国富民之论，"乃著其法，治牧江南，七年而禽吴也。"这里的江南，所指应为吴越两国的分界线钱塘江。

魏晋南北朝时期，江南的概念，已向东扩展延伸到了今江浙一带。永嘉南渡，南朝偏安江左，"江南"概念在指称长江中下游以南地区的同时，也越来越多代指南方诸朝廷，尤其是以建康为中心的吴越地区。《晋书》卷二十三有"吴歌杂曲，并出江南。"《南齐书》卷五十二载吴人丘灵鞠语云："江南地方数千里，士子风流，皆出其中。"《晋书》卷五十七载北魏孝文帝称赞南朝人物云："江南有好臣。"丘迟的《与陈伯之书》中更有名句"暮春三月，江南草长，杂花生树，群莺乱飞。"

历史上，第一次明确以行政区划圈定"江南"的范畴，则是在初唐时期。贞观元年，朝廷将全国州郡分为十道，以长江中下游以南、南岭以北为主要区域设立了一个行政区划——江南道。据《唐六典》载，江南道辖"凡五十有一州"，相当于今浙、闽、赣、湘等省及苏、皖南部和鄂、蜀、黔的部分地区，地域十分广袤。

唐玄宗时期，把江南道拆分成了江南东道、江南西道和黔中道三个板块。这之后，江南西道又再次被一分为二，西为湖南道，东仍叫江南西道。虽然，这些行政举措还并未能够真正统一"江南"的概念。长江以北的许多地方也被叫作"江南"，譬如，汉江西南、长江以北的荆州、襄樊、江陵等古代楚国的旧地仍然被习惯地称为

"江南"。不过，此举却开始了江南的范围从北向南压缩的进程。

正是这一次的行政区划开始了江南区域的自西向东浓缩的历史进程。从南北朝庾信伤悼梁朝灭亡、哀叹个人身世的《哀江南赋》，到清初孔尚任反映亡国之痛的历史剧《桃花扇》中的"哀江南"，都清楚地昭示了这样一个信息：江南已经从两湖地区浓缩到了今天的环太湖流域，即苏南浙北一带。

历史上，由于不同时期的行政区划的变化，"江南"在地理范畴上屡有变化。对"江南"的界定，在学术界也形成了不尽相同的观点。但总体上，人们比较认可"江南经历了一个由西向东、由北向南逐渐推进和压缩的过程。"文化地理学家周振鹤先生认为：江南作为一个地域的古今演变，经历了一个"先扩后缩"、"由大而小"、从北向东南推进的变化过程。秦汉之际，"江南"指的是长江中游的南部，即所谓"荆楚湘江"之地，大致是今天的湖南、湖北地区。①正因此，楚大夫屈原的《九章》中，才会出现"目极千里兮伤春心，魂兮归来哀江南"这样的凄楚诗句。

景遐东博士认为："江南"概念的清晰确切的内涵开始形成，是在江南东西道区域范围的基础上形成的。他列举了唐人对"江南"一词的许多使用情况，如张鷟《朝野佥载》卷三："浮休子曾于江南洪州停数日，遂闻土人何婆善琵琶卜，与同行郭司法质焉。"岑参《春梦》："洞房昨夜春风起，故人尚隔湘江水。枕上片时春梦中，行尽江南数千里。"② 李白《赠别舍人弟台卿之江南》："因为洞庭叶，飘落之潇湘。"③ 杜甫《江南逢李龟年》："正是江南好风景，落

---

① 周振鹤主编《中国历史文化区域研究》上海复旦大学出版社 1997 年版。周振鹤、张晓虹、张伟然、卢云、康健、胡阿祥等撰稿。
② 见《全唐诗》卷 201。
③ 见《全唐诗》卷 171。

花时节又逢君。"① 贾至《巴陵寄李二户部、张十四礼部》:"江南春草初幂幂,愁杀江南独愁客。"② 白居易《南湖早春》:"不道江南春不好,年年衰病减心情。"③,从这些诗句看,洪州、湘江、洞庭、潇湘等都被称为江南。

中唐以后,唐人心目中的"江南"往往更多与吴越之地相维系。如刘希夷《江南曲八首》:"忆昔江南年盛时,平生怨在长洲曲。"④ 沈颂《送人还吴》:"送君江南去,秋醉洛阳酒。"⑤ 李白《留别曹南群官之江南》:"淮水帝王州,金陵绕丹阳。"⑥ 孙逖《春日留别》:"越国山川看渐无,可怜愁思江南树。"⑦ 陆羽《游惠山寺记》:"江南山浅土薄,不自流水,而此山泉源滂注崖谷下,溉田十余亩。"⑧

郑学檬先生也指出:"从诗中描绘的内容看,可以扩大到浙西,即当时通称的江南地区,包括润、常、苏、湖、杭、睦、越、明、台等州。"⑨ 在白居易晚年的诗文中,"江南"已多集中指苏州、杭州为中心的江南东道地区了。比如,《忆江南》及《看浑家牡丹花戏赠李二十》:"人人散后君须看,归到江南无此花。"李二十,指无锡人李绅,中唐以前牡丹不产于南方,所以白居易调侃江南人李绅,让他多看看北方牡丹,回乡后就见不到了。再如《池边即事》:"氍帐胡琴出塞声曲,兰塘越棹弄潮声。何言此处同风月,蓟北江南万里情。"《寄殷协律》:"吴娘萧萧暮雨曲,自别江南更不闻。"也

---

① 见《全唐诗》卷232。
② 见《全唐诗》卷235。
③ 见《白居易全集》卷17。
④ 见《全唐诗》卷19。
⑤ 见《全唐诗》卷202。
⑥ 见《全唐诗》卷174。
⑦ 见《全唐诗》卷118。
⑧ 见《全唐文》卷433。
⑨ 郑学檬:《从〈状江南〉组诗看唐代江南的生态环境》,见《唐研究》第一卷,北京大学出版社1995年版。

一眼便知所云吴地之江南。中唐以后,"江南"越来越多被用于指称长江下游以南的吴越地区,与后来的狭义"江南"概念已基本一致。因为长江在下游芜湖至南京段为西南东北走向,此处长江的两岸就变成了东西岸,因此,唐人也常用"江东"指称江南。如李白万年流落于金陵和宣城时所作《江南春怀》:"天涯失乡路,江外老华发。"

景遐东博士总结说,"江南文化是在春秋战国时期吴越文化的基础之上,经过长期的吸收融合取舍发展起来的重要区域文化。作为南方长江下游的区域文化,她的边界虽然是模糊的,其中心则是太湖、钱塘江流域周围的地区,向南辐射到浙江南部的瓯越,向西辐射至皖南。"[1]

在诸多研究者对"江南"的界定中,李伯重先生的"八府一州说"受到一致认可。所谓"八府一州",是指明清时期的苏州府、松江府、常州府、润州(镇江)府、应天(江宁)府、杭州府、嘉兴府、湖州府,以及从苏州府辖区内划出来的太仓州。李伯重认为"这一地区亦称长江三角洲或太湖流域,总面积大约4.3万平方公里,在地理、水文、自然生态以及经济联系等方面形成了一个整体,从而构成了一个比较完整的经济区。"[2]

当然,此前已有人提出过"江南六府"之说,这"六府"指的是苏州府、常州府(含无锡)、湖州府、杭州府、淞江府和嘉兴府,这些地区在唐宋以后经济的发展繁荣已在全国获得了独一无二的地位,因而备受国家倚重。嘉靖年间嘉兴府海盐县人郑晓,在他的著作《今言》中,就是以上述地区来界定江南的。当时,朝廷甚至有

[1] 景遐东:《唐前江南概念的演变与江南文化的形成》,沙洋师范高等专科学校学报,2008年2期。
[2] 李伯重:《多视角看江南经济史》,三联书店2003年版,第448-449页。

人建议在最富庶的苏南浙西北地区设立专门的行政区，并置督抚专治，将其称为"江南腹心"。因为镇江南京一带，靠近苏常又地处长江以南，经济也相对较好，后来被归入江南也理所应当。此后，由于行政区划的变化，江南的版图也有所变化，但"八府一州"作为江南的核心区却始终如一，再也不曾改变。正如学者梅新林所指出："尽管江南区域版图常常处于游动之中，但其核心区域在长江下游的三角洲地区，这一点从来也不曾改变。"①

核心区域确定后，变化调整也还是有的。比如，后来在"八府"之外又加上了明州（宁波）府、绍兴府，形成了"江南十府"之说。再后来，更有人将自然环境、生产方式、生活方式基本一致的扬州、徽州以及南通的一些地区也纳入到江南地带，形成了所谓"十二府"的"大江南"的概念，从而构成了由长江下游、大运河、太湖以及由新安江、钱塘江、杭州湾水系构成的文化地域。因此，对近世江南文化进行细分后，在这一区域的文化除吴越文化之外，至少还有金陵文化、淮扬文化、徽文化等亚文化状态。

地处江北的扬州，因为武德三年唐在上元（今南京）置扬州，曾一度统领长江以南的金陵、句容、丹阳、溧水、延陵、溧阳等县，所以历史上也把实际上并不在江南的扬州（六朝时的广陵）归入江南。事实上，最早的"江南"恰恰是以扬州作为标志的。早在隋朝，年轻的隋炀帝南巡时就曾写过《江南好》的诗词，那大概是在诗歌史上最早出现的"江南"。唐代诗人杜牧在《咏扬州》一诗中也写道："青山隐隐水迢迢，秋尽江南草未凋。二十四桥明月夜，玉人何处教吹箫?"由此看来，长江这道天堑早就不是划定江南的唯一边界了。

---

① 梅新林《剑与箫：江南文化精神的二重演绎》，《中国社会科学报》，2011年7月12日版。

二

研究方言的学者们，主要站在语言学的角度去考察长江中下游以南的南方方言区，他们认为，"方言"是判定是否江南的一个重要依据。这样，同操吴语的苏南浙江包括上海，自然是江南的核心区域。当然，这种划分并不十分严格，因为晋室南渡、安史之乱、宋廷南迁而导致的三次北方贵族、世家、民众的大规模南渡，以及太平天国战乱导致的大移民，使得这一地区的语言也不断在发生着变化。

地理学家一向以长江划界，而在气象学家眼里的江南，却越过了长江直抵淮河，那么，他们的依据又是什么呢？当代地理学家林之光认为：淮河以南、南岭以北、湖北宜昌以东的大片地区都是可以划入"江南"的。他的依据是，这一区域在气候上有一个共同的特征，那就是"梅雨"。他认为，有梅雨的地方都是江南。① 梅雨出现在江南地区的春夏之交，气象学家的解释是：梅雨是每年六七月份出现的持续阴雨的气候现象，由于此时正是江南梅子的成熟期，故称其为"梅雨"，这段时间便被称作"梅雨季节"，民间也称"黄梅天"。

然而，地理学家、气象学家们划定的"江南"，显然并不是大众心中的江南。每当人们说起"江南"二字的时候，她早就从一个普通名词变成了一个特指的专有名词。事实上，"江南"既是一个地理的概念，又不仅仅是一个地理的概念。"江南"更多是一块由民意划出的地域，寄托了人们对美好、富裕、精致、诗意生活的无限向往。自古，这里就是世家望族、文人墨客们心仪的理想家园，气候温润，富庶安逸，景色如画，小桥流水，曲径通幽，在这里退可以独善其身，达亦能兼济天下。

---

① 林之光：《中国的气候及其极值》，商务印书馆1995年版。

不知从何时起，"上有天堂，下有苏杭"这句话便流布于全国各地，简单而直白地道出了国人对于"江南"的天堂情结。在这个意义上，江南就是人们心中的"理想国"，就是美好的"乌托邦"，就是众人心中的"桃花源"。她寄托了古往今来人们对于美好生活的全部梦想。没有特别的宣扬，也无须刻意的粉饰，在这场无意间形成的地区选美大赛中，被众人推举出来的这一朵"国花"，无疑就是"江南"了。

三

江南，这片充满魔力的土地，在样貌和精神上有着自己独有的特质。"美"与"富"似乎是最不争的事实，江南不仅是"山泽淑灵"，且为"东南财赋"之地，更重要的是因为"美"与"富"带来的"人文蔚起"。康熙在首度南巡之后写下的"东南财赋地，江左文人薮"的诗句，清晰地道出了江南给这位皇上留下的深刻印象。显然，在康熙眼里江南不仅物产丰饶，而且人文昌明、才俊辈出。从晋朝流传的民谣"永嘉世，九州空；余吴土，盛且丰"，到唐宋时人人能吟的"苏湖熟天下足"，自古以来，江南就一直是经济繁盛、人杰地灵的代名词。自东晋开始中国经济文化重心南移，到唐代中期时江南已成为朝廷最倚重的产粮基地，为朝廷源源不断提供着支撑整个国家的财赋与资源。

但仅仅用美丽富饶来形容江南还远远不够，在古代历史上，"江南文化的'诗眼'，使其与其他区域文化真正拉开距离的，诚实说却不在这两方面，而是在于，在江南文化中，还有一种更大限度地超越了儒家实用理性，代表着生命最高理想的审美自由精神。儒家最关心的是人在吃饱喝足以后的教化问题，如所谓的'驱之向善'，而对于生命最终'向何处去'，或者说心灵与精神的问题，基本没有触及。正是在这里，江南文化才超越了'讽诵之声不绝'的齐鲁文化，把中国文化精神提升到了一个新境界。"① 非常赞同刘士林教授的观点，在中国，谈江南文化，绝对离不开"诗性"问题，"只有解释了诗性与审美如何从实用文化中挣脱与解放出来"，才能真正读懂江南文化。他认为"在江南文化的历史中，有相当长的时间是没有江南精神的；只有经历了魏晋南北朝的时代的审美精神觉醒之后，江南民族才启动了从野蛮到文明、从本能到审美的升级程序，进入到一个全新版本并具有半壁文化江山的意义。"②

江南是诗性与艺术的指称，美不胜收的自然环境，不仅成为人们首选的宜居之地，也是"人生只合江南老"的人生愿景和"三生花草梦苏州"的精神寄托。江南的美是温山软水和宏阔气象的自如收放，有时恢宏繁复，如黄公望笔下的富春长卷，徐扬笔下的繁华姑苏；有时也很精致入微，如李流芳画里烟雨朦胧的横塘，戴望舒诗中淡烟疏雨的小巷。

与其他地域的文化不同，江南是一片具有十足审美意味的江南，雨打芭蕉，风叩门环，梅窗望月，曲水流觞，作为南朝文化的产物，充满了超越物质层面的诗性精神，造就了中国文化大系统中充满审美意味的文化板块。正如文化学者刘士林所指出的，"江南本身是南朝文化的产物，它直接开放出中国文化'草长莺飞'的审美春天，在其精神结构中，充溢的是一种不同于北方政治伦理精神的诗性审美气质，但由于它自身天然独特的物质基础与精神条件，因而才从自身创造出一种完全不同于前者的审美精神觉醒，它不仅奠定了南朝文化的精神根基，同时也奠定了整个江南文化的审美基调。"③

---

① 刘士林：《西洲在何处——江南文化的诗性叙事》，东方出版社 2005 年版，第 209 页。

② 刘士林：《江南文化精神》，上海大学出版社 2009 年版，第 7 页。

③ 刘士林：《江南文化的诗性阐释》之三《江南轴心期》，上海音乐学院出版社 2008 年版，第 32 页。

"正是在这样一种内在的精神历程之后，一种不同于北方道德愉悦，一种真正属于江南文化的诗性精神，才开始在血腥的历史风云中露出日后越来越美丽的容颜。……在它的精神结构中充溢的是一种不同于北方政治伦理精神的诗性审美气质。……使过于政治化的中国文明结构中出现了一种来自非功利的审美。"[①] 他进而认为，"如果说北方文化是中国现实世界最强有力的支柱，那么江南文化则构成了中国精神生活的脊梁。"[②]

从江南文化的内核去审视，可以发现这种审美的基调具有鲜明的双重性，一面是偏于感性、温润、恬淡、超脱的"诗性审美"，而另一面则是倡导经世致用、务实坚韧的"实用理性"，表面看二者似乎矛盾对立，然而却十分和谐地融于一体。这种文化传统所表现出来的各种维度——政治、经济、学术、宗教、文学艺术以及生活取向，都不同程度地折射出这种交错互融的"诗性审美"与"实用理性"的文化精神。因为诗性，所以浪漫精致婉约，因为经世致用，所以推动了经济的快速发展。

江南的文化是刚柔相济的文化。恰如最锐利坚韧的吴钩越剑和最柔软华丽的丝绸都产自江南一样，"刚"与"柔"的对立两极是如此自然、又如此恰到好处地交融于一体，令这种文化灵动鲜活，长袖善舞，进退自如，并能各取所长，各尽其用。梅新林教授用"剑"与"箫"来比喻江南文化所具有的刚柔两极性格。[③] 认为江南文化既有好剑轻死、血族复仇的尚武精神——"剑"的精神，也有柔婉悠扬的"箫"的气质。他在龚自珍的一系列诗中，发现了许多"剑"与"箫"的奇妙组合，比如《漫感》一诗："绝域从军计惘

---

① 刘士林：《江南文化精神》，上海大学出版社 2009 年版，第 7 - 8 页。
② 刘士林：《江南文化精神》，上海大学出版社 2009 年版，第 8 页。
③ 梅新林：《剑与箫：江南文化精神的二重演绎》，《中国社会科学报》，2011 年 7 月 12 日版。

然，东南幽恨满词笺。一箫一剑平生意，负尽狂名十五年。"诗歌表达了作者仗剑从戎、赋诗忧国而又难以有所作为的慷慨悲叹。他认为"剑"与"箫"是龚自珍许多诗词中的一对核心意象。如《湘月》一词中的"怨去吹箫，狂来说剑，两样销魂味"和《丑奴儿令》中的得"沉思十五年中事，才也纵横，泪也纵横，双负箫心与剑名。"再如《秋心三首》诗中的"气寒西北何人剑，声满东南几处箫"，《己亥杂诗》中的"少年击剑更吹箫，剑气箫心一例消"，以及《又忏心一首》中的"来何汹涌须挥剑，去尚缠绵可付箫"等等。与"剑"相连的是壮烈、阳刚、豪放、英气……，而与"箫"相连的则是灵性、柔美、温婉、缠绵……，二者一刚一柔，互为映衬，构成了江南文化对立而又和谐的文化个性。古诗中，"剑"常常被用来喻指"抱负"，如辛弃疾的"醉里挑灯看剑"，而"箫"常常用来喻指文心诗魂，由此构成了一组"壮怀报国之剑气"与"幽情赋诗之箫心"的奇妙文化意象。这种内"剑"外"箫"的文化性格，正是江南文化兼容并包、外柔内刚特质的鲜活比喻。

梅新林教授颇有创意地用内"剑"外"箫"的比喻，指陈了江南文化精神的共性特点。他还认为，从春秋时期到六朝时代，江南文化精神经历了一个逐渐从"剑"而"箫"的历史性的反转，在这个缓慢而深刻的转型过程中，也同时实现了内"剑"外"箫"的历史性重构。表面看，从"剑之刚"转变为"箫之柔"，是"箫"（柔）取代了"剑"（刚），实际上是一种"剑"的价值分化，是内"剑"外"箫"的精神重构。事实上，发源于远古吴越本土的"轻死易发""重剑轻死"的勇武精神作为文化原型和精神基因，依然在江南人的血脉中潜伏承传，从未中断。每当风暴来临、时局巨变，这种尚武文化的精神基因就会被迅速激活而迸发出耀眼的光辉，比如在后来经济改革探索中所表现出的胆气。

徐茂明教授对吴文化"外柔内刚"的特点，也曾有着精彩的阐释，他认为江南文化在儒雅外表之下隐含着更深沉更强烈的"刚"的文化性格——对文化事业的投入，对儒家"修身齐家治国平天下"理想的执着追求，在民族危亡之际表现出坚贞的民族气节，在政治腐败、国是日非年代的热情，在经济领域中的开拓进取精神，等等。① 回溯历史，暂且不论东林、复社文人群体的前仆后继、反抗专制的铮铮铁骨，即便如祝允明、文徵明、唐寅、张旭、冯梦龙等一应江南才子，也是放浪其外，傲骨其中，具有强烈的反传统、反权威的意识。尤其是在近代反清排满运动中，古越绍兴人蔡元培、章炳麟、徐锡麟、秋瑾、邹容等光复会中坚力量，所表现出的勇气和斗争方式，也隐约可以听到远古吴越尚武精神的回响。

有一种说法足以概括江南文化的品格，即所谓"如玉"的性格——温润其形，刚健其心。作为江南文化的代表，杭州的城市性格似乎是颇有说服力的佐证，这座美丽的城市兼有温婉飘逸和刚健沉郁的双重内蕴，晚明士人曾说杭州是一座兼具"红粉心"与"节侠气"的城市。与"水光潋滟晴方好，山色空蒙雨亦奇"相契合，浪漫传说中的白娘子、苏小小、冯小青们，不断涂抹着杭城文化婉约浪漫多情的一面，而岳王庙、于谦墓则带领人们去认识什么是江南的刚健不屈、方正豪放之风。

江南文化的魅力是伴随其成长、成熟而逐渐释放，并不断为人所认识与肯定的。江南所独有的自然和文化魅力，投射在华夏史册上，写满了北方士族的南迁之旅和"江南文化"的北漂轨迹。从西晋末年因"八王之乱""五胡乱华"引发的晋室南渡，到盛唐时因"安史之乱"八年战争造成的北人大举南迁，再到汴梁陷落、北宋徽宗、钦宗父子被掳的"靖康之难"而导致的包括赵构在内的皇室宗亲、世家臣民的迁徙大潮，华夏民族与文明历史上的每一次逃亡似

---

① 　徐茂明：《论吴文化的特征及其成因》，《学术月刊》1997 年第 8 期。

乎只有一个方向，就是江南。北方的豪门世家、大族小民因战乱而数度南迁多达数百万人，来了就再没有回头。另一方面，那些北方发展得较好或比较富裕的地区，被冠上了"塞北江南""塞外江南""邹鲁小江南"的称谓，唐宋以后国人对江南的由衷赞誉，也是"江南文化"影响不断突破地域阻碍、文化魅力不断延伸的结果。

四

江南的历史，脱胎于远古时期的勾吴古国。

位于无锡东部的鸿山西半坡，有一座大墓被称为"江南第一古墓"，墓主人就是被人们

无锡鸿山半坡的泰伯墓

奉为"开发江南第一人"的泰伯（太伯）。而鸿山西侧不远处的梅村，据说古代时被叫作"梅里"。梅里是泰伯奔吴之后的居住地，勾吴部落的好几代首领都居住于此，但人们仍习惯称其为"泰伯家"。

因为在太史公司马迁的《史记》中，记述勾吴古国缘起兴衰的《吴太伯世家》被列在了"世家"系列的第一篇，因此在泰伯陵墓的大门上镌有"世家第一"四个大字，国内史学界亦有"南方第一家"的说法。

在《吴太伯世家》这篇讲述近古吴国历史的传记中，大致可以追溯到江南的源头：

吴太伯，太伯弟仲雍，皆周太王之子，而王季历之兄

15

也。季历贤，而有圣子昌，太王欲立季历以及昌，於是太
伯、仲雍二人乃奔荆蛮，文身断发，示不可用，以避季历。
季历果立，是为王季，而昌为文王。太伯之奔荆蛮，自号
句吴。荆蛮义之，从而归之千馀家，立为吴太伯。

这段历史记载告诉我们，3200 年前，因为生活在周原①的周部
落的首领——周太王希望将王位传给最中意的第三代接班人姬昌，
于是就决定将王位先传给姬昌的父亲、他的第三个儿子——季历。
按照传位祖制，王位继承权非长子太伯莫属。但是，这位最有资格
继位的长子太伯毫无异议，在权衡了利弊之后，他主动放弃了王位
的继承权。并且，为了给三弟季历顺利继位铺平道路，他还带走了
同父同母的大弟仲雍。

《史记》中的周原，即西周故地，位于今天陕西宝鸡的岐山、扶
风一带。当时的"周"还只是一个部落，周族的先祖古公亶父率领
部族为逃避战乱由豳地迁居于此。周原，也被誉为"青铜器之乡"，
在历次考古中屡有重大发现，出土了大量国宝级青铜器，数量之多
为世所罕见。这些青铜礼器，都昭示了周礼仪制度的完善和文化的
绚烂。然而，那时的江南还是一片荒蛮之地，在北人眼里被视为
"荆蛮"之地，文化经济水平远低于北方。泰伯、仲雍兄弟俩，千里
迢迢南奔至此，构筑了一个"三里又二百步"的夯土小城。为了得
到当地土著先民的认可，他们卸下峨冠博带，脱下华服，学着当地
土著的样子"断发文身"，安居下来。

从此，这片陌生而肥沃的土地成为周文化新的耕耘传播之地。
在这里，泰伯率领众人筑城避祸、汇通百渎，传播农耕技术和文化
礼仪，这对来自文明地带的兄弟，很快便受到了当地土著的拥戴，
根据"荆蛮义之，从而归之千馀家"的记述，泰伯开创的这个勾吴

---

① 古代周原，位于今天的陕西宝鸡岐山一带。

部落至少在万人以上。泰伯的让王之举在历史上备受赞美，不仅使周部落顺利完成了权利的交接，后来姬昌果真成为一代贤君——周文王。同时，泰伯也为自己开拓了一个新的发展空间，成为另一片土地的新主人。向来不愿褒扬他人的孔子也不得不说："太伯可谓至德也矣，三以天下让，民无得而称焉！"

东南一隅的蛮荒之地，一个新的部落就这样诞生了。这便是后来延续了600多年历史的勾吴古国的雏形。

当勾吴国的历史翻到第五代王周章的那一页，广袤的中原大地上，周武王正率领着八百诸侯组成的联合大军，挥戈奋蹄，东征灭商，合力篡灭了延续了同样有着600多年的商。由此开启了一个由"周"独霸天下的时代。

被尊为天子的周武王，在重新分封天下时，没有忘记族人中还有一支远迁东南、偏居一隅的周人后代，遂将勾吴首领周章正式封为一方诸侯。如果说，此前的"勾吴"不过是一个蛮夷部落，而此后的"勾吴"则已正式跻身于诸侯之列。

然而，这时候的"勾吴"，在诸侯们眼里，仍不过是一个幼小而贫弱的东南蛮夷，在天子之下的"公、侯、伯、子"的国家序列中，勾吴王也只是一个"吴子"，无论军事、经济、文化，都微不足道。然而，谁也不曾料到，500多年之后，这个并不被看好的东南蛮夷，却突然崛起，从一个小国弱国迅速成长为叱咤风云、威震一方的"中原五霸"之一，成为当时世界上除了楚国之外，与晋国并列的世界第二大国。灵活、开放、机敏、善学、图强好胜的文化精神不断推动着古吴国一步一步走向了历史聚光灯下的前台。

在勾吴鼎盛的阖闾时期和夫差前期，吴国的核心区域依然是今天苏南、浙西北的环太湖流域，与今天的江南几乎完全重合，但其疆土所及已远远超越了这个版图，其边界东抵大海，南至钱塘，向西不仅囊括皖南、江西，向北甚至跨入了齐鲁之境。

五

如果说，勾吴古国只是江南远古的前奏，那么，拉开江南这首恢宏交响乐序曲的，该是那位隋炀帝了。

开皇八年（588）的冬天，刚满 20 岁的杨广受命领衔 50 万大军，发兵平定南朝的陈国，在占领建康（今南京）、生擒国王陈叔宝夫妇后，他率部匆匆返回隋京。这一次，是隋炀帝与江南大地的第一次因缘邂逅。

两年后，身为太尉的杨广调任扬州总管。在扬州他安抚民众，任用人才，长达 15 年的滞留，让这位中原皇族少年与江南大地结下了不解之缘，也在他心里埋下了最终令他致命的江南情结。

公元 605 年，37 岁的杨广正式登基了。他一面大兴土木营建大隋东都，准备迁都洛阳，一面又下令开凿运河、打造龙舟，多情地遥望着江南。作为中原大地养育的一代雄主，他必须回归中原故土，但作为有着扬州情结的风流才俊，与江南的情缘却挥之不去。在这首《江南好》中，他写道："我梦江南好，征辽亦偶然。但存颜色在，离别在今年。"即便是身陷迫于政治的征伐之中，诗中仍透露出风华少年的依稀眷恋。

这位对江南情有独钟的帝王，从登上王位到被逼自缢，在位时间只有短短的 13 年。虽然时间不长，他却三度南游扬州，并留下了诸多诗篇。显而易见，江南情缘不断撩拨着这位"美姿仪，少聪慧"的年轻帝王的心弦，从《夏日临江》到《春江花月夜》，在这些歌咏江南的诗词里，我们看到的分明是一代王者对江南热土的挚爱："暮江平不动，春花满正开。流波江月去，潮水带星来。""寒鸦飞数点，流水绕孤村。斜阳欲落处，一望黯销魂。"这首《野望》诗所描绘的清幽而辽远的意境，在后来的唐诗宋词中随处可见，或许，正是这位隋炀帝开启了唐宋诗词描绘乡野景物之先声？

　　这位心系江南、无心北归的隋炀帝，死后竟是如此凄凉，以床板为棺，被偷葬于江都宫的流珠堂下。后又改葬于扬州的吴公台下，"衰杖送丧，恸感行路"。直到唐朝平定江南之后，于贞观五年（631年），才以帝王之礼将隋炀帝重新迁葬于吴公台北面的雷塘（位于今扬州北）。不肯离别江南的隋炀帝，就这样以他自己的方式永远留在了江南。

　　短命的隋炀帝却开凿了长长的大运河，运河从古流到今，成为他留给江南的最佳馈赠，也令这片他眷恋的土地受益无穷。隋炀帝开凿的大运河以隋都洛阳为中心分为三段，南抵余杭（今杭州），北达涿郡（北京），中段包括通济渠与邗沟。通济渠北起洛阳，南接淮水，邗沟则北起淮水南岸的淮安，南达江都（今扬州）入长江。从京口（今镇江）到余杭的运河南段，正是在那个时候，被明确称作了"江南河"。

　　"江南"的称谓显然来自于江北。中国的黄河两岸有河南、河北，洞庭湖两边有湖南、湖北，太行山两侧山东、山西；偏偏到了长江却只有江南，而没有了江北。学者认为，这是因为文明是由西向东、从北向南逐渐推进的，"江南"的称谓是站在江北的视角"向南看"的结果。的确，比起北方，江南是继起的、后发的。北方对江南的文化渗透和影响，有时温良和煦，如春风化雨，泰伯奔吴，晋室南渡，包括唐宋时期的世家豪门的大规模南迁，都不仅促进了江南的发展，也让东南原生文化与中原黄河文明有了跨越时空的相遇。然而，这种渗透有时也伴随着哒哒马蹄与刀光剑影，北方游牧民族一次又一次大规模南下的铁蹄，无疑给江南带来了民不聊生的恶果，然而，辩证地看，也成为中原文明向江南推进的一股重要力量。

　　中原文明在与北方游牧民族的激烈冲突中，每每总把江南作为了回旋生息之地。每当北方的游牧民族挥师南下，中原政权无法抵挡时,总是跨越长江避难,江南就成了一片偏安之地。西晋的"永嘉之乱"是这样,北宋的"靖康之耻"也是这样,甚至连皇帝都被掳走,但国家和文化还能照样存活,全赖有了江南。

江南是中华文明的"避难所"、大后方,也是难得的精神家园。中华文明就像候鸟,每当严冬来临就迁徙到了江南,而当春天来临时,又飞往北方。中原华夏文明在与游牧民族的拉锯战中,正是靠着退居江南,得以休养生息而羽翼再丰。历史上,许多古老的文明都灭绝于游牧民族的铁蹄之下,幸运的是,中华文明五千多年来能够绵延不坠,正因为我们有了江南。

六

站在辩证唯物主义的立场审视历史,江南的崛起也离不开来自北方力量的推动。历史上,北方游牧民族在不断骚扰、破坏中原文明的同时,推动了北方人才、资源、财富的南下,尤其是发生在晋、唐、宋三个朝代的三次大战乱,都引发了大规模的北人南迁大潮,促使大批北方士族定居江南,为江南的崛起带来了前所未有的历史机遇。

第一次北人南渡,发生于西晋末年。公元 291—306 年,司马氏同姓王之间为争夺中央政权而爆发了长达 16 年内乱,史称"八王之乱"。永嘉元年(307 年),琅琊王司马睿听从北方贵族王导建议,明智地退出了北方纷争而率宗亲南迁建康(今南京)。其时,北方游牧民族势力猖獗,五胡乱华,挺进中原。永嘉五年,匈奴在攻下洛阳之后,掳走了晋怀帝,迫使大批宗室世族陆续南迁。316 年,愍帝被杀,西晋灭亡。318 年,司马睿在建康宣布东晋政权建立。这次发生在永嘉年间的移民潮在历史上被称为"晋室南渡"或"衣冠南渡",据史学家统计,至少有 90 万北方贵族与平民跨越长江,移居江南。

南京的长江路上，那座由著名建筑大师贝聿铭设计的六朝博物馆，馆内常年游客络绎不绝，人们每每来这里探寻那些被湮没于历史烟尘中的城市前世。从东吴、东晋，到南朝的宋、齐、梁、陈，长达近300年的历史，在这里可以寻到些许踪迹。南京，有着建康、金陵、秣陵、建邺等许多古称，因为东吴、东晋、宋齐梁陈政权的先后建立，逐渐成为江南乃至全国的政治文化中心。从东晋至南朝，是江南的经济、文化崛起最快的阶段，玄学、佛学与江南本土道教发生了融合际会，建康因此而成为当时佛教最盛的城市之一。被誉为"南朝第一寺"的古鸡鸣寺、成为天台宗祖庭的瓦官寺、拥有南方开凿最早规模最大佛窟群的栖霞寺，都始建于这一时期。南朝的齐梁时期，佛寺多达2846所，僧尼82700人，比东晋时期寺院增加千余所，僧尼翻了三倍多。"南朝四百八十寺，多少楼台烟雨中"，既是人们对当时佛教盛况的追忆，也是建康以佛教文化隆盛于天下的佐证。宗教自由发展、文化畅意表达，江南文化在其幼年时期，就呈现出了一种兼容并包、百家争鸣的局面。

第二次大规模的北人南移，发生在中唐时期。唐天宝十四年（755年），朝廷与安禄山、史思明叛军之间发生了"安史之乱"（也称"天宝之乱"）。这场长达近八年（755—763年）的战乱，致使长安周边的大片土地沦为战场，民不聊生，经济受挫，大唐盛世急转直下而步入了漫长的衰退期。此后，藩政割据，其恶果绵延长达200多年。司马光在《资治通鉴》中这样写道："由是祸乱继起，兵革不息，民坠涂炭，无所控诉，凡二百余年。"而江南地区由于大批北人士族迁入，而导致世家望族的数量猛增。

第三次大规模北人南迁，发生在北宋末年。1127年，所向披靡的金兵终于攻破了北宋的都城汴梁（今开封），徽宗、钦宗两代帝王被掳，北宋由此宣告覆灭。徽宗第九子、钦宗之弟赵构（高宗）幸得逃脱，快马加鞭去洛阳求援，但未及搬来救兵，都城汴梁已破。

赵构只得率领皇室宗亲仓皇南逃，一路上形成了无数难民随行的南逃大军。他们跨越了长江天险，继续向南，直至跑到更为遥远的临安（杭州），这才驻足下来，稍事喘息。在山川灵秀、物产丰饶的江南，他们不仅得到了生息修养，还建立了南宋政权，使大宋文脉得以延续。这次中原文明的旷世大迁徙中，又有大批江北士族和平民迁居江南，尤其是杭州城内一度满城来自京都的汴梁人。默默无闻的杭州，就这样在都城汴梁的沉沦中突然崛起了。

江南园林的兴起，与大批富人的到来有必然的联系，"江南园林甲天下，苏州园林甲江南"，那时候的姑苏城，私家园林猛然多了起来。从唐宋时期的《苏州府志》看，那时的苏州富庶繁华已然名满天下。在这座被视为温柔乡的江南都城，古雅精致的私家园林比比皆是，仅府志中所载就有 30 多座。无论是今天尚存的沧浪亭、拙政园、狮子林、留园、网师园……，还是已经消失在历史烟云中的诸多私家园林，无一不是当年权贵士族退隐的产物。

三次北人的衣冠南渡，促使经济、文化、财富、技术、人才发生了大规模的南移，这对北方来说，无疑是一次又一次的重大打击，然而，它却为江南的崛起奠立了基础，也为江南的发展带来了难得的历史机遇。在一次又一次游牧民族的南逼，和汉文明的南移过程中，江南得到了一次又一次开发、拓展和提升，正是在这一次次的开发、拓展和提升中，江南日益成熟了，变得风姿绰约，形象鲜明。

2006 年，开封与杭州缔结为友好城市，这一举动无疑暗合了两城之间历史上的文化因缘：一个是北宋首都，一个是南宋都城，没有前者的毁灭，就没有后者的新生。870 多年前，正是因为那场旷世的士族大迁徙，杭州才得以快速繁华。杭州湿润温软的空气中，一度弥漫着北方的粗犷与豪放，半城以上汴梁人的涌入，不仅使杭州空前喧嚣，经济崛起，在与异质文化的交融中，杭州的语音也发生了变异，中原话与吴方言在这里发生了奇妙的交汇。

尽管有着刻骨的失国之痛，但杭州的美丽与繁华，很快就抚平了北人的思归之心。用心揣摩南宋词人林升的那句"暖风熏得游人醉，直把杭州作汴州"，不乏对北宋覆灭的叹惋，更有对旖旎杭州的心仪。

江南，由此成了温软富贵之乡，也成为无数文人墨客的梦，在他们多彩的笔下，江南是"日出江花红胜火，春来江水绿如蓝"的江南；是"春风又绿江南岸""烟花三月下扬州"的江南；是"君到姑苏见，人家尽枕河。古宫闲地少，水巷小桥多"的江南；也是隋炀帝不肯离开、康熙乾隆去了又来的江南。

这个久远而靓丽的江南，与当代语境中的"长三角"都市圈有着大部分的重合。改革开放起步阶段的1982年，国家提出了"以上海为中心建立长三角经济圈"的宏大战略设想，当时划定的城市为上海、苏州和杭州。1983年这一区域扩大，纳入了江浙两省的无锡、常州、南通和嘉兴、湖州、宁波等城市。至90年代，这个版图再次扩大，又扩充了南京、镇江、扬州、泰州和绍兴、舟山等城市。2003年，浙江的台州市作为加入长三角城市圈的最后一名成员，使得这个城市圈成为拥有16座城市的大型经济圈。作为优势突出、发展得最为出色的城市经济圈，长三角在整个国家经济、文化框架中的意义举足轻重。而这个经济带的基本轮廓，正是明清时期就已经明确了的江南地区。

今天，这些城市已成为一个比以往任何时代联系都更为紧密的经济共同体，承担着建成"具有较强国际竞争力的世界级城市群"和国家"率先实现现代化示范区"的重要使命，而江南地区特有的人文地理、社会结构及文化传统，不仅在历史上铸造了古代江南地区的繁荣辉煌，也将在深层次上影响着长三角区域未来的发展。

第二章

烟雨化梦

——"水"与江南文化的诗性特征

水粉画《梦入江南烟水路》

晏几道的那首《梦入江南烟水路》,从宋代一路吟咏到今天,绵延而不绝:

梦入江南烟水路。

行尽江南,不与离人遇。

睡里消魂无说处。

觉来惆怅消魂误。

欲尽此情书尺素。

浮雁沉鱼，终了无凭据。

却倚缓弦歌别绪。

断肠移破秦筝柱。

千年来，江南烟水，已浓缩为江南文化的一个符号。这个符号的背后，是经过漫长的吸纳融合、取舍扬弃之后，江南文化聚敛沉淀而成的内在特质——"诗性"。如果要找出与江南文化诗性特质最直接的因素，毫无疑问，那就是无处不在的"水"了。

文学史中，那许多描写江南的文字从来都闪动着粼粼的波光，泛出盈盈的水色，"小桥流水""枕河人家""烟雨迷蒙"，既是江南随处可见的庸常景象，也是江南最烂漫的风雅。它可以是"绿浪东西南北水，红栏三百九十桥"的图景，也可以是"小楼昨夜听春雨，深巷明朝卖杏花"的化境，更可以是"烟水吴都郭，阊门驾碧流。绿杨深浅巷，青翰往来舟"的长卷，在这些卷卷轴轴里，水无处不在，很湿，也很诗。

一

在江南，无处不在的"水"，与文化气质上的"诗性"有着深刻的关联，这种关联在古代早已有之，诗词歌赋中俯拾即是。"春水碧于天，画船听雨眠"，漫天挥洒的雨丝，若有若无，如雾似烟，氤氲出江南特有的朦胧之美，因而诗词歌赋中、绘画里，随处可见"烟雨江南"的诗意描摹。

"雨"，是"水"的变化多端的一种形态，在江南人笔下也别有意趣。悠长悠长的飘着细雨的江南小巷，凹凸起伏如琴键一般的青石板路，一柄在江南小镇常见的油纸伞，还有雨中撑伞独行于长巷的谜一样的女子……。戴望舒的一首《雨巷》，每每总能撩拨起无数人的幽思。江南，也就这样在湿湿润润的细雨里平添了一份缠绵的诗意和清韵。

当无处不在的"雨"与"江南"这片沃土相遇之后，更是被演绎得情意充沛，尽情尽致。"杏花，春雨，江南"，被定格成了一个完整的江南意象，凝结成一个固定的组合，成为许多人心中挥之不去的梦。在散文《听听那冷雨》中，余光中先生说"杏花，春雨，江南。六个方块字，或许那片土就在那里面，无论赤县也好神州也好中国也好，变来变去，只要仓颉的灵感不灭，美丽的中文不老，那形象，那磁石一般的向心力必然长在。"[①] 在余先生的心中，这一组意象就是江南的指代。

这种令许多人魂牵梦绕、怦然惊动的江南美景，恰如宝玉初见黛玉，恍如前世的邂逅，又好像是久别重逢，刹那间便刻印在心里了。那是一份简单纯粹而又百转千回缠绵悱恻的美感，是一种"行遍天涯意未阑"的诗趣，是闲看庭花云卷云舒的淡然，也是人们最愿意栖身的山水家园了。

在这样充盈着诗意的景致里又怎会少了浪漫故事？江南从来都是有故事的，而那些故事就发生在水边。

翻开最古老的《诗经》，水的氤氲立刻扑面而来："关关雎鸠，在河之洲，窈窕淑女，君子好逑……"，"蒹葭苍苍，白露为霜，所谓伊人，在水一方……"。再打开楚国大夫屈原的《楚辞·九歌》："捐余玦兮江中，遗余佩兮醴浦。采芳洲兮杜若，将以遗兮下女。……闻佳人兮召予，将腾驾兮偕逝。筑室兮水中，葺之兮荷盖……"

而在浩若烟海的唐诗宋词中，与"水"密切相关的佳作更是无

---

① 余光中：《听听那冷雨》，见《余光中精品文集》第 4 页，安徽人民出版社，1999 年版。

计其数。从徐彦伯的《采莲曲》"妾家越水边，摇艇入江烟。既觅同心侣，复采同心莲"①，到崔颢的《长干行》"君家何处住？妾住在横塘。停舟暂借问，或恐是同乡？"② 还有李之仪的《卜算子》，"我住长江头，君住长江尾。日日思君不见君，共饮一江水……"，哪一个充满爱意与相思的浪漫故事不是发生在诗意盈盈的水上？

　　至于那些或瑰丽或神奇的历史传说，似乎就更多了。白娘子和许仙在美丽的西子湖上浪漫邂逅，演绎出一段旷古绝今、令人扼腕的人妖之恋；七天下凡的织女也是在江南的水畔爱上村夫牛郎，结下了一段超越人神的奇美尘缘；越女西施在那场惨烈的吴越战争之后，终于得以与旧情人范蠡重逢，泛舟于碧波粼粼的五湖之上，这其中虽然不乏后人的美好想象，但谁又能说它不是后人创造性诗意想象的结果?! 还有梁鸿与孟光，这对来自中原地区的夫妻，却在逃亡江南之后，于无锡古皇山下伯渎河边演绎了一场"举案齐眉、相敬如宾"的人间佳话。这些传说无论真伪，也无论是否附会，都因为沾染了殷殷水色而愈发显出瑰丽与缠绵的诗意。

二

　　水润万物。水滋养了地球上一切的生命，也润泽了生活里所有的浪漫。但是，水，既是人类的朋友，也曾是人类最恐怖的对手。在远古洪荒时代，在水的滥觞之下，江南大地一片泽国，水患频仍，百姓饱受江海之害。在铁质农具尚未诞生之前，泥泞的土壤并不利于垦殖耕种，难以给人带来必要的生活之需。那时的水，与人类并不友好。《山海经》里所描绘的"洪水齐天"，神话传说中的"女娲补天"，以及百姓们嘴里流传的"洪水猛兽"等等，都生动地揭示

---

① 徐彦伯：《采莲曲》，出于唐代《乐府诗集·江南弄》。
② 崔颢：《长干行》，见《唐诗三百首全集》。

出远古时期水患带给人类的巨大灾难。

"治水"与"用水",是人类文明进程中遭遇的两难境遇,也是伴随人类成长所要面对的最大课题。最早生活在江南地区的人种被称为"古越人"①,而"越人"在古汉语中有一种含义就是"涉水",可见早期生活在江南一带的先人与"水"之间有着多么重要的联系。

从"大禹治水"、"黄歇凿江"②,到张渤"太湖降蛟"③、"周处除害"④,历史上许许多多流传在江南民间的传说与故事,都生动地展示了人与"水"博弈的过程。在交织着爱恨情仇的矛盾与互动中,在劣境中求生存的不懈拼搏中,江南人终于和水成了密不可分的挚友,也与水结下了不解之缘。

大禹治水的成功,在于他没有单纯地采取"堵"或"填",而是智慧地采取了"疏导",这种被后人誉为"理水"的疏导之法,是远古吴越先民在处理天人关系时"生存智慧"的最初体现,也成为后人不断借鉴效仿的一种"生存策略"。在"疏""导""治""理"的过程中,顺势利导,顺势而为,顺应时势,天人和谐,成为江南人在生活实践中与水形成的一种默契。在循环往复的生死较量中,二者也逐渐建立起一种相互依存、共生共荣的和谐关系。这种充满智慧的融洽关系后来被放大、运用到社会各个领域,延续数千年,有百利而无一害,为江南的发展带来了巨大利益。

---

① 古越人,是对远古时期生活在江南一带的许多具有共同文化特征和生活习俗的原始部落的统称。
② 黄浦江原本为断头河,经常泛滥成灾,战国时楚令尹黄歇率众疏浚治理,将其向北贯通长江而入东海。从此百姓安居乐业,人们感激黄歇恩德,将此江称为黄歇江,简称黄浦。
③ 在安徽和太湖流域,广泛流传着张渤降服兴风作浪的蛟龙和化为猪婆龙开山泄洪保民的传说。
④ 晋代周处为民除三害的故事,典出于《晋书·周处传》和《世说新语》,明朝黄伯羽改编为《蛟虎记》,在吴地民间广为流传。

三

水，占据了江南地区大约 25% 的面积。无处不在的水，在江南广袤的土地上快意地流淌，恣肆地划出了纵横交错的水网——江、湖、河、塘、氿、泾、浜、渎、溪、荡、港，还有水弄堂……，在中国乃至世界，大约没有哪一片土地上有如此繁多的对"水"的称谓了。有了水的滋养，一切都变得富于情趣，饶有诗意。

在江南，水里有水里的魅力，岸上也有岸上的风景。水与岸，总是相辅相成，互为依存。有了岸的衬托与呵护，水才温润顺从，有了水的滋养与浸润，岸上的风景才有了灵气。在江南，得水之利，因水而美；得水之润，因水而荣。水，不仅涂抹出最秀美的景致，也给予了生活在江南一地的百姓最大的恩泽。润泽万物，灌溉田畴，滋养了丰饶的鱼米之乡；造就了烟花烂漫的旖旎胜景，成就了桨声灯影下的炫彩繁华，那些湖鲜美味在丰富着人们餐桌、山光水色滋养着人们的心灵的同时，也培育了精细雅洁的生活情趣和审美追求。

"上有天堂，下有苏杭"，"水国多台榭，吴风尚管弦；每家皆有酒，无处不过船"①，是江南富庶与繁华生活的写照，当年的苏州府杭州府无疑是江南的最具魅惑力的所在，令天下人艳羡。山塘街，自古被誉为"姑苏第一名街"，始建于唐宝历年间，迄今已有 1200 年的历史。时任苏州刺史的白居易，某日偶然轿行虎丘，途经此地，却发现山塘河已经淤塞不堪，水路不畅。白居易于是决定开河筑路，为民造福。经过疏浚后的山塘河，东边连接了阊门的渡僧河，西边可通往虎丘的望山桥，长度约七里，所以也就有了"七里山塘到虎丘"的说法。山塘河水汩汩向东，在阊门处与运河依依挽手，形成了相互贯通的一脉活水；而河岸的长堤，则逐渐演变成为一条繁华热闹的商业街。姑苏的百姓们感恩白居易的善举，便把山塘街叫作

---

① 引自唐代白居易诗《和梦得夏至忆苏州呈卢宾客》。

了"白公堤"。今天的山塘街热闹如昨、繁华依旧，因为维系着久远的大唐，维系着大诗人白居易，而有着十足的底气，与那些新开发的仿古商业街有着太多的不同。

阊门，自唐代以来一直是姑苏有名的商贾旺地，贸易繁荣。乾隆年间，苏州籍画家徐扬有感于都市繁华，创作了一幅《盛世滋生图》，也叫《姑苏繁华图》。长卷描绘了姑苏的一镇、一村、一城和一街，而这"一街"描绘的就是"居货山积，行云流水，列肆招牌，灿若云锦"的山塘街了。曹雪芹在《红楼梦》第一回中也把阊门、山塘一带赞为"最是红尘中一二等富贵风流之地。"

杭州人最大的幸运与福祉，无疑都维系着那一潭碧水——西湖。西湖的存在首先要感谢那位五代十国的吴越王钱镠（852—932 年），当年吴越国建都杭州，首拓城郭，兴建"地上天宫"，钱镠不仅没有下令填没已淤成沼泽的湖滩，而且"置撩湖兵千人，刘草浚泉"，对其进行了最初的清淤建设。不然，没有当年的开篇，又怎会有后来的绚烂？

历经历朝历代的清淤、整治和建设，西湖终于成了一个美不胜收的风景胜地，杭州也因此而名播天下。南宋吴自牧在《梦粱录》里说："临安风俗，四时奢侈，赏玩殆无虚日。西有湖光可爱，东有江潮堪观，皆绝景也。"意大利旅行家马可·波罗更是将杭州赞为"世界上最美丽华贵的天城"。

明代文学家袁宏道在他的游记中，这样描写西子湖，"山色如娥，花光如颊，温风如酒，波纹如绫，才一举头，已不觉目酣神醉。"而张岱的《西湖寻梦》则在荷香中接通了梦境，"吾辈纵舟，酣睡于十里荷花之中，香气拍人，清梦甚惬。"在诸多赞美西湖的篇章诗赋中，苏轼的诗句无疑最美，也最广为人知，"水光潋滟晴方好，山色空蒙雨亦奇。欲把西湖比西子，淡抹浓妆总相宜"。古往今来，西湖这一潭碧水不知迷煞了多少古人今人。

充满诗意的美景，磨细了心灵敏感度，不断升级着江南人的审美趣味。杭州人都说："晴湖不如雨湖，雨湖不如月湖，月湖不如雪湖"。春光中的西湖景色靓丽，令人迷醉，而细雨微茫、月色朦胧下的西湖，更有另一番妩媚。西湖美丽的四季，每一季都是可游可赏的。明代著名戏曲家高濂（1573—1620 年）是杭州人，他在《四时幽赏录》中说，春天来时，应该去孤山月下赏红梅，晴日则应去苏堤看桃花。夏天的时候，应该往三生石上借着月光闲谈，在湖心亭畔采摘西湖特产的莼菜。到了秋天，可以去雨后的水乐洞听泉声悦耳之响，夜晚时登上六和塔去听风观潮。即便是最枯涩的冬季，西湖也依然有趣，大雪初晴之日，可以登上三茅峰的山顶，俯瞰江天皑皑雪霁；或者，在除夕之日登上吴山去领略满目松涛，都是十分惬意的享受。

现代作家郁达夫更执着地认定："我以为，世界上没有一处比西湖再美丽，再沉静，再可爱的地方了。"郁达夫说这些话的时候，正是秋天，环抱西湖的青山上，树梢已微黄，远眺之下，恍若春日初生的嫩芽，秀色可人。无论春江花明，柳绿桃红，草长莺飞，碧波长洲，也无论雪后初晴，月色微蒙，乃至败柳残荷，寒鸦归巢，若少了这一池碧水，想来一切都没了韵致。

四

江南山水的风格，一向属于婉约派。因为景色秀丽柔媚，因为西湖堪比西施，淡抹浓妆秀丽可人，杭州也因此被视为中国最柔美、"最女性化"的城市。阳春三月，风和日丽，桃柳夹岸，花红柳绿，美若珠玑，怎能不给人阴柔旖旎之感？在世人眼中，江南往往是"昆韵悠扬绕天地，锡曲铿锵贯山川；行云越调雨润色，流水评弹风摇船；展衣开腔看社戏，挥袖迈步做神仙"之地，水之柔美，几乎成了人们对江南文化的全部印象。

　　然而，这并非江南性格的全部。世间至柔之物，可谓莫过于水。然而，"柔"与"美"却并非水的全部属性。水的性格是双面的，甚至是两极对立的。中国古代的智者们，早就辩证地看到了这一点，老子说："天下至柔者莫过于水，而攻坚强者莫之能胜，以其无以易之。柔之胜刚，弱之胜强，天下莫不知，而莫能行。"（《道德经·柔之胜刚》）诸葛亮也说："善将者，其刚不可折，其柔不可卷，故以弱制强，以柔制强。"（《师范》）水貌似柔软无骨，而一旦聚合起来发力，其力量则无比巨大，江山可改容颜。白居易"苏家弱柳犹含媚"的后一句，便是掷地有声的"岳墓乔松亦抱忠"，可见即便是在温婉秀丽、充满了风花雪月的西子湖畔，照样也有着雄浑铿锵的发声。更何况岳飞的那首脍炙人口、豪气冲天的《满江红》："怒发冲冠凭栏处，潇潇雨歇。抬望眼，仰天长啸，壮怀激烈。三十功名尘与土，八千里路云和月……"，似乎更在宣告着：江南并非从来只有纤细柔弱，江南也自有江南的刚烈！

　　翻开尘封的历史，江南的文化秉性并非柔绵无骨。这片诗情画意的山水，其血脉中就流淌着勇武与刚烈的遗传基因。江南文化起源于远古时期的吴越之地，吴越之国，男儿的性情"好剑""蛮勇""轻死易发"，司马迁的评价亦是"吴人尚武"。在部落与部落的战争中，在与江河湖海的搏击中，铸就了吴地先民轻舟齐发、强悍勇武的闯荡气质。《后汉书·郡国志》曰："赵有挟色之客，吴有发剑之节"、"吴俗好用剑轻死，又六朝时多斗将战士。"中国春秋战国时期四位著名刺客——专诸、要离、聂政、荆轲，小小吴地就占了两位。

　　镇江，西周时曾是宜侯的封地，也是三国时孙吴的都城。北宋时，宰相王安石因主张变革而遭到贬谪，下放南京。途经镇江时泊船瓜州，一帆独系，于早春的晓风残月中，写下了"春风又绿江南岸，明月何时照我还"的诗句。临江而立的北固山，山壁陡峭，形势险峻，比起江南诸地的秀湖丽水，少了些许温婉，却多了一份清峻雄伟。1500 年前，梁武帝萧衍曾登临此山，就发出了"此乃天下第一江山"的英雄慨叹。三国时，纵横天下的刘备"招亲甘露寺"的故事也发生于此地。而南宋的著名大词人辛弃疾，他的那一首千古绝唱《登京口北固山有怀》，也是写于此地：

何处望神州？
满眼风光北固楼。
千古兴亡多少事，
悠悠！
不尽长江滚滚流。

年少万兜鍪，
坐断东南战未休。
天下英雄谁敌手？
曹刘！
生子当如孙仲谋。

还是江南，还是诗赋，还是帝王将相才子佳人，不一样的就在多了那份干云的豪气。江南文化的刚柔相济，除了来自吴越先民的血脉遗传，也得益于北方刚勇文化的融入。在晋室南渡中，大批北方世族平民南逃，名将谢玄率领的"北府兵"军队恪守于长江天险，拼死掩护了一批又一批难民渡江，在抵挡强悍的胡人金戈铁骑的战斗中表现出大无畏的英雄气概。东晋建都建康后，这支部队又在淝水之战中击败了南下的前秦苻坚大军，为东晋政权赢得了划江而治的条件，"车骑将军"勇武之名，传扬天下。南宋时，也是在这里，著名将领韩世忠率部在这里大败金军，而他那位出身于青楼的"护国夫人"梁红玉，亲执枹鼓，与丈夫并肩作战，将来势汹汹的金兵阻击在长江南岸达 48 天之久，在历史上书写了"击鼓战金山"的巾帼传奇。

江南人骨子里的英武刚烈，在鸦片战争中更是被演绎到了极致。1841 年，英帝国主义发动了鸦片战争。次年 6 月，为了要挟清政府就范，又打响了"扬子江战役"。长江下游江南各地军民奋起抵抗侵略者，在中国近代反侵略史上用鲜血写下了可歌可泣的一页。在抵御英军侵略的保卫战中，镇江无疑是反抗最激烈的城市，在这里，拥有坚船利炮的英军遭遇到了从未有过的抵死反抗。7 月 21 日，英军用炮火轰破了四座城门，城破之后，不仅镇江守军没有退却，在城楼上步步为营，与登城的敌人开展肉搏，清军副都统海龄指挥1500 名官兵，同仇敌忾，用土炮、鸟枪与武器精良的 7000 名英军血战，进而以大刀、长矛与敌人进行了激烈的巷战。此时，许多百姓也纷纷参战，一位叫朱耿氏的妇人，不仅鼓励丈夫参战，还要求三个儿子一起出战，说："吾已恨为女子不能执干戈，卫社稷，顾复死贼手而为国辱耶？今幸三子成立，均可为国杀贼，请速与俱，以为念。若迟出，是速我死也……。"在城市失守后，副将海龄的妻子为激励丈夫与敌血战到底和与城共存亡的决心，竟带着孙子一起跃入烈焰之中自尽。悲痛欲绝的海龄挥泪召集残部，要求全体将士"宁可战死沙场，也不在侵略者面前苟活"！在被敌军围困的最后一刻，他将公文木柴堆在四周，自焚殉国。这场战斗因死伤惨烈而名声远播，远在欧洲的恩格斯看到战争的报道之后说："如果中国所有的城市都能像镇江这样抵抗的话，英军是绝对攻不进南京的。"今天，"万里东注，一岛中立"的焦山今还保留着当年抗英战争的炮台，余温依稀犹在。因为焦山在抗英战争中所发挥的重要作用，因此赢得了"中流砥柱"的美称。

绍兴，古称会稽，2500 多年前就是越国的都城。公元前 495 年，吴王夫差兴兵为父报仇，攻入会稽，俘获了越王勾践夫妇，将其质押吴国，沦为马奴。为奴期间，勾践的表现极尽卑微，甚至演出了自虐的"尝粪问疾"。然而，在后来的十多年中却卧薪尝胆，卷土重来，上演了一场扭转乾坤的恢宏大戏，在吴国之后，跻身春秋时期中原五霸之列，成为那个时代最令人瞩目的传奇。绍兴，这个走出过王羲之、陆游、贺知章、王阳明、徐渭等众多文化艺术名人的文化高地，在近现代又涌现出了鲁迅、秋瑾、邹容、徐锡麟、陶成章、蔡元培等文化革命的先驱。书香传统赋予了这座江南小城一种悠久沉厚的书卷气息，而流行于当地的绍兴高腔真的吼起来，那种旷远寥廓的苍凉味道，令人几乎感受不到任何吴语的温婉，倒与黄土高原的秦腔颇有几分相似。

　　吴侬软语的温柔，最指是苏州。在整个吴方言区里，苏州话无疑是最软最"嗲"的。然而，这座看似温软柔雅的城市，当年在攻城的朱元璋眼里却是一块最难啃的骨头。1366 年，已占据江山十之八九的朱元璋，将苏州围成了一座孤城。三面受敌、被困城中的张士诚依托坚固的平江城和百姓后援，抵死坚守了十个月，苏州才被攻克。在朱元璋一生的征战中，这是最硬最铁血的一仗。坚硬的并非只有战场上的将士。苏州的"吴门才子"名满天下，但诗书才情之外，桀骜不驯，蔑视权贵，宁折不弯的秉性，更彰显出江南才俊"威武不能屈"的鲜明品格。明初的著名诗人高启（1336—1374年），与杨基、张羽、徐贲合称"吴中四杰"，其性格刚直，诗风雄健有力，一改元末以来的缛丽诗风。高启在明初时曾受诏入朝，在南京任翰林院编修，修撰过《元史》。并有"我生幸逢圣人起南国，祸乱初平事休息。从今四海永为家，不用长江限南北"的诗句诗阐明心志，显然，高启曾对大明新政权充满了期待。然而，黑暗的社会现实很快就让他心灰意冷。不久，他被授予户部右侍郎却坚辞不赴，隐居青丘，设坛授徒。"琼台只合在瑶台，谁向江南处处栽？雪满山中高士卧，月明林下美人来。寒依疏影萧萧竹，春掩残香漠漠苔。自去何郎无好咏，东风愁寂几回开？"他的代表作之一《梅花九首》中，所吟咏的梅花，高洁、孤傲、寂寥与出尘，正是高启人格的自喻。这样一位不把皇帝看在眼里的才子自然难容于世，高启最终受奸佞谗言所害而惨遭腰斩。临刑前，这位年仅39岁的诗人留下了"枫桥北望草斑斑，十去行人九不还""自知清澈原无愧，盍请长江鉴此心"的悲怆之音，令人怅然。

250年之后的晚明时期，温柔婉约的苏州人再一次演绎了一场群体抗暴的义举。天启六年（1626年），权倾天下的宦官魏忠贤排斥异己，残酷镇压迫害倡议"开放言路，改良政治"的东林党人，杨涟、左光斗、魏大中等人相继被杀害。三月，东厂特务在魏忠贤指令下又前往苏州抓捕名士周顺昌（1584—1626年，字景文，号蓼洲），引发苏州百姓的愤怒，数万人齐声喊冤，继而奋起反抗，爆发了一场罕见的激烈冲突，两名缇骑被当众打死。事后，在朝廷大规模的追查问罪中，颜佩韦、马杰、沈扬、杨念如、周文元等五位苏州平民毅然挺身而出，"激昂大义，蹈死不顾"，慷慨就义。张溥的《五人墓碑记》真实记载了"五人之当刑也，意气扬扬，呼中丞之名而詈之；谈笑而死。断头置城上，颜色不少变。有贤士大夫发五十金，买五人之脰而函之，卒与尸合。"五位壮士从容赴死，感天动地，更有人冒死收尸安葬、树碑立传，在那个朝野上下对魏忠贤摧眉折腰的天启朝，像苏州人这样的刚烈反抗可谓绝无仅有。正如明末以书画擅名的文震亨（1585—1645年，字启美）[①] 所表白，"所谓王谢家儿，虽复不端正者，亦奕奕有一种风气欤！"在明清标交替的那场"留发不留头"的改朝换代中，这位"王谢家儿"竟然以绝食的方式，"捐生殉国"而"节概炳然"。

有着行云流水般汪洋恣肆的江南文人，大多是这"刚"与

---

① 文震亨，"吴门四才子"文徵明之曾孙，崇祯初年为中书舍人，给事武英殿。其书画咸有家风，山水韵味格调皆胜。明亡时，绝食而死。

"柔"的结合体。"不炼金丹不坐禅，不为商贾不耕田，闲来写就青山卖，不使人间造孽钱"的唐伯虎，自称"张颠"而蔑视世俗的大书法家张旭，不愿低头折腰事权贵的诗人高启，舍圣贤书行万里路的徐霞客，蔑视权力反叛传统的冯梦龙，绝意仕途而我行我素的金圣叹……，这些才气横溢、有着水般灵动而又敢于挑战世俗、个性倔强的江南文人，构成了鲜明的古代"吴门才子"的群像。

明清以降，江南文人一改"两耳不闻窗外事，一心只读圣贤书"的旧传统，大胆提出"风声雨声读书声声声入耳，家事国事天下事事事关心"①。在近代中国屡遭列强坚船利炮欺凌，国衰民穷背景下，又是江南人，最早探索"工商强国""藏富于民"，勇敢地走出一条实业救国之路。

江南是植桑养蚕佳地，坊间百姓自古长于丝织生产。江南也是古来铸剑高地，古代名剑出吴越，故有"吴钩越剑，国之重器"之说。最柔美绮丽的丝绸与最锋利尖锐的宝剑，性质禀赋截然相对，竟然都产自江南，二者悖反而又奇妙地构成了一种文化的两极，亦刚亦柔，刚柔相济，而这正是江南文化最鲜明的风格特性。

五

水，润万物，通八方，兴城邦，利民生。

千百年来，江南密集的水系承载了船来舟往，运河沿岸以及水上贾道生意兴隆，源源不断地为这里输送着生意，也带来了四野乡音与八方文化。沿途的水码头，也是承载着商贸活动的米码头、布码头、丝码头、钱码头。水不仅成为经济脉动的依托，也是文化交融传播的纽带和桥梁。更重要的，水为江南这片沃土注入了"通达"

---

① 明代东林学派顾宪成所撰著名楹联，现可见于无锡锡惠景区顾端文公祠和老东门东林书院内。

与"开放"的文化元素，滋养了江南人灵活开通、审时度势、包容善纳的气质与品格。

"水"，作为自然界最善变化的物质形态，随物赋形，变化多端，热可以化为雾汽，冷则可结为冰霜；有时涓涓滴滴，细水长流，柔和温润，如一首清新宜人的小诗；有时大起大落，巨浪狂澜，足以扭转乾坤，改变沧海桑田，如浑厚激越的交响。水又是通达而懂进退的，顺势而流，柔中有韧，以柔克刚，涨落有序，流转不息，在重重围堵中寻觅着出路……。这也正是江南人善于进退、刚柔相济的最形象的性格写照。

这种性格早在8000年前，就已然显露出了端倪。

常州的淹城，是迄今保持最完好的春秋古城遗址，三重环绕的水系令人真实地洞见了水在护城中的作用。传说这里曾是淹族部落生活栖息的地方，也有人

位于常州境内的春秋晚期城邑——淹城

认为是吴国后期延陵季子（季札）的食邑。在淹城的淤泥深处，考古人员发现了距今8000年左右的两条半独木舟（现存常州博物馆），它们成为江南人造船用船最早的实物见证。

在既没有路，也没有车的远古时代，有了河就等于有了路，有了船就等于有了车。船是水上的精灵，而帆则是船的翅膀，当江南人开始了驾船驭水、扬帆远航的历史，人类交通出行史便从此开始了新的一页。这些活跃于水上的江南人，撑船，扬帆，撒网，捕鱼，

随风转舵，去往四面八方。在与水世界的交流与互动中，这些最早的弄潮儿们获得了来自大自然的灵感与启迪，而在遇风转向、顺水行舟的水上生活实践中，一代又一代的江南人也逐渐养成了精于观察、敏于感知、善于应变的灵活机智。

六

借水之利，治水用水，不仅造就了便利的江南，富饶的江南，也将江南人日常生活演绎得有情有趣。太湖上的"渔舟唱晚"，绍兴乌篷船上的"观社戏"，沿河人家的后窗垂篮购物，是延续至今的一道江南风景。

早期，湖州、嘉兴一带的河道上，可以见到各种各样的水上交易：市场上一应物品均可在水上完成买卖：蔬菜、鱼肉、杂货，甚至书籍、文房四宝等，也可以在船上买卖。清同治《湖州府志》（《舆地略·物产》）载："织里诸村民以此网利，购书于船，南至钱塘，东抵松江，北达京口，走士大夫之门，出书目袖中，低昂其价。"这种书船出自湖州，船上置有书架、书桌、木椅，俨然书房一般。顾客可登船选书购书，十分方便。晚清朴学大师俞樾就有"湖贾书客各乘舟，一棹烟波贩图史"的诗句。书船、笔舫，舟行各地，演绎着一个个生动的水上故事。

水，是江南诸地走向繁兴的源泉。水为路，舟是车，依托四通八达的水网，江南人最早开始了商品的交易。苏州的山塘街，无锡的三里桥，常州青果巷，扬州的东关街，早年都是依托运河、船舶云集，千帆过境，南北货物的重要集散地。

南京的秦淮河，繁华诗意的生活也已延续了千年。从南朝开始，这里便成为名门望族的聚居之地，商船画舫昼夜往来，文人才子流连忘返，秦淮河畔依然成为江南的文化中心，明清两代的桨声灯影，更成就了十里秦淮的鼎盛景象。

　　六朝南京的主要商市出现在内秦淮河北，这幅明人所绘的《南都繁会图》，355 厘米长、44 厘米宽的画卷上，109 家商店及招幌牌匾清晰可辨，街市纵横，茶庄、金银店、药店、浴室一应俱全，水上粮船、龙舟、渔船往来穿梭，折射出秦淮两岸繁华热闹的市井生活。

　　在清人顾禄的风土笔记《桐桥倚棹录》，记述了苏州虎丘山塘一带山水形貌、名胜古迹、寺院、宅第、美食以及手工艺，也描写了那时苏州人浪漫的夜生活：画船歌舫浮于水上，灯笼高悬，灯火通明，游宴聚会，有歌女拨琴弄弦，清曲助兴……，这样鲜活而富于诗意的生活情境受到了包括白居易、苏东坡在内的诸多文人官员的青睐。从白居易的《琵琶行》、苏东坡的《望江南》，到韦庄的《菩萨蛮》、刘禹锡《忆江南》，那些诗词佳作莫不与江南生活有内在的关联。

　　被誉为"中国第一历史文化名河"的秦淮河，古来是文人墨客的聚集地，映照着五彩霓虹的汩汩河水，流淌着历史线装书里的雕栏玉砌，也流淌着故人诗词歌赋里的似锦年华。秦淮河的流波、水中的画船歌舫，见证了南京作为十朝都会的荣光，也承载着改朝换代的沉郁与悲怆。在光影浮动与水波荡漾的轻盈绚丽中，沉淀着厚重苍凉的历史记忆。

　　民国十二年（1923 年），那个夏日的夜晚，夕阳已去，皎月方来。朱自清与好友俞平伯在秦淮河汩汩流水与吱呀桨声之中，感受着古城扑面而来的繁华和凝重。惊奇、欣喜、迷醉、憧憬与感怀，与漾漾的柔波一起，化作了两篇同名散文《桨声灯影里的秦淮河》。比起俞平伯，朱自清的散文略胜一筹，因为，他在秦淮河的水波中看到了历史的两面："我们仿佛亲见那时华灯映水，画舫凌波的光景了。于是我们的船便成了历史的重载了。我们终于恍然秦淮河的船之所以雅丽过于他处，而又有奇异的吸引力的，实在是许多历史的影像使然了"。作为兵家的必争之地，南京几乎从来就不曾安宁过，兵火纷起，庐陵为墟，尸骨遍野，一直是这座城市在改朝换代时的常态，南京在历史上的每一次战争与叛乱中都付出了血的代价。"六朝旧事随流水，但寒烟衰草凝绿"，看似唯美、浪漫、灵动、轻盈的秦淮河水，其实在蔷薇色的水波之下沉淀着那么多历史的厚重，那是千百年苦难、悲情、血泪和生命凝成的重量。

七

似水流年，江月照人。千百年来，江南的水映照着声色未变的明月，寒梅的疏影，彩蝶的金翅，穿梭往来的帆樯，在岁月的浮光掠影中变幻无穷。"水"赋予了江南山水以"形"，也赋予了江南文化以"魂"。

浸润着"水"的江南文化，在漫长的历史演进中，不仅在审美上形成了浓郁的诗性气质，在文化元素上也极为丰富充盈，它智慧灵动，开放包容，务实进取；它敏于感知，审时度势，善于吸纳和自我扬弃与提升；它勇于探索、善于探索而进退有度，它刚柔相济在历史的舞台上长袖善舞。

老子说，"上善若水"。

孔子说，"智者乐水"。

水上的生活磨炼了江南人的生活技能，培育了江南人的生存智慧，养成了敏察善变、机智灵活的个性禀赋。在社会转型和发展机遇到来时，最早发现机遇的是江南人，敢于勇立潮头的也是江南人，新的思潮总在这里最快登岸，这并非历史的偶然，正是水的启迪与实践，给了江南人独特的领悟和慧解。

水中，有优雅柔润的性情，也有刚柔相济的力量，更有敢为人先、善于弄潮的勇气。绵延不绝、灵动柔韧的水，已经化入了江南人的血脉与灵魂。当年泰伯三让天下，开启了尚德谦让的传统，而在这种"谦让"的背后，是一种深刻精辟的时势分析和理智判断，是一种策略上的"进退之术"。得水滋润，借水行舟，人水相依，和谐共生，水性也滋养了人性。水文化是一种智者的文化，这种文化既目标明确、百折不挠，又灵活机敏，善于变化，正如江南人的性格与处事方式。受到水文化浸染的江南人，在事业开拓上往往表现出超绝的敏感和罕见的勇气，在艰难时世创出辉煌业绩，正是得益于这种智慧的文化遗传。江南的小桥流水、粉墙黛瓦，江南的绿柳花红、曲径通幽，固然风雅娴静，诗意盎然，而江南的海涵地负，通达胸襟，探索之勇，更彰显出江南强大的生命能量。

山性实，而水性活。但是，江南人的水性并不只在灵动机智、顺水推舟，善于察天观地、见风使舵，江南的水文化其实也有非常务实的一面，在众多各具特色的地域文化中，与岭南文化、齐鲁文化、湖湘文化、巴蜀文化相比，江南文化还有一个非常鲜明的特点，那就是灵动而不乏务实，笃行而不乏柔韧。

水润万物，滋养生灵，灌溉农田，迎送万舟，却灵动而不浮。现实生活中，江南人灵活机敏而务实的精神，同样沾着水性，同样由来已久。当年泰伯奔吴之后，来到相对荒蛮的江南地区，他所做的动作是放下身段，入乡随俗，脱下华服，"断发文身"，融入先民之中。且身体力行，筑城安民，汇通百渎，传授礼仪与农耕，从而完成了两种不同文化的融合，在遥远的东南一隅开创出一片新的天地。周秦时代，中原诸侯对江南多持鄙夷态度，视其为"蛮夷"，而泰伯的做法可谓既聪明又务实。

江南文化既灵动又务实的精神，是体现在多方面面，无论创业还是生活，还是做学问，都尚学而笃行，讲实学，切实际，做实事，求实惠，重实效，既不会"愚公移山"，也不会"铁杵磨针"，讲求智取，不做无用之功。无锡东林党人提出的"经世致用"最鲜明地体现了这一务实导向，"风声雨声读书声声声入耳，家事国事天下事事事关心"的对联，成为吴地读书人关心社会现实、积极入世的生动写照。明清时期，江南的学者在"实学"方面推陈出新，做出了杰出贡献。清末，顾炎武倡导"国家兴亡，匹夫有责"，他的《天下郡国利病书》无疑是经世致用之学的杰出代表。清代学者、苏州榜眼冯桂芬（1809—1874年）所著的《校邠庐抗议》，对国家的内政、外交、官制、田赋、漕运诸多方面提出尖锐的批评和建议，并率先提出全面向西方学习的主张，成为指导洋务运动的著名理论家。苏州角直人王韬（1828—1897年），关注社会现实，译书，办报，提出许多变法主张，是近代著名改良派思想家。他晚年执教于上海格致书院，指导学生讨论时政，研究政治、外交、军事、经济、社会、文化实际问题，由他汇编的《格致书院课艺汇编》，是晚清时期经世之学的重要文献。上海郑观应的《盛世危言》，是19世纪后期宣传变法维新最具影响力的著作。积极倡导经世致用的思想家还有沈毓桂、马相伯、马建忠、薛福成、李凤苞、吴宗濂、张元济等。晚清时期出现了一大批关于经世学说的著述，其编著人多为江南学者。

　　在中国，几千年的文化传统中将工商视为不入流的"末技"，这种观念长期占据意识形态，严重阻碍了经济发展和民生幸福。晚清时，出使欧洲英、法、意、比四国的大清公使、无锡人薛福成，最早喊出"工商强国""藏富于民"的声音，显示了一个江南官员的责任感、使命感和机敏睿智。实业先行者荣德生则看到了"只有实业可以救国"，在他们的影响带动下，小城无锡率先迈出了民族工商业的创业步伐，从而快速崛起成为令人瞩目的工商强市。

　　江南文化在历史的转变时刻，融汇吸纳各种先进文化因子，创造出一种善于审时度势、长于吐故纳新、富于创造活力的新型工商文化，一种敢于创业、善于经营、务本求实、经世致用、灵活变通的文化，既善于创业又有助于守成，是优秀传统文化与近代工商实践相融合与升华的产物。它成功地糅合了传统伦理和现代理性，很好调节了社会化大生产背景下的人际关系，形成了一种具有时代内容和地域特色的人文精神、思想理念、社会心理，以及与之适应的社会文化系统。因而从明清到近现代，无论是民族工商业的发展，还是苏南发展模式的创立，抑或是外向型高地探索、产业结构的自觉调整，都是精明、敏感而务实的江南人抓住机遇走在潮流的最前面。

从哲学上说，务实精神是一种"中华文化实用理性"的体现。美学家李泽厚在分析这种实用理性时指出：务实的本质，是在物质与精神之间，更加重视物质；在现实与理想之间，更加重视现实；在现在与历史之间，更加重视现在；在今世与来世之间，更加重视今世；在书本与事实之间，更加重视事实；在理性与非理性之间更加重视理性。然而江南文化的务实精神却更具优越性和超越性，这种优越性和超越性在于，江南文化的务实精神是与智慧、机敏、灵动、包容与诗性相维系的务实，因而这种务实精神不同于一般，而表现出既注重实际、追求实利，讲求实效，又不放弃内心的道德理想与诗性追求的取向，从而能够很好融合性，实现义利并举、"趋利"与"向善""向美"的双向互动。

第三章

诗性智慧

——江南学术及其审美精神

在地域文化中，江南文化无疑独树一帜，魅力独具。由于环境、经济、人群秉性等方面的原因，江南文化是以"质有而趣灵"① 的诗性存在方式、以自然为中心的诗性观念，进入到中国人的精神版图的。江南学人以一种自我的、诗化的、自然的、直觉的构筑了自己的哲学世界，其审美主义的诗性特征，自然通达、博学清言的群体学术形象与北方学者群的"先质而后文"的实用主义特征和政治伦理特色相去甚远。

在漫长的历史发展进程中，由于江南地区长期处于政治的边缘地带，其学术理论也并不受制于灰色的理论框架，而更多游离在体系之外，澄明于人的感性思考与实践活动之中，更注重人本身的个性生命感悟和积极的发现创造。正因此，"学术主体强烈的批判个性、学术题材的多元化发展，逐渐成为江南学术话语的重要特征。"② 由于诗性智慧的非对象化的特点，江南学术文化思想的内核往往很难言说而需要"静观"与"意会"的，尤其是自然天道、玄学、南禅、心学、诗学等领域。由于具有"诗性智慧"的特点，江

---

① 宗炳：《画山水序》，见陈传席编：《六朝画家史料》，文物出版社，1990 年版第173 页。

② 姜晓云：《江南学术文化的历史逻辑》，学术视点，2011 年第 9 期。

南学术文化思想与日常人生总是紧密维系，表现出在日常生活中的悟道与升华。同时，由于江南学术文化自身构成的流散化，也比较有利于兼收并蓄其他文明成果，从而呈现出兼容并包、善于怀疑和善于发现的学术精神。注重感悟发现和诗性智慧的江南文化，与注重人伦秩序和实用主义黄河流域诸夏文化一起，南北文化双峰并立呼应，共同构成了中国传统文化的主体。

一

　　最早出现在远古的江南时空中的历史人物，是太伯（也称泰伯）。这位北方周部落的王长子，为将王位让给弟弟季历而南奔吴地，成为开发江南的始祖。对他的义举，孔子赞道："太伯可谓至德也矣，三以天下让，民无得而称焉"，古梅里也因此赢得了"至德名邦"的美誉。泰伯虽然没有设坛授徒，也不曾留下什么经典语录，但因司马迁《史记》将其列为"世家"第一而赢得了"南方第一家"的高评，使之作为"贤德"的化身而与曲阜的"北方第一府"孔府齐肩，在久远的时空中遥遥相望。

　　《吴都文粹续集·吴县修学记》① 曰，"教莫盛于孔子，而言偃实师之。自泰伯以天下让，而吴为礼义之邦。自言偃北学于圣人，而吴知有圣贤之教。"清代顾禄在《清嘉录·宛山老人序》中也说"吾吴古称荆蛮，自泰伯虞仲以来，变其旧俗，为声名文物之邦"。②《吴都文粹续集》中提到的言偃，在吴地走出思想蛮荒接纳中原儒学

---

① 《吴都文粹续集》是明代钱谷仿宋代郑虎臣《哭都史粹》续纂而成，收罗吴中文献极为丰富，数量超过郑书近十倍，被收入四库全书。此书对于前人忽视或不易采辑的说部类诗编文稿以及遗碑断碣，亦能甄罗备至，因此极具史料价值。

② 《清嘉录》为清代道光时期苏州文士顾禄的著作。该书书以十二月为序列，记述了苏州及周边地区的节令习俗，大量引证古今地志、诗文、经史，并逐条予以考订，文笔优美，叙事翔实，有保存乡邦文献的作用，是研究明清时代苏州地方史、社会史的重要资料。

的历程中，是一位不可忽视的开拓性人物。

　　《论语》载："言偃，吴人，字子游，少孔子四十五岁。子游既已受业，为武城宰，孔子过，闻歌之声。孔子莞尔而笑曰：'割鸡焉用牛刀?'子游曰：'昔者偃闻诸夫子曰：君子学道则爱人，小人学道则易使。'孔子曰：'二三子，偃之言是也，前言戏之耳。'孔子以为子游习于文学。"

这是言偃在鲁国担任"武城宰"时的一则故事，为天下人所熟知。从中可见，言偃是一个尊崇原则且十分重视礼乐教化的人，尤其可贵的是他在教化百姓时绝非强制，而注意采取人性化的"美育"方式，从而得到孔子赞赏。回到家乡常熟之后，言偃创办书院，传播儒学，成为江南儒学的最早启蒙者。南宋咸淳五年（1269年），为纪念这位江南文化先贤，在苏州城东南（旧长洲县学之南）建立了学道书院。学道书院取"爱人""易使"之义，有"正己""选贤""问礼""知本"四所书斋，为当时吴地学子重要的讲读之所。这座既是读书的场所、也有祠堂祭祀功能的书院，兼具读书、祭祀功能，表现了人们对这位文化先贤的崇敬。后世中，言偃亦一再被追封，唐代被赠"吴侯"，宋代封为"丹阳公"，又改封"吴公"。言偃的家乡古城常熟，也留有诸多纪念性遗迹，虞山镇言子巷有言偃故宅，虞山有言子墓，城内以言偃命名的桥与街巷也随处可见，这些留存至今的遗迹镌刻着言偃在江南开启明智的文化记忆。

　　在勾吴古国的历史人物中，除了开吴的泰伯，最受人敬重的人物就是季札。季札，人称延陵季子，是古吴国智慧才情和审美精神的化身，与孔子同时代的他，显得更为自然通达，洞穿世事，博学轻言。他不仅多次婉拒王位，"弃其室而耕"，且极具远见卓识，并文采斐然。司马迁《史记·吴太伯世家》用了很大篇幅记载了这位延陵季子的事迹，《左传·季札观乐》（襄公二十九年）中更以大量溢美文字记录了季札听乐观舞论德政的精彩言辞：

> 四年，吴使季札聘於鲁，请观周乐。为歌周南、召南。
> 曰："美哉，始基之矣，犹未也。然勤而不怨。"歌邶、鄘、
> 卫。曰："美哉，渊乎，忧而不困者也。吾闻卫康叔、武公
> 之德如是，是其卫风乎？"歌王。曰："美哉，思而不惧，
> 其周之东乎？"歌郑。曰："其细已甚，民不堪也，是其先
> 亡乎？"歌齐。曰："美哉，泱泱乎大风也哉。表东海者，
> 其太公乎？国未可量也。"歌豳。曰："美哉，荡荡乎，乐
> 而不淫，其周公之东乎？"歌秦。曰："此之谓夏声。夫能
> 夏则大，大之至也，其周之旧乎？"歌魏。曰："美哉，沨
> 沨乎，大而宽，俭而易，行以德辅，此则盟主也。"歌唐。
> 曰："思深哉，其有陶唐氏之遗风乎？不然，何忧之远也？
> 非令德之后，谁能若是！"歌陈。曰："国无主，其能久
> 乎？"自郐以下，无讥焉。歌小雅。曰："美哉，思而不贰，
> 怨而不言，其周德之衰乎？犹有先王之遗民也。"歌大雅。
> 曰："广哉，熙熙乎，曲而有直体，其文王之德乎？"歌颂。
> 曰："至矣哉，直而不倨，曲而不诎，近而不逼，远而不
> 携，迁而不淫，复而不厌，哀而不愁，乐而不荒，用而不
> 匮，广而不宣，施而不费，取而不贪，处而不厎，行而不
> 流。五声和，八风平，节有度，守有序，盛德之所同也。"
> 见舞象箾、南籥者，曰："美哉，犹有感。"见舞大武，曰：
> "美哉，周之盛也其若此乎？"见舞韶护者，曰："圣人之
> 弘也，犹有惭德，圣人之难也！"见舞大夏，曰："美哉，
> 勤而不德！非禹其谁能及之？"见舞招箾，曰："德至矣哉，
> 大矣，如天之无不焘也，如地之无不载也，虽甚盛德，无
> 以加矣。观止矣，若有他乐，吾不敢观。"

季札的这种超绝的艺术修养和近乎通灵的辨察智慧，不仅令人

无限遥想与仰慕，也代表着那个时代所能企及的诗性与审美高度。言偃与季札，无疑是春秋战国时期吴地最优秀的文化典范人物，有趣的是，在他们的身上除了坚守的道德原则外，还能够让人清晰地看到智慧和审美的灵光。

　　季札身上所呈现出的自然诗性风貌，与北方诸夏学术流派显然有着不同的思维向度。他朴素的自然观中已然流露出了泛神论的思想。《礼记·檀弓下》记载，季札的长子不幸早亡，在安葬儿子时，"其坎深不至于泉，其敛以时服"。这样的薄葬似乎与死者的贵族地位很不相称。但季札的唁词"骨肉归复于土，命也。若魂则无不之也，无不之也"，却表明了他的生命观：自然达观，顺应天命，视死如归，不迷信来世而又相信灵魂不灭。这种发自内心的自然深情，在"季子挂剑"的故事中同样有所呈现，"延陵季子兮不忘故，脱千金之剑带丘墓"，季札对徐君的情感同样源于自然本心，跨越生死鸿沟，超越世俗伦理。季札婉拒王位，甚至弃室而耕，可谓见地高深，尊重内心，他的人格气质成为后来江南文化清雅高远的源头。

　　这种富于灵性的文化，在与季札同时代的吴国军事将领孙武的《孙子兵法》中同样有所体现。孙子虽为齐人，但《孙子兵法》却吸收了水乡灵活机智、自然切用的思想，不迷信鬼神，充分结合江南"山林险阻沮泽"之地形，以法言兵，突出智取，将"智"作为将者的首要条件，而把"仁"降至第三位。孙子的用兵之道极尽变化，他根据"水无常形"的特点提出善于变化的"兵无常势"①，深刻折射出江南水文化随物赋形、灵动善变的特点。

---

　　① 《孙子十家注》，上海书店，1986年版，第111、6、102页。

二

学界认为，华夏民族在西周至战国前后是一个重要的文化轴心期①。在这个轴心期，华夏民族"最重要的精神觉醒"就是"人兽之辨"，即由于意识到人与动物的不同，而将自身从其自然的原始混沌中与动物区分开来。长期研究江南文化的刘士林教授认为，"江南轴心期所带来的最根本的精神觉醒，就是唤醒了个体的审美意识，它使人自身从先秦以来的伦理异化中摆脱出来并努力要成为自由的存在。与轴心期本身一样，这同样是生命在巨大的悲剧与苦难经验中的产物。中国民族的审美精神是在江南文化背景中生产出来的，如同轴心期的诸子哲学一样，它构成了这个民族一切审美活动的'原本'与'深层结构'。"② 其后，大凡真正的或较为纯粹的中国审美经验，基本上都与江南轴心期的精神结构具有因果意义上的关联。

江南文化的早期带有鲜明的"尚武""蛮勇""轻死易发"的标签，被视为"东南蛮夷"，从吴越到唐宋这一漫长的历史区间，因为文化发生了华丽转型，而被视为"江南文化的轴心期"。在这段长达2000年的历史时期内，最符合轴心期的三个精神条件的，无疑是魏晋南北朝时期。这一阶段经历了东汉末年的"天下大乱"，诸侯割据与争霸所引发的酷烈战争，使安居的人们陷入水火之中，美丽富饶的江南一时间成为人们争相逃亡的目的地。西晋末年，亦是如此，八王之乱、五胡乱华，再次演绎了一场历史上空前的北人大逃亡，"永嘉世，九州空，余吴土，盛且丰"，"永嘉中，天下灾，但江南，尚康乐"等民谚就是当时社会的鲜活写照。永嘉之乱引发了晋室南

---

① 关于人类轴心期的解释一般有三：一是突如其来的巨大现实变革彻底中断了自然形成的生活方式与精神智慧；二是从自身的生命中创造出一种可以回应现实挑战的全新的精神资源；三是在这种新的主体条件基础上直接开启了一种全新的人类历史活动。

② 刘士林：《江南轴心期与中国古典美学精神的生成》，浙江学刊，2004年第6期。

渡，其规模之大，南迁人口之巨，远超过东汉末年。当时，北方士族带领宗族、宾客、部曲，汇合着沿途流民，一路聚众南下。如原为"北州旧姓"的王氏、祖氏、郗氏、臧氏等，均在"京师大乱"中"避地东南"，定居于江宁、建邺（今南京）、京口（镇江）、武进、吴兴、余杭等地。据历史学家谭其骧先生统计，当时南渡人口约90万之众，约占北方人口八分之一强，仅落户苏南地区就多达26万人以上。东晋初年的将相大臣，很多都来自侨姓士族。北方人口的大量南迁，加速了中原文化与长江文化的交流，使长江流域的经济文化提高到一个新的水平。

　　毫无疑问，"永嘉南渡"为江南带来了巨大的经济意义，而南渡人口事实上也引发了激烈的文化碰撞与交融，并非诗人的一句"取诸怀抱，晤言一室之内"就能弥合矛盾，甚至可能带来残酷的血腥之争。正是在南北人口从语音、观念到政见的激烈冲突中，双方原有的既定思维与生活方式才得到改变，也正是在剧烈而痛苦的文化裂变中，人们才被迫去探寻新的思想支柱，以回应现实的挑战。这一阶段，"人自身的觉醒"与"文化的自觉"几乎是同步的，宗白华先生在《美学与意境》一书中分析魏晋六朝时曾指出：那个时期一方面是"中国政治上最混乱、社会上最苦痛的时代"，另一方面却是"精神史上极自由、极解放，最富于智慧、最浓于热情的一个时代。"这个时期的文化碰撞与冲突，最终使江南文化挣脱了先秦以来的伦理异化桎梏，而孕育出具有个体审美意识和自身觉醒的新文化形态。这种文化感慨生命短促，忧伤人生无常，倡扬自由清健个性，从建安直至晋唐，从民间到世家贵族，成为相当长一段历史时期中的时代主旋。连高居皇室的曹氏父子也有"对酒当歌，人生几何，譬如朝露，去日苦多"（曹操）和"人亦有言，忧令人老，嗟我白发，生亦何早！"（曹丕）的嗟叹。竹林七贤这样的人生感慨更是何其之多：阮籍有"人生若尘露，天道邈悠悠……，孔圣临长川，惜

51

逝忽若浮"，陆机有"天道信崇替，人生安得长？慷慨唯平生，俯仰独悲伤"，刘琨有"功业未及建，夕阳忽西流，时哉不我与，去乎若云浮。"连王羲之也感叹"死生亦大矣，岂不痛哉！固知死一生为虚诞，齐彭殇为妄作，后之视今亦犹今之视昔，悲夫！"采菊东篱颖脱不羁的陶潜亦有"悲晨曦之易夕，感人生之长勤，同一尽于百年，何欢寡而愁殷"，这是多么奇特的时代歌咏，无论帝王将相、文人墨客吟唱出的都是同一种哀伤叹惋的咏叹调，不能不让人追索到这个时代社会心理和意识形态层面的文化根源。但这一切并非仅仅是在叹惋生命与死亡，而是在此之上升华出的一种生命觉醒和超越死亡的审美。一向以传统务实著称的华夏民族，其审美机能长期处于被政治伦理压抑的状态，而在苦难与冲突中爆发出巨大生命热情的江南，其温故的怀抱恰好为这样一种审美心理和机制创造了必要的环境与条件。

三

如果说，六朝时期是中华"精神史上极自由、极解放，最富于智慧、最浓于热情的一个时代"，那么这个群星璀璨、流星如雨的文化夜空中，以南京为政治中心、环太湖流域向外辐射的南朝文化，无疑就是那一轮照彻古今的皎皎明月。在各种正史中，常常有对南朝文化的批判之声，但这种批判之声因其立场基于对立的北方政治伦理，所以实质是无效的声音。而两种文化语境的不同和内在精神的对立，又恰好从反面印证了南朝文化不同于北方的审美精神。《世说新语》与"南朝乐府"，一直被认为是南朝精神的典范。宗白华先生在《论〈世说新语〉和晋人的美》一文中曾高度赞扬"晋人的美，是这全时代的最高峰。"他指出《世说新语》记述生动，笔墨简劲地描绘出人物的性格、精神面貌以及时代的色彩和空气。而关于"南朝乐府"，刘士林教授则认为，历代诗人的江南情怀，都与《西洲曲》有着因缘关系："《西洲曲》是中国诗性精神的一个基调，所有关于江南的诗文、绘画、音乐、传说，所有关于江南的人生、童年、爱情、梦幻，都可以从这里找出最初的原因。中国民族的审美精神，正是在一唱三叹的江南抒情组诗中成长起来的。"①

他认为，如果把南朝的民歌《西洲曲》与北朝民歌《敕勒川》稍作比较便可发现，一种真正的诗性江南正是从这里开始发声的，此前这种江南之声也许有过，但从未像此时这样如此自由恣肆地放歌。先秦时代，中原的"郑卫之音"和《西洲曲》的差别并不太大，但它在北方伦理阐释系统中却被归为了"淫"。而宋词中的"鹧鸪天"到了元代的"鹧鸪曲"，意境早已截然不同，正如徐梦莘在《三朝北盟会编》（卷三）中所说："其乐则唯鼓、笛。其歌则有'鹧鸪'之曲，但高下长短，'鹧鸪'二声而已。"一旦抽去了江南的诗性审美精神，所有的生命活动已然丧失了那份灵性。

刘士林教授曾以南京为例，分析了江南文化诗性精神是如何绽放于血雨腥风之中。他说"南京文化是一种源远流长然而又伤痕累累的文化，这一点从它开始建城的那一天似乎就已命中注定。"2500多年前的南京，曾为吴王夫差打造兵器的"冶城"，勾践灭吴后，南京仍是冶坊，只是改称"越城"，留下了朝天宫一带的遗址。与世界许多因商贸活动而形成的城市不同，南京从一开始身份就是国家的兵工厂。在后来的历史中，南京也是遭受兵戈蹂躏最多、历史记忆最惨烈的城市之一。但奇特的是，它没有像许多北方城市因战火硝烟而沦为废墟，而是在一次次的烽火烈焰中再度崛起。严酷的战争和屠城不仅没有摧毁这座城市，反而构成了其经济文化再生的历史动力。正是在大起大落、大喜大悲的交织中，南京这座都城逐渐孕育出了"一种近乎颓废主义的南京的快乐"②，"它是一种节奏缓慢、

---

① 刘士林：《江南轴心期与中国古典美学精神的生成》，浙江学刊，2004 年第 6 期。

② 刘士林：《江南轴心期与中国古典美学精神的生成》，浙江学刊，2004 年第 6 期。

温柔富贵、躲避崇高、沉浸于日常生活的诗性情调。正是在这样一种内在的精神历程之后，一种不同于北方道德愉悦，一种真正属于江南文化的诗性精神，才开始在血腥的历史风云中露出日后越来越美丽的容颜。"① 这种在遭受混乱与蹂躏之后，又从自身创造出的审美精神觉醒，不仅奠定了南朝文化的精神根基，也奠定了整个江南文化的审美基调。由此，中国文化的基本构架才真正开始明确，如果说北方文化是现实世界最强有力的支柱，那么江南文化则拓展了民族精神生活的空间。也正是在经历了巨大灾难之后，一种具有诗意栖居内涵的江南才成为一个务实民族所倾心向往的对象。

四

江南的诗性精神，与其特有自然环境有着密切的关系。

《史记·货殖列传》中描绘的早期江南"地广人希，饭稻羹鱼，或火耕而水耨，果隋赢蛤，不待贾而足，地势饶食，无饥馑之患。"到唐宋时期江南的富裕已令北方仰望。范仲淹说："苏常湖秀，膏腴千里，国之仓庾也。"苏轼也说："两浙之富，国用所恃，岁漕都下米百石五万石，其他财富供馈不可悉数。"

易于生存的自然环境，也自然而然培养了江南人依赖顺应自然的生活态度。而这种独特的自然条件，也十分容易孕育顺应自然的泛神论思想。加上生活资源的容易获取，使伦理的教诲常常让位于审美的观照，加上山、水、林、沼的阻隔，族群之间缺少交往与竞争，以家庭为单位的社会长期处于自足封闭、闲暇少争的自然状态之中，文明发展呈现出"杂花生树"式的自然生发景象，与北方文明"百川归海"的大一统发展逻辑迥然相异。梁启超曾分析说："（南地）气候和，土地饶，谋生易，其民族不必惟一身一家之饱暖

---

① 刘士林：《江南轴心期与中国古典美学精神的生成》，浙江学刊，2004 年第 6 期。

是忧，故常达观于世界以外。……探玄理，出世界；齐物我，平阶级；轻私爱，厌繁文；明自然，顺本性；此南学之精神也。"这种"南学之精神"与"常务实际，切人事，贵力行，重经验，而修身齐家治国利群之道术，最发达焉"①的"北学之精神"有着显著的差别。王国维则从人性的方面考察了南北文化的差异："南方人性冷而遁世，北方人性热而入世；南方人善玄想，北方人重实行。"②这样的经济地理环境，决定了江南文化的主导思想既不是西方"物我两分"式的认识论，亦非儒家"身心两分"式的道德论，而是"不知己之是己，不见物之为物"式的"浑万象以冥观，兀同体于自然"、物我交融式的自然诗性智慧。

　　这种诗性智慧不仅是江南思维方式，也是一种心理机制。江南地区物产丰腴，基本没有发生过食物链断裂的危机，因此这种诗性智慧得以独立自在地延续和发展。正如姜晓云教授在《江南学术文化的历史逻辑》一文中所指出的，如果不从诗学的角度出发就无法把握江南学术文化的本质精神，不从诗性智慧的角度考察就无法把握蕴涵其中的神韵。③当饱经战乱之苦的永嘉士族来到江南时，不仅失去了原有生活的环境和文化根基，思想信仰也发生了断裂，而这正好让他们与江南自然诗性的文化发生交融，为新的学术文化产生创造了条件。而江南文化所具有的善于吸纳异质文化的包容性，也为北方士族南渡文化找到了最佳的融合背景。道教、玄学、佛学就这样在同一时代同时生发绽放，共同演绎出一种"近自然，远世俗"，"澄怀观道"的诗性哲学，在拈花微笑里领悟尘世中微妙至深的禅境。在这一过程中，南渡名士的世界观也发生了明显的改变，

---

① 梁启超：《清代学术概论》，中国人民大学出版社，2004年版，第23页。
② 王国维：《屈子文学之精神》，见傅杰主编：《王国维论学集》，中国社会科学出版社，1997年版，第315–316页。
③ 姜晓云：《江南学术文化的历史逻辑》，学术月刊，2011年第9期。

由西晋时期对伦理政治的极大热衷，逐渐转变为东晋时期"居易而以求其志"的玄礼双修的优雅超然态度。

五

唐代，政治文化中心回归中原，南朝文化的华丽很快被充满自信而极具浪漫的"盛唐气象"所取代，江南的繁荣更像是走向鼎盛的中原文化的折光。然而，这一璀璨盛景的背后，中国社会正悄然酝酿着一场新的历史变革。入宋以后，江南社会呈现出全面腾飞的气象，而这种气象在许多方面恰恰是对中原文化传统的反拨。

随着江南子弟在科举考试中的屡屡胜出，朝堂之上多有江南文化养育的政治家、思想家，他们在朝廷里的言行举止往往显得别具一格，洁身自好，个性鲜明，善于批评，主张改革，与北方出身的主政者多有矛盾。比如，苏州人范仲淹，仕途坎坷，几度沉浮，身处"士之绳趋尺步，稍以儒者名，无所容身"的境遇之中，却仍有一身江南才俊的桀骜脾性，面对险恶官场他的态度是"宁鸣而死，不默而生"。身处僵化的政坛和黏滞的体制，范仲淹主导了那长短命的庆历改革。改革新政虽然很快就失败了，但范仲淹的变革思想，却成为那个时代的改革先声。而其倡导的"先天下之忧而忧，后天下之乐而乐"的思想境界，以及以文学方式传扬的节操追求，无疑为凝重刻板的朝廷吹进了一股江南的清风。范仲淹的人生态度是积极入世的，然而也是超然于世俗的。

宋代，学术发展进入了一个规范而繁盛的时期。宋学的兴起首推胡瑗和孙复。清代学者黄宗羲和全祖望在《宋元学案》第一卷开篇就说："宋世学术之盛，安定（胡瑗号）、泰山（孙复号富春，因筑室泰山而得此称谓）为之先河，程朱二先生皆以为然。安定先生沉潜，泰山高明；安定笃实，泰山刚健，各得其性禀之所在。要其力肩斯道之传，则一也。安定似较泰山为更醇。"

胡瑗（993—1059年），号安定，字翼之，无锡人。七岁能文，十三岁已通晓五经，胸有大志，常以圣贤自命。从学术思想看，胡瑗并未建立起完整的具有创新性的学术思想体系，他的学术地位主要体现在教育思想及其实践上。他直接取法孔子，提倡"明体达用之学"，摆脱隋唐以来的声律浮华之词，督促学子俯首务实于生民政教之本。他将教学内容分为"经义""时务"两科，"经义"为体，重理论，教授六经义理，侧重培养那些心性通达、卓有器局、可担当重任的学生。"时务"为用，重实践，设"治民""治兵""水利""算数"等科目，重在培养学生实践能力。在我国首开因材施教、分科教学之先河。胡瑗为宋学繁荣培养了众多人才，在礼部拔用的人才中，胡瑗的弟子占了十之四五，宋代理学的主要创始人之一程颐就是他的学生。胡瑗的学术地位在其生前已获确立，二程、朱熹都认为胡瑗开了宋学先河，学者钱穆也曾针对有人提出的"周敦颐开宋学之山"的说法驳斥说："是岂为识宋学之真哉！"胡瑗去世后，宋神宗亲自为其撰写盖棺祭文："先生之道，得孔孟之宗；先生之教，行苏湖之中。师任而尊，如泰山屹峙于诸峰；法严而信，如四时迭运于无穷。辟居太学，动四方欣慕，不远千里而翕从；召入天章，辅先帝日侍，启沃万言而纳忠。经义治事，以适士用；礼仪定乐，以迪朕躬。敦尚本实，还隆古之谆风；倡明正道，开来学之颛蒙。载瞻载仰，谁不思公？诚斯文之模范，为后世之钦宗！"这大约可以视为官方的定论之辞。

对宋代江南学术产生重要影响的，还有福建人理学家朱熹（1130—1200年），在他上呈的一份长达万言"戊申封事"中，大胆对宋孝宗赵眘的执政提出了尖锐批评和诚挚规谏，敦促孝宗在振举纲维、变化风俗等方面有所作为，其中也有那句广为人知的"存天理、灭人欲"的建议。这本来更多指向个人的修为，但当它到了皇帝手里就变成了政治。朱熹的这句"存天理，灭人欲"，后来被人所广泛误读，被斥为不讲人性、扼杀人性之说，这显然有违其本意。朱熹并不反对《礼记》和告子所主张的"人欲"，而是将《礼记》和告子所主张的"人欲"视为"天理"，将超出"天理"的"非正常欲求"视为"人欲"，希望通过规范自我来实现社会的和谐。朱熹在哲学层面这一对人类欲望的思考，后来被统治者采纳而用于治理社会，他编注的《四书》也成为当时社会推崇的道德法则与伦理思考，"格物致知""罢黜和议""任贤用能"的建议以及道德伦常、处世仪则，在长达数百年的时空里成为中国社会重要的思想标记，导致大宋文化逐渐走向规范、刻板与拘泥。

六

三百年后，一位江南的学者完成了对朱熹理论的突破。他，就是一代大儒王阳明（1472—1529 年）。在许多文献记述中，早年的王阳明狂放不羁，本人也以"狂者"自称。因曾在余姚的阳明洞天结庐故自号"阳明子"。王阳明 15 岁时便能骑射，梦想着建功立业，报效朝廷；不得志时也尝试过道家养生术，或沉迷于兵家学说。王阳明读书的时代，朱熹所注释的儒家经典已成为官方指定教材。但他遵循朱子之法，努力尝试"格物致知"却一无所获，在屡屡失败后，他开始用自己的方式进行思考。1507 年，王阳明因上疏得罪了当朝专权宦官刘瑾而遭受廷杖之辱，并被贬至偏远的贵州龙场。在孤独清苦的生活中，在难得的潜心静思中，他完成了思想上的一次重要飞跃，即所谓"龙场大悟"。

之后，王阳明提出了他一生中最重要的心学之说："致良知"与"知行合一"。在晚明，"存天理、灭人欲"的程朱理学逐渐被意识形态化、并开始桎梏了新兴的市民思想。王阳明则更多从人的直觉与本心出发，强调"致良知"，提倡内心的道德自觉，在修为中凸显主体精神。他的观点显然与江南日常生活的审美化密切相关。随着江南地区物质生活的日益改善和书院教育的快速发展，江南人对精神生活不断萌发出新的追求，市民文学，古玩收藏，民间工艺，藏书出版，园林艺术，室内布置，书法绘画，丝竹乐舞以及日常饮食等与生活相关的文化应运而生，同时也为士子学人提供了更宽阔的生活舞台，使之可以不依赖于政治也能展示自身才华。学术由此融入日常人生，在与生活的融合中，衍生出许多精美的戏曲诗文、小说弹唱以及工艺器物和园林文化。

明嘉靖三年（1524 年）的中秋之夜，退隐归乡已经五年的王阳明，和百余名门生聚会于碧霞池边，众人兴致颇高，击鼓吟唱，泛舟水上。此时，阳明心学已盛行天下，而王阳明也走到了人生的暮年。门生中，有一位来自泰州的烧盐灶丁，名叫王艮（1483—1541年）。正是这位底层平民出身的王艮，在阳明心学基础上开创了"泰州学派"。他提倡"百姓日用即道"的思想，认为"百姓日用条理处，即是圣人之条理处"，真理就蕴含在衣食住行的日常生活中，正如禅宗的"人人皆可成佛"一样，王艮认为"人人皆可为圣"。他的这种"泛神""泛圣"思想，比起西方斯宾诺莎（1632—1677 年）提出"泛神论"还要早 100 多年。这一思想支脉深刻地影响了江南晚明社会，推动了早期启蒙思潮的形成。

明代中晚期，中国社会的转型已在悄然孕育之中，在工商业文明时代即将到来之际，江南一改以往边缘化姿态而当仁不让地扮演了"先行者"的角色。原本保守刻板的大一统文化格局在这时候已有了些许松动，敏察善纳、追求诗性生活和人本主义的江南学人率先开始了社会模式的探索。

七

东林学派，无疑是这一时期影响最大的学术流派。顾宪成（1550—1612 年）、高攀龙（1562—1662 年）先后执掌的东林书院，更是明万历年间最具影响力的文化舆论中心。万历三十二年（1604），顾宪成、高攀龙等重修了杨时早年所建的东林书院，在家乡无锡设坛开讲，士子群集。东林学派在政治上反对封建独裁专制，抨击宦官乱政，要求革新朝政，提出了"利国""益民"等具有民本和民主色彩的思想观点。江南传统的"自然切用"思想在东林人这里被升华为"经世致用""惠商恤民"主张，他们将"士农工商"一律列为"生人之本业"，大胆鞭挞"重农抑商"的旧传统，在工商业逐渐兴起、新兴市民阶层的崛起、社会形态发生转型的历史阶段，深刻影响了江南社会的意识形态，也带来政治与文化层面的巨大震动。由知识分子和普通市民共同演绎的那段历史风云，在江南文化史上别具深意。

位于无锡城内东林书院旧址的"东林旧迹"石坊

　　幽静的庭院，琅琅的书声，东林书院里，顾宪成、顾允成、高攀龙、安希范、刘元珍、钱一本、薛敷教、叶茂才等八位同仁订立了《东林会约》，设坛讲学、交流学术、传布学说，力图校正晚明颓坏的世风与学风。首任主讲顾宪成，27岁便以应天府乡试第一名中举，会试再次高中，因此有过十年宦海生涯。但是，这位踌躇满志的江南才子偏偏遭遇了晚明的黑暗政治，而个性刚正又不乏桀骜的才子性格，使他不合于官场游戏规则而戴着"忤旨"罪名被贬谪原籍。返乡后的顾宪成将主要精力投入了讲学布道、匡扶正论、培育英才的事业之中，他自撰"风声雨声读书声声声入耳，家事国事天下事事事关心"的楹联，阐明心志，也发出了封建专制体制下知识分子襟怀天下、参与时事的政治诉求。

晚明时期，朝廷腐败，宦官专权，横征暴敛，民怨沸腾，东林学者借讲学抨击时政，标榜名节，希冀在朝堂之外寻求一个能够自主发声的社会舞台，继续追求"为天地立心，为生民立命"的道德理想。在顾宪成的倡导下，书院开创了一种崭新的讲学风气，经世致用的学术思想影响深远。每逢年会、月会，各地学人纷至沓来，人数常常超过千人，书院灯火彻夜不息。学子们的活跃思想和参政意识，使书院成为那一时期影响最大的清流学派，也使东林学派从一个学术团体进而成为一个政治派别。

东林学人身处明末江南商品经济崛起之时，领袖顾宪成和许多东林学子，不少出身富绅商贾，衣食无忧，因而能够更为率性地发表见解、坐而论道。他们反对空谈，躬行务实，高举"经世致用"旗帜，追求"无千金之人，亦无冻馁之人"的贫富均等，呼吁"德政、实政"，要求"惠民"、"减赋"、重振漕运、扩大流通，在这些呼声中寄予了东林人对平等、自由、人本、富裕的社会理想。东林学派所提倡的"经世致用"之学，打破了脱离实际、言而无物的空谈之风。在知行观上，他们批评王学只言"本体"的虚无主义，针对王学的"空言之弊"，倡导和强调"躬行""重修"，知行合一，要求君子取范圣贤，"好古敏求"，经过"博学、审问、慎思、明辨、笃行"的认识实践而成圣。高攀龙还提出了"格物穷理"说，对王阳明的"致知格物"说进行了系统批驳，突破程朱理学的客观唯心主义束缚，而将注意力从"至善"的道德原则转向"治国平天下"的"有用之学"。

东林书院很大程度改变了传统儒学温柔敦厚的学术风气，其务实进取的为学、为官之道引领了明末社会思想文化观念的变革。东林人的主张经过昆山学者顾炎武和梁启超的提炼，凝聚为"天下兴亡，匹夫有责"的呼声而响彻中华，更为后来江南人的实业报国提供了坚实的理论依据。

八

伴随时代的更替，从明中后期的阳明心学、泰州学派、东林学派，到清初的思想界正发生着某种深刻的转变。历经国破家亡的思想者，在沉痛的反思中，开始重新回归典籍，渴望通过回眸经典来找寻救世要旨。

清康熙十五年（1676年），黄宗羲完成了一部总结明代学术的著作《明儒学案》，在今天看来，这是中国的第一部学术史。阳明心学在明代的传承演变，成了《明儒学案》的主线。十七个学案，两百多位学者，辨析源流，一部明代的思想史的脉络呈现出鲜明的思想轨迹。同时，黄宗羲江南士人的脾性也驱使他对腐坏的国家制度进行了反思与批判。在《明夷待访录》等著述中，黄宗羲将批评矛头直指延续千载的一国之"君"，指出君王"以成之大私为天下之大公"，实乃"天下之大害"。（《原君》）同时指出，臣之责任乃"为天下，非为君也；为万民，非为一姓也。"（《原臣》）。在今天读来，这一民主启蒙思想依然振聋发聩。后人总结明末清初的思想界，有三大思想家——王夫之、黄宗羲、顾炎武，其中两位都生于江南、长于江南。

当黄宗羲埋头古籍回眸反思之时，另一位江南学者，正以他万卷书、万里路的研究和实践，开启着下一个时代的学术。他，就是昆山人顾炎武（1613—1682 年）。明亡之后的顾炎武，经常是骡马相随，载着自己和书册，一路考察一路做学问。从少年时代直到晚年，顾炎武自认"未尝一日不读书"。和提倡经世致用的东林人一样，他厌恶空谈，推崇经世致用的"实学"，这影响了清代乃至民国的学风。

顾炎武的少年时代，嗣母王氏曾以岳飞、文天祥、方孝孺的忠义之节教育他。明亡之际，王氏绝食而亡，临终前留下遗言要顾炎武不做异国臣子。多年后，顾炎武在《日知录》中辨析了"亡国"与"亡天下"的区别："易姓改号，谓之亡国"；而当仁义堵塞，人如野兽相食，则是"亡天下"。他进而指出，卫国乃君王大臣之责，而保卫天下则是匹夫之责。顾炎武的这段著名言论，被梁启超概括为一句广为人知的名言——"天下兴亡，匹夫有责"。

风云际会的时代，引发了社会、经济、文化、思想领域的一系列嬗变。江南社会市民阶层的发展壮大，冲破了传统世袭的身份限制，推动了社会结构和社会关系的重组。而城市工商业的兴盛和市场贸易的活跃，推动着小农经济向商品化经济形制的转变，雅俗交融的新文化形态，导致社会的文化重心开始由士人阶层转向普通大众，而在思想领域，市民意识已突破了传统价值观，开始追求平等自主的社会观、务实求富的人生观和自由开放的生活观。所有这些变革，使江南社会焕发出前所未有的发展活力，不仅冲破了长期以来由中原文化引导的文化模式，而且开始跻身华夏文明的主流。

江南学术文化的开放姿态，不仅体现在南北学术文化思想的互补和对佛学的接受和改造上，还体现在中西学术文化思想的交流上。明代的徐光启本着"救儒补佛"的目的，向利玛窦等西方传教士学习天文历法、经济水利，首开中国"西学东渐"之风。清末，随着国门的被打开，西方学术思潮开始涌入，通江近海、处于前沿地带的江南所受冲击最大，也最得风气之先。心态开放的江南学人自觉接受新的学术思想，在中西文化的融汇中，积极探寻社会发展的前路，表现出一以贯之的自由思考、善于吸纳的学术态度。其中的一批大师级的人物，为中国现代学术的确立做出了贡献。海宁人王国维作为中国现代学术开山人物之一，"自昔大师巨子，其关系于民族盛衰学术兴废者，不仅在能承续先哲将坠之业，为其托命之人，而尤在能开拓学术之区宇，补前修所未逮。故其著作可以转移一时之风气，而示来者以轨则也。"① 这位旷世通才，跨越古今，自铸伟辞，涉猎广泛，研究成果集中国古典美学和文艺理论之大成，又以现代美学与文艺理论之先河，是思想与理论界承前启后的重要人物。

从先秦到魏晋，从唐宋到明清，江南学术文化沿着自然诗性、善于怀疑发现、乐于兼收并蓄的学术传统一路前行，无论惊涛裂岸，还是波澜不惊，始终以自己独有的姿态存在于、活跃于中华文化的圣坛，江南也终于成为学术思想的摇篮与高地。回眸中国近代社会，影响最深远的三句话，竟然都出自江南人之口：第一句是范仲淹的"先天下之忧而忧，后天下之乐而乐"；第二句是东林领袖顾宪成的"风声雨声读书声声声入耳，家事国事天下事事事关心"；第三句便是源自顾炎武的那句"天下兴亡，匹夫有责"。

文化学者刘士林教授认为：江南文化对于国学的意义，更多是审美和诗性的价值。这可以从三个方面考察，一是学术发展的物质条件不同，北方人与自然的矛盾较为突出，历史上战乱也较多，而江南自然与经济条件好许多，不拘泥于衣食的文化才可能超越物质

---

① 陈寅恪：《金明馆丛稿二编》，生活·读书·新知三联书店出版社，2001 年版，第 247 页。

层面而具有诗性特征。二是不同的物质条件直接影响了南北学人的精神生态与学术生产。由于现实生存条件问题，北方学者多关注国计民生，生活较为刻板拘谨，学术上，重传统，多守成，创新动力不足。不同的生命精神深刻影响了学术的接受，江南学人则自由开放、富于个性，比较容易出现戴震那样的怀疑论者。三是江南文化直接催生了独具个性的江南学派，西方汉学家将之称为"长三角下游学术群体"，如由沈彤、江声、余萧客、褚寅亮、洪吉亮、孙星衍、王永日、王鸣盛、钱大昕等构成的吴派，以及与之辉映的皖派，包括戴震、程瑶田、金榜、洪榜、段玉裁、王念孙、孔广森等。江南学派的出现，不仅使"一代学术几为江浙皖所独占"，也为中国传统学术的现代转型提供了重要基础。① 江南，这个旖旎而温软的鱼米之乡，在各种综合力量的作用下，终归成了思想者的栖息地和文化人的精神家园。

在江南美丽的山光水色中，从来都不乏思想者的身影，而且因为受到湿润温婉的氤氲浸润，即便是深刻的思想也变得不那么艰涩与枯燥，循着人的内心需求，伴随着自由恣肆的冥想，那些古远而不乏新鲜的思想，滋润着每一寸灵动智慧的心田。

---

① 刘士林：《江南轴心期与中国古典美学精神的生成》，浙江学刊，2004年第6期。

第四章

江左风流

——江南诗性文化的文学呈现

　　江左，从来都是文学的高地。历史上，文人墨客围绕"江南"这一话题曾经留下过无数的诗词歌赋、动人故事和优美传奇，从某种意义上说，是文学成就了风雅诗意的江南。

无锡太湖鼋头清春色

　　山泽淑灵，烟雨晴岚，而人文蔚起，教化昌明，江南得天独厚的自然环境和经济人文背景，深刻影响了江南人的精神气韵。诗性的文化，风雅的文学，遂成为江南文化最典型的特征之一。

翻开文学史册，历史上留下诗词歌赋最多的地方，就是江南。当白居易、苏东坡、韦庄、柳永、杜牧、张若虚等诗词大家捻毫赋诗时，也许他们想不到，正是他们赋予了江南以浓郁的诗情画意，为后人构筑起了一个唯美的诗性时空。

一

在世人心目中，江南到底有多美？很多人对江南的最初印象几乎全部来自文学，春水盈盈，千里莺啼，绿柳映红，缤纷旖旎，风情无限，令人魂牵梦萦。

确实，江南这个诗意充盈的人间天堂，是古人早就为我们描绘好了的。韦庄说，"春水碧于天，画船听雨眠"（《菩萨蛮》），这是浸润着粼粼水色的烟雨江南；贺知章说，"不知细叶谁裁出，二月春风似剪刀"（《咏柳》），这是绿意朦胧的春日江南；白居易说，"日出江花红胜火，春来江水绿如蓝"（《江南好》），这是变幻着炫目色彩的水上江南；苏轼说，"春未老，风细柳斜斜。试上超然台上看，半壕春水一城花。烟雨暗千家"（《望江南》），这是春风化雨、春花烂漫的江南；杨万里说："毕竟西湖六月中，风光不与四时同。接天莲叶无穷碧，映日荷花别样红"（《晓出净慈寺送林子方》），这是满湖莲花盛开的夏日江南；杜荀鹤说，"君到姑苏见，人家尽枕河。古宫闲地少，水巷小桥多"（《送人游吴》），这是小桥流水粉黛人家的江南；王琪说，"江南雪，轻素剪云端，琼树忽惊春意早，梅花偏觉晓香寒，冷影褪清欢"（《望江南》）这是暗香浮动疏影横斜的冬日江南；张志和说，"西塞山前白鹭飞，桃花流水鳜鱼肥。青箬笠，绿蓑衣，斜风细雨不须归"（《渔歌子》），这是物华天宝、温馨富足的农家人的江南；欧阳修说，"江南月，如镜复如钩。似镜不侵红粉面，似钩不挂画帘头，长是照离愁"（《望江南》），这是月下离人缠绻难舍的江南……。宋代王观的那首《卜算子·送鲍浩然之浙东》"水是眼波横，山是眉峰聚，欲问行人去哪边？眉眼盈盈处。才始送春归，又送君归去。若到江南赶上春，千万和春住"，更是道出了江南水波灵动、山色潋滟，和如同恋人般发自内心的江南之恋。

即便是一腔愁绪，在江南也能幻化出无限的美感。宜兴籍宋末词人蒋捷，在乘船经过吴江时，怀着一腔羁旅的春愁，写下了那首著名的《一剪梅》："一片春愁待酒浇。江上舟摇，楼上帘招。秋娘渡与泰娘桥，风又飘飘，雨又萧萧。何日归家洗客袍？银字笙调，心字香烧。流光容易把人抛，红了樱桃，绿了芭蕉。"有趣的是，后来的人们早已忘却了诗人的羁旅之愁，而把那句再普通不过的"红了樱桃，绿了芭蕉"咀嚼成了名句。

无锡蠡湖风光

中国诗歌史上，以《江南好》《忆江南》《梦江南》《望江南》

为题的诗词多达数百首，这个词牌的原名叫《谢秋娘》，原为中唐时期的文人宰相李德裕为纪念爱姬谢秋娘而作，也许白居易的《忆江南》影响太深，也许江南的魅力太大，抑或是后世吟咏者太多，以致"江南好""望江南"最终被唱成了公认的词牌。

江南是小桥流水，江南是枕河人家，是幽幽青山飘起的缕缕炊烟，是九曲河塘里的荷叶田田，是粉墙黛瓦、青石铺路的寻常巷陌，是西湖畔绿杨荫里的白沙堤；是范蠡带西施泛舟遁迹的五湖，也是牛郎织女邂逅结缘的清浅沙溪。江南是清早晨雾里汲水浣纱的妇人，是细雨蒙蒙中撑着油纸伞行独行的丁香姑娘；是"夜船吹笛雨潇潇"的凄清，是"乱花迷人眼，浅草没马蹄"的迷离，淡抹也好，浓妆也罢，江南的美永远充盈着无限丰盈诗意……。

文学作品中描绘的一幅又一幅江南的图景，早已是如此深入人心。所以，等你真的到了江南，才发现，原来这里早已是如此熟稔，恰如宝玉见到了林妹妹，刹那间仿佛梦里或前世早已见过的一样，恍若隔世，似曾相识，又似久别重逢，因此怦然心动。这个浩瀚的世界，风景无处不在，有的凌厉强势，如高峻的雪峰、恢宏的深峡，让人面对时顿感自己渺如微尘；有些风景浩渺苍凉，如茫茫沙海、黄土高原，身临其境时令人心生悲怆惆怅；还有些风景很安静宜人，但它只是风景，只供你拍照留影，不会给你更多的遐想，如黄浦江边的高楼、罗马街头的喷泉，过于直白明朗；有些风景过于险峻深邃，幽深曲折，令人虽有探秘之心却往往心生忐忑……，而江南的风景却是无须顾忌的，永远深浅宜人，浓淡相映，恰到好处。无论春江花月、柳绿桃红、草长莺飞的春天，还是寒梅绽放、绿意不减的冬日，无论蝉声漫天、荷花满池、莲叶接天的夏日，还是残荷败柳、秋水横波、碧云天黄叶地的秋季，同样都充满了韵致。碧波长洲、亭台楼榭可观可赏，小桥流水、枕河人家同样好看，江南就是这样让人百看不厌，流连忘返。

文学，赋予了江南无限丰富的空间美感和诗意，江南也在人们的诗化之下变得更美。

安徽宣城敬亭山下的李白塑像

在诗词歌赋这一文学的舞台上，如果没有了"江南"这个角色，一定会逊色不少。从另一面看，江南的山山水水如果少了文人墨客的渲染点化，肯定也少了不少诗性韵味。踏遍千山万水，凡有文人墨客留下足迹、墨迹的地方，必然多了几分浪漫与想象，若是当年他们在此留下一二诗词小令，则更添了无穷魅力。江南的风景出自天然，也因人而名、因文而美。皖南的宣城，位于江南一隅，那座再普通不过的敬亭山，就因为大唐诗仙李白的一句"相看两不厌，唯有敬亭山"，而吸引了无数海内外游客……。横亘于西湖的苏堤、白堤，也因为有了苏东坡、白居易而文名的平添了无限的遐想。

二

喜欢读书的江南人总是把"诗"与"书"合为一体，称为"诗书"。江南人家里也有着最多的藏书，古代藏书楼最多、最密集的地方就是江南，宁波的天一阁，杭州西子湖畔的文澜阁，浙江瑞安的玉海楼，扬州大观堂的文汇阁，嘉业堂的藏书楼，苏州的过云楼，常熟的旧山楼、铁琴铜剑楼，无锡的云卷楼……，美丽的江南，不仅有着旖旎的风景，还有最多的诗书；有着那么多诗书的地方，也就有了最多的文人、最盛的风雅与最浓的诗情，在文人们曲水流觞，诗兴遄飞，举杯邀月，俯仰苍穹的背后，无不浸透着浓郁的诗意。

古来凡文学大家，必饱读诗书，学富五车，坐拥书城。旧时代，文人墨客流连于秦淮河上，傍岸画舫，旧家亭苑，幽期密约之所，有艳姬娇娘丝弦叮当，便有好事者把校书房题作"鞫通"雅号。也有卖艺不卖身的艺妓名媛，面对着满架线装古书，喟然唱出"脉望"（一种传说中的书虫）的芳名。把心爱的琴书冠以"蛀虫"的别称，雅到极致，情深至浓。

书读的多了，下笔自然如有神。还有一种"书"，也能触动创作的灵感，那就是"山水自然"这本大书。自然山水，同样是激发文学诗情的原因。诚然，"久读诗书望超群，超群拔萃步青云。诗词若肯潜心玩，必定荣归听鹿鸣"，也许读书之人并不能完全摆脱功利的心态，但是"寄情山水"和"放纵诗书"却总是如此其妙地被交织在一起，成为相辅相成的一组内蕴相通的意境。

在江南，山水是文学的起兴，也是文学抒情的对象，更是借物咏叹、抒发自我的渠道。中国的传统美学与古代文论，都清晰地揭示了人的文学活动与自然的关系，一方面自然景物是文学家创作的源泉与诱因；另一方面，在创作中作者又极为重视主体情感与客体景物的融会，讲究心物交应、物我交融。正如古人所云："人生一世，草木一秋"，寥寥数语，便将个体生命汇入了自然活态流动的过程，在自然之道中获取了心灵的感悟和创作的启迪，从而转化为文学之道。

在优秀的文学作品中，主体的"人"，与客体"山水"常常是灵犀相通的，是物我交融的，甚至是有情感交流的。散文女作家张晓风认为，美好的大自然是人类情感转化为文学的最好的催化剂，她将"惜花春早起，爱月夜眠迟"的诗句治印，收藏，以明心志。她的那篇《常常，我想起那座山》充分表现了这一美学原则："山

从四面叠过来，一重一重的，简直是绿色的花瓣——不是单瓣的那一种，

疏影横斜暗香浮动的无锡梅园

而是重瓣的那一种——人行水中，忽然就有了花蕊的感觉，那种柔和的、生存着的花蕊，你感到自己的尊严和芬芳，你竟觉得自己就是张横渠所说的可以'为天地立心'的那个人。……不是天地需要我们去为之立心，而是由于天地的仁慈，她俯身将我们抱起，而且刚刚好放在那个位置上。山水是花，天地是更大的花，我们遂挺然成花蕊。"在她那里，自然是一幅展开在内心的画图，群山是一块块写满历史的沉实镇纸。正是文学家的慧心慧眼，使自然山水都拥有了灵性，使二者心意相通，人与自然的关系和人对自然的珍惜之情就这样被表现得淋漓尽致。

　　"非必丝与竹，山水有清音"（《招隐二首》），是西晋文学家左思的名句，意思是没有必要非得有乐器弹出乐章，在山水之间便足以聆听到大自然的音乐。能否聆听到山水之乐，全在于人是否有感，这需要有一颗善于感受美的慧心和一双善于发现美的眼睛。这颗慧心、这双慧眼，主要源于诗人墨客的"江南情结"。有了这种情结，便有了爱，有了爱便有了感悟力，进而不断在人生的感悟中有了情意思想。比如，那位不断吟唱《江南好》的白居易，他的"江南情

72

结"就几乎贯穿了一生。少年时代，白居易就因时局动荡而漂泊至繁华江南近七年，由此与江南结缘。青年时他在宣州（今宣城）高中乡试，江南又成为他少年成名、步入仕途的人生转折点。中晚年时，白居易先后出任杭州、苏州刺史，实心任事造福一方，为民拥戴，完成了人生夙愿，并且在远离纷争、寄情山水的江南生活中实现了精神追求和人生价值。离开江南之后，白居易对江南仍然魂牵梦萦，难以忘怀，这种挥之不去的江南情结，充分投射在他以江南为抒情对象的大量诗歌中。旖旎的西湖风光，江南的文人雅士，江南的诗酬酒会，江南的风土人情，都成为他离别江南之后的深情追忆。

江南的自然给予文学家寥廓的思维空间，也给他们以简单纯粹而又千回百转的美感，这是一种"行遍天涯意未阑"的趣味，是闲看庭花云卷云舒的淡然，使之能够以涵天负地的胸襟对生命的价值进行思考和追问，也使他们将江南作为可以栖身的读书圣地和安抚心灵的精神家园。

三

江南和水乡，是一对密不可分的概念。水，是江南最灵动的眼神，也是江南最鲜亮的名片。江南一切的美景，一旦没有了水，也就失去了那一缕灵气。

词人笔下的江南之所以温情动人，是因为有了水："叶上初阳干宿雨，水面清圆，一一风荷举。故乡遥，何日去？家住吴门，久作长安旅。五月渔郎相忆否。小楫轻舟，梦入芙蓉浦。"而到了荷叶田田的季节，故事似乎更多："兴尽晚回舟，误入藕花深处。争渡，争渡，惊起一滩鸥鹭。"有人索性在荷花深处酣眠："月色苍凉，东方将白，客方散去。吾辈纵舟酣睡于十里荷花之中，香气拍人，清梦甚惬。"而当读到张籍的那首《相和歌辞·乌栖曲》时，无疑又有了几分历史的沧桑与沉厚："西山作宫潮满池，宫乌晓鸣茱萸枝。吴姬自唱采莲曲，君王昨夜舟中宿"。水多变，沾染了水的诗文也一样。

在诗人笔下，水边的江南女子算得上绝代风华："落日晴江里，荆歌艳楚腰。采莲从小惯，十五即乘潮。"（刘芳平《采莲曲》）而如果只闻其声不见其人，似乎更让人神往："锦莲浮处水粼粼，风外香生袜底尘。荷叶荷裙相映色，闻歌不见采莲人。"（何希尧《操莲曲》）那首据说是梁武帝创作的《西洲曲》，写出了恋人之间一见倾心又一往情深的含羞之态，充盈着生命最圆满的喜悦和岁月最饱满的激情，果然是什么都没说，又什么都说了："采莲南塘秋，莲花过人头，低头弄莲子，莲子清如水……"

大江之南，山温水软，人杰地灵。古往今来，多少才子俊彦迷醉于江南的杏花春雨，烟雨迷蒙，陶然忘我。江南灵秀的山水不仅滋养了多情浪漫的情怀，也成为文人墨客心灵的乐土。最能代表江南样貌的西湖，自然是文人墨客的最宠，西子般美丽的西湖在诗人笔下总有无限的风情：袁宏道说它"山色如娥，花光如颊，温风如酒，波纹如绫"（《初至西湖记》），张岱说它"吾辈纵舟，酣睡于十里荷花之中，香气拍人，清梦甚惬……"（《西湖七月半》）。柳永笔下的杭州，富丽之美更是无可比拟："东南形胜，三吴都会，钱塘自古繁华。烟柳画桥，风帘翠幕，参差十万人家。云树绕堤沙。怒涛卷霜雪，天堑无涯。市列珠玑，户盈罗绮，竞豪奢。重湖叠清佳，有三秋桂子，十里荷花……"（《望海潮·东南形胜》）西湖胜景，羡煞天下无数人。在文人墨客笔下，江南如此之美，烟雨青山、杏花春雨、小桥流水，粉黛人家……，山水就这样在无数文人墨客的笔下，被文学渲染成了诗。据说，金主完颜亮就是受到柳永诗词的诱惑，才发下了"立马吴山第一峰"的誓愿，立马横刀，挥师南渡。

如此美丽的景色，从来不会缺少诗情。永和九年（353年），三月初三，清明又到了。在晋室贵族、会稽内史王羲之的带领下，谢安、孙绰等 42 位朝中高官，在兰亭完成了一年一度的祭祀仪式后，以"曲水流觞"的浪漫方式，沿着蜿蜒流淌的兰溪席地而坐，让徐徐的春风缓缓推送着溪水上漂浮的酒杯。酒杯停在谁的面前，谁便饮酒赋诗，一部名存史册的《兰亭集》竟是这样在文雅集的游戏中诞生于兰溪水岸。一个特别的日子，一群多情的文人，一种浪漫的玩法，一幅风雅的曲水流觞图，成就了一段千古风流的佳话！而王羲之乘着酒兴所作的《兰亭集序》，更成为一个国家的最珍贵的墨宝。从"兰亭曲水擅风流，移宴向清秋"，到"流觞元已奚所因，更指三日为良辰。山阴坐上皆豪逸，长安水边多丽人"，从"碧池萍嫩柳垂波，绮席丝镛舞翠娥。为报会稽亭上客，永和应不胜元和"，到"兰亭丝竹，高会群贤，其人如玉。曲水流觞，灯前细雨，檐花簌簌"……，《兰亭集》中的这些诗篇成为过去了的那个水边清明的永恒记录。

近现代的江南散文与诗歌，也仍然没有脱出"人"与自然地缘的关系。在《中国近代文学大系》和《中国新文学大系》的共计 2757 篇散文中，表现江南人的个性、襟怀、情趣或生活方式等内容的散文有 583 篇。从散文数量与现实社会联系的角度去审视，江南散文仍很大程度依赖于相对自由的社会风气与相对稳定的社会环境。这些散文作家在地理分布上主要集中于太湖流域、宁绍平原，尤其集中在苏锡常杭嘉湖的中心地带，从中心到边缘呈逐渐递减。这些散文有着鲜明的地域特色——"水性"。水性，是诗性之根源，如诗如画的风景给人无限美感，流动灵活的水性也影响了文学家的个性心灵，从而造就了江南文学的诗性特质。

1922 年的春天，四位风华正茂的年轻人意兴飞扬，泛舟湖上。他们是 21 岁的汪静之，23 岁的应修人，20 岁的冯雪峰和 21 岁的潘漠华。这些接受了"五四"新文学洗礼的年轻人，大好的青春伴着大好的春光，多情少年的心被自然激发了，诗情如水一般流泻出来："我冒犯了人们的指摘／一步一回头地瞟我意中人／我怎样地欣慰而胆寒啊！""我们歌笑在湖畔／我们歌哭在湖畔……"，"是哪里吹来／这蕙花的风——／温馨的蕙花的风？"一部《春的歌集》就这样诞生在了美丽的西子湖上，他们年轻的歌声就这样在文坛刮起了一阵"蕙的风"①。这些诗稚拙、单纯，如湖水一般的澄澈透明，浸润着江南的温情，饱蕴着灵气与诗性，连一向以笔为"投枪""匕首"的鲁迅也赞之为"天籁"。现代文学的第一个新诗团体就这样诞生在了美丽的西子湖畔，在文学史上，这几位少年后来被称为"湖畔诗人"。

诗性，是一种意趣，也是一种生活。与"湖畔诗人"出现同一时代，浙江上虞白马湖畔的春晖中学里，也聚集了一班文人雅士，夏丏尊、朱自清、匡互生、丰子恺、朱光潜、俞平伯、刘大白、叶圣陶、胡愈之、蔡元培……，这一长串闪亮的名字璀璨地辉映着白马湖的粼粼波光。与古代的文人一样，他们"出则渔弋山水，入则言咏属文"，每日诗酒风流，酬唱应答，挥洒文字，诗意地栖居于江南一隅。不久，文坛出现了一连串与之相关的专有词汇："白马湖文学"，"白马湖流派"，"白马湖文化符号"。朱自清和俞平伯相约的那两篇蜚声文坛的同题散文《桨声灯影里的秦淮河》，就是在这里完成的；丰子恺和朱自清也在这里写完了同题散文《儿女》；叶圣陶在这里开始了他的小说创作，夏丏尊则开始着手翻译《爱的教育》……，他们相互砥砺，星光互映，成就斐然。多年后，朱自清用"文采风流照四筵，每思玄度意悠然"描绘了当年的风雅生活。

几年之后，白马湖畔的才子们风流云散，有的去了北京，有的去了上海，还有人远赴海外。同去北京的朱自清和俞平伯，仍然常常相聚在俞家的书房，谈天说地，吟诗诵词。有时家庭聚会，俞平

---

① 《蕙的风》，汪静之诗集，出版于 1922 年，收录诗歌 33 首。

伯的夫人许宝钏与雅好昆曲的谷音社成员，还会来一场昆曲演出，一唱三叹的南方雅曲，萦绕在有着天棚鱼缸石榴树的四合院里，弦管和着吴音软语，余音绕梁。常来俞家参加聚会的人群里，还有被俞平伯视为老师的周作人。周作人当时已是大名鼎鼎的学者、作家，其散文小品冲淡古雅，睿智而充满机趣，闲适中略带淡愁，却哀而不伤，正是江南的味道。而周作人的兄长周树人（鲁迅）则性情风格截然不同，不管文字还是处世，虽弃医从文，内心却是一位斗士。不过，周氏兄弟笔下的故乡都浸润了鉴湖水的灵动温软，每每写到故乡时，貌似刚硬的鲁迅也不能免俗。

四

　　梁启超认为，文化与历史之关系，犹如肉体与精神的关系。并从文化地理学的角度解读了文风与地缘的关系："燕赵多慷慨悲歌之士，吴楚多放诞纤丽之文，自古然矣。自唐以前，于诗于文于赋，皆南北各为家数；长城饮马，河梁携手，北人之气概也；江南草长，洞庭始波，南人之情怀也。散文之长江大河，一泻千里者，北人为优；骈文之镂云刻月善移我情者，南人为优。盖文根于性灵，其受四围社会之影响特甚焉。"① 梁启超还进一步归结了"南学之精神"以及根源："（南地）其气候和，其土地饶，其谋生易，其民族不必惟一身一家之饱暖是忧，故常达观于世界以外。……探玄理，出世界；齐物我，平阶级；轻私爱，厌繁文；明自然，顺本性。此南学之精神也。"与北方文学精神的"长城饮马""铁马秋风"的慷慨悲歌不同，江南文学擅描草长莺飞，言志抒情，放诞纤丽，善移我情。

　　20世纪法国著名历史学家费尔南·布罗代尔（1902—1985年）

---

　　① 梁启超：《中国地理大势论》，见于《饮冰室文集》23卷（第四册），转引自张万仪《鲁迅与吴越文化》，西南民族学院学报，哲学社会科学版，总第28卷。

在论述地理环境的作用时，曾提出过一个很著名的观点，"没有地理，便没有历史"，他认为，文明无论其范围广大还是狭小，在地图上总有其自己的坐标，而决定这种文明本质特征的是其所处地理位置，是"通达"还是"封闭"。人类在迈向文明时代的进程中，农耕文明和海洋文明就是因此而在不同的地理空间中形成的。"地理"因素很大意义上决定了其文化历史的形态。

鼋渚春涛——鼋头渚三月樱花盛开时的景色

这样的观点，其实在中国古已有之。道光十八年（1838年）穆彰阿在为吴县潘世恩所编的《潘氏科名草》作序时就指出："盖闻文章之事，关乎其人之学之养，而其所由极盛而不已者，则非尽其人之学之养为之，而山川风气为之也。江南乃古名胜之区，其分野则上映乎斗牛，其疆域则旁接乎闽越，而又襟长江而带大河，挺奇峰而出秀巘，故其灵异之气往往钟于人而发于文章。"康熙年间，陈治策为《吴郡甫里志》撰序时也指出："映山带湖，林木苍郁，坐其间者多高才博学矫矫绝俗之士。"

江南独特的地理特质，哺育了风雅细敏而灵动绝俗的江南文人，也深刻影响了江南文学的气质与风格。文风灵动唯美的台湾诗人余光中，虽然祖籍是福建永春，但自小在江南长大，故自称"半个江南人"，1949年他随父母赴台，迄今已近70年，年轻人变成了老年人，乌发变成了白发，但念念不忘的仍是"杏花春雨"、遍地杨柳、燕子翻飞、多亭多桥的江南。每逢春天，必会想起"唐诗里的江南，……小杜的江南，苏小小的江南"，想起"采桑叶于其中，捉蜻蜓于其中"的江南，想起"多莲的湖，多菱的湖，多螃蟹的湖，多湖的江南"，想起那片曾是"吴王和越王的小战场"的土地，想起"迷了西施，失踪了范蠡"的梦幻一般江南（《春天，遂想起》）。而那份关于江南的故乡之思，化作了缠绵、唯美的江南之恋："如果你栖在我船尾/这小舟该多轻/这双桨该忆起/谁是西施，谁是范蠡/那就划去太湖，划去洞庭/听唐朝的猿啼/划去潺潺的天河/看你的发，在神话里/就覆舟，也是美丽的交通失事了/你在彼岸织你的锦/我在此岸弄我的笛/从上个七夕，到下个七夕。"（《碧谭》）诗人那种好奇多情、乐生浪漫的性情，锦心绣口的表达，华美豪放、汪洋恣肆的诗风，都与江南环境的孕育有着深刻的关联。

水，是江南才子笔下永远的底色，周作人的《乌篷船》，鲁迅的《社戏》，朱自清《梅雨潭》，汪曾祺的《受戒》，这些水乡之子的笔下，字里行间都浸润着江南的水色。周作人说："我们本是水乡的居民……"，汪曾祺说："我的家乡是一个水乡，我是在水边长大的，耳目之所接，无非是水，水影响了我的性格，也影响了我的作品风格。"烟雨青山、杏花春雨、小桥流水，粉黛人家……，江南之美影响了作家，润物无声地渗透进了作家的血脉；同时，江南也在作家们笔下被诗化了，被定格为个性鲜明的文学形象，成了诗，成了画。

翻开《锡山荣氏绳武楼丛刊》，民国 4 年（1914 年）无锡人荣汝菜为自己的新居撰写了这样一副楹联："赋诗饮酒谈方技，听曲弹棋观异书"，一个普通文人的普通笔墨，却再形象不过地展示了江南人追求的生活意趣。江南宅院的粉墙黛瓦、映阶苔痕让人流连低回，江南雨巷的油纸伞让人魂牵梦萦，而江南桥头的柔柔柳浪、丝丝春雨更让人柔情顿生……。曾有人罗列了一大堆喜欢江南的理由，从西湖的龙井，到阳澄湖的大闸蟹，从宜兴的紫砂壶，到精美的苏绣，从阳春白雪的昆剧，到婉转悠扬的丝竹……，当然，还有诗词歌赋里那个诗意满满的江南。

或许历史上游牧民族自北方南下，每每席卷华夏大地时，江南总是成为中华文明最后的一块避居之地，所以在中华民族的文化情结中，江南是永远的乡愁，是精神的家园，是灵魂的栖息之所，也是文化意义上的另一个故乡。因为江南长期偏于一隅，远离战乱，也游离于政治之外，相比制度严苛、风气肃穆的北方，江南的文化生态相对宽松自由，适宜放任个性、追新慕异、独善其身的文人墨客恬然自处。所以，江南的意象已经超越了其本身的实际意义，而成为人们心中所苦苦追慕、孜孜以求的精神层面的家园。

五

江南，还是一个创造传奇的地方，许多人是在杜牧、白居易的诗、柳永、温庭筠的词里初识了江南之美，而在那些脍炙人口的传奇佳话中，则可以咀嚼出另一番江南的温情而浪漫的味道。

南京的秦淮河，靠近中华门附近有一座长干桥，长干桥畔就是古代的长干里。这个地名的广为人知，是因为诗人李白的那首叙事诗《长干行》，其中最脍炙人口的句子是"郎骑竹马来，绕床弄青梅"，"青梅竹马"的典故亦由此而来。

　　无锡城东的鸿山，原名铁山，后来因为勾吴古国的开山鼻祖泰伯安葬于此，故称"古皇山"。东汉时，因为东汉名士梁鸿夫妇的到来，后来又改名为"鸿山"。原本，贫穷而清高孤傲的梁鸿，准备带着妻子隐居山野，过自给自足的生活。却因为在《五噫歌》中表示了对帝王大兴土木、营造宫殿的不满和对服劳役民工的同情，而因诗惹祸，背井离乡，避难南逃。《后汉书》的《逸民列传》中较为详细地记载了梁鸿夫妇的故事。梁孟夫妇逃至江南之后，梁鸿的满腹才学起初并不为人所知，故只能"依皋伯通，居庑下，为人赁舂"，勉强维持生计。他的妻子孟光不愿丈夫的才华被淹没，为了彰显丈夫的身份，她每每做好饭菜，"举案必齐眉"，用降低自我姿态的方法来烘托梁鸿。后来，这一举动果然引起关注，梁鸿终于被主人奉为上宾，"乃舍之于家"。于是文学史上，便多了一段"举案齐眉，相敬如宾"的佳话。

　　苏州的虎丘，被誉为"吴中第一名胜"。许多史学家、考古学家认为，虎丘就是古吴国当年叱咤风云的第24任吴王阖闾的大墓。阖闾执政的十九年，吴国疆土不断扩张，从一个三流国家跻身"中原霸主"之列。但他一手创下的宏伟基业，短短23年就在夫差手里灰飞烟灭，令人扼腕叹息。虎丘山断梁殿外的石道右侧，依山岩建有一座小亭。亭内石碑上刻有"古真娘墓"四个大字，墓前有俞樾所撰对联："一勺试清泉，闻故老流传，是憨师开山遗迹，千秋埋艳骨，笑游人闲赏，只真娘古冢题诗"。真娘，是唐代姑苏的一位名妓，能歌善舞，容貌出众，却守身如玉，不甘受辱，最后为反抗鸨母而投缳自尽。真娘死后被葬于虎丘山侧，在这里，一个叱咤风云的绝世豪杰与一个凄楚动人温婉佳人，跨越千年时空遥相作伴，由此引发了后世无数文人的遐思冥想，"行客慕其华丽，竞为诗题於墓树"。公元825年，白居易被任命为苏州刺史，5月到任，次年便因眼疾去职。在短短一年多的任职期内，白居易竟然12次来到真娘墓前，并写下"不识真娘镜中面，唯见真娘墓头草。霜摧桃李风折莲，真娘死时犹少年"的诗句。此后，前来访古踏青的文人纷纷效尤，发思古之幽情，你一首，我一阙，竟然引发了唐宋文学史上一道奇特的文学景观——"真娘诗潮"。许多著名诗人都在此留诗，如王同祖有《西江月》，沉砺有《虎丘吊阖闾》，白居易有《真娘墓》，刘禹锡有《吴王娇女》，李商隐有《虎丘山》，

位于苏州的虎丘斜塔

阎尔梅有《观虎丘祭厉坛者》，李绅和谭铢赋分别也有《真娘墓》……，正所谓"真娘声价艳千秋，多少新诗咏虎丘。"

相似的故事也发生在了西湖之畔，西湖之美之魅也许因为承载了一份人间温情。这位与真娘相似的女子叫苏小小，其真实身份年龄并不清晰，但在诗词里她的爱情却十分凄美动人。"无物结同心，烟花不堪剪"，"酒里春容抱离恨，水中莲子怀芳心"，"莺莺燕燕分飞后，粉浅梨花瘦。只除苏小不风流，斜插一枝萱草凤钗头。"在李贺、温庭筠、遗山元等许多著名诗人笔下，苏小小的爱情无疑是一场悲剧。白居易写来最为动情，因为他化用了苏小小口吻，甚至在诗中还揉进了甜蜜回忆，"妾乘油壁车，郎跨青骢马。何处结同心，西陵松柏下。"李绅在《真娘墓》里，将两位花样女子的命运一并作了书写："一株繁艳春城尽，双树慈门忍草生。愁态自随风烛灭，爱心难逐雨花轻。黛消波月空蟾影，歌息梁尘有梵声。还似钱塘苏

小小，只应回首是卿卿。"从白居易、李绅、张祜、温庭筠、刘禹锡，到徐渭、遗山元、沈原理、罗隐，有那么多文人骚客，都用深深浅浅、浓淡不一的文字描摹过苏小小的爱情，在他们的演绎之下，苏小小不仅成了文学史里的名人，也成了浪漫西湖不可缺少的一个文化符号。

梳理文学时空里的江南，会发现这真是一个柔情万端的世界。中国大地上的多情浪漫的故事，大多与这片温软的土地有着不解之缘。从同窗之载两情相悦、殉情化蝶的梁山伯祝英台，到举案齐眉、相敬如宾的梁鸿孟光；从西湖上白蛇许仙一波三折的人神之恋，到色艺双绝名动江左的陈圆圆的沉浮情事；从吴越战争结束后泛舟五湖隐遁江湖的范蠡西施，到民间传说中的大才子唐伯虎三点秋香……，还有柳如是、苏小小、杜秋娘、花蕊夫人、王翠翘、玉堂春，这么多的才子佳人，这么多的浪漫传奇，如果没有文学的点染涂抹，又如何撑得起这旖旎多情的江南？

中国白话通俗小说的奠基之作，无疑是冯梦龙的《三言》。《喻世明言》《警世通言》《醒世恒言》汇集了120篇小说，大多都是宋元明话本中的艺术佳品。《三言》中的故事，以婚恋传奇为多，科场屡试不售的冯梦龙，内心早已对仕途绝望，于是江南才子骨子里那种桀骜个性变成了蔑视权贵、反叛礼教的人性之呼，他大胆地将"情"与"欲"置于"理"与"礼"之上，这一点对后世文学产生了巨大的影响。冯梦龙本人也堪称"多情重义"之人，妓女冯爱生出身贫寒，身世悲凉，19岁芳龄便抑郁而终。冯梦龙不仅为其捐资购地、置棺安葬，还亲自撰写了《爱生传》以慰其在天之灵。对一位萍水相逢者尚且能如此，而当他深深爱上了苏州名妓侯慧卿，却无力为其赎身，眼睁睁地看着她被一位富商买去，此后音讯全无。这位多情才子能做的只不过是一声声悲吟而已："一场幽梦同谁近，千古情人独我痴"，"最是一生凄绝处，鸳鸯冢上欲招魂。"在冯梦龙留下的诗词中，有三十多首都是对侯慧卿的难忘回忆，可谓真名士自风流。

那些早期的凄美婉转的爱情传奇，到了近现代则演绎成了洋洋大观的"礼拜六文学"。在"鸳鸯蝴蝶派"们的笔下，那些现代都市男女或凄艳，或缠绵的情事，竟然几乎占了20世纪前期文学的半壁江山。这一时尚文学样式开启了现代"娱乐文学"的先河，而风雅浪漫的特色却是一脉相承的。也许江南这片温软的土地特别适宜培育情感，也许这片最称为"温柔富贵乡"的地方最盛产才子佳人，只消简单梳理一下鸳鸯蝴蝶派的作家群——包天笑、徐枕亚、张恨水、吴双热、吴若梅、程小青、孙玉声、李涵秋、许啸天、秦瘦鸥、冯玉奇、王蕴章……，还有那些同时代最擅长言情叙事的张爱玲、苏青等女才子，那么多曾经名动文坛的作家，几乎清一色都是江南人。

六

温山软水的灵秀环境，就这样孕育了多情诗意、令人艳羡的江南。而诗意江南的营造，似乎也少不了帝王们的参与，隋炀帝的《江南好》虽然算不得一等的绝句，却开了吟咏江南的先河，而这位因为不舍扬州而遭下属背叛杀害的帝王，丢了江山，却永远留在了江南。康熙、乾隆这对祖孙帝王多次游历江南，沿途所至题诗留字无数，虽算不得上乘佳作，却也为江南增添了几缕诗情画意。

"杏花春雨江南"和"铁马秋风塞北"，竟成为如此鲜明而对立的文学意象，把南北迥然相异的个性气质点拨得再分明不过。与塞北的刚健雄浑、冷峻肃杀不同，江南是温婉美丽、诗意浪漫的，是"堆金积玉地，温柔富贵乡"，是杏花春雨中孕育的春天，充满了对未来的希望。而"铁马秋风"却暗喻了征伐、铁蹄、战乱，而肃杀的秋风之后，更是万物凋零的严冬。在文学的生动演绎之下，江南的形象愈发变得鲜明。

　　然而，温婉秀丽的江南，并非全都是适宜隐遁的温柔乡。回眸百年前那场轰轰烈烈、扭转乾坤的"五四"新文化运动，最早的一群发轫者竟然都是从江南的温山软水中走出来的文人，陈独秀、胡适、鲁迅、许寿裳、钱玄同、刘半农……，还有吟诵着"秋风秋雨愁煞人"大义凛然走向刑场的秋瑾，在中国社会波涛汹涌的转折时期，江南的文人没有逃避，没有退让，更没有躲进小楼成一统，而成了站在时代前列的猛士，敢于直面人生和现实，以国家兴亡为己任，以民众疾苦为诉求，为天地立心，为生民立命，为万世开太平。

　　事实上，从明代的东林党人到"五四"新文学的干将，"文以载道""经世致用"这条精神主线，似乎一直贯穿于千百年来的江南文学史中。浪漫的"箫心"与刚勇的"剑气"交织在一起，构成了江南文化"刚"与"柔"的两极，而文人的双重人生取向，在江南的这一方水土上竟然被融合得如此完美。

　　"暮春三月，江南草长，杂花生树，群莺乱飞"，这段每每被提及的佳句，自古传诵至今，但已经很少有人知道它的由来。其实，这段文字典出于一篇"招降书"。南朝梁武帝天监元年，江州刺史陈伯之叛降北魏。武帝命临川王萧宏率兵北伐，随军的书记官丘迟受命撰写了一封长信送与陈伯之。他在赞扬了陈伯之"勇冠三军，才为世出"、战功赫赫之后，表示了圣上的宽厚襟怀。而后，丘迟用深情的文字渲染了家乡江南的美丽春色。"暮春三月，江南草长，杂花生树，群莺乱飞"的深情描绘，加上"见故国之旗鼓，感平生于畴日，抚弦登陴，岂不怆悢"的慷慨之呼，酣畅淋漓、直逼人心的文字，终于赢得了陈伯之的掉转回师、率部归降，这不能不归功于文学的感人力量。

　　公元976年正月，南唐灭亡，国君李煜被俘，锦衣玉食的一国之王，瞬间沦为了阶下之囚。故国沉沦，命运陡转，深刻的绝望引发了内心无限的悲凉，使这位曾经沉迷于风花雪月的君王发生了彻底改变。"春花秋月何时了，往事知多少。小楼昨夜又东风，故国不堪回首月明中。问君能有几多愁，恰似一江春水向东流。""独自莫凭栏，无限江山，别时容易见时难。流水落花春去也，天上人间。"李煜这一时期的词作，充满了透彻入骨的身世之悲、家国之恨，格调悲怆，意境悠远而苍凉，成为史上的"千古哀音"。

而著名词人辛弃疾以65岁高龄出任镇江知府时，写下的那首《京口北固亭怀古》气象胸襟也显然与平时不同，婉约清丽已不见，只余慷慨豪放之风：

> 千古江山，英雄无觅，孙仲谋处。舞榭歌台，风流总被，雨打风吹去。斜阳草树，寻常巷陌，人道寄奴曾住。想当年，金戈铁马，气吞万里如虎。
>
> 元嘉草草，封狼居胥，赢得仓皇北顾。四十三年，望中犹记，烽火扬州路。可堪回首，佛狸祠下，一片神鸦社鼓。凭谁问，廉颇老矣，尚能饭否？

竟然是在温软秀丽的江南，夯实了辛弃疾"豪放派"领军人物的文学史地位。

作为史上诗作最多的诗人，陆游以其86岁的高龄留下的精神财富，除了9300多首诗词，还有刚柔相对的两份精神遗产：一是凄婉感人、流芳百世的与唐琬的爱情，在这个故事里陆游的角色是多情而又软弱的才子；而在另一个渴望北伐杀敌、建功立业、报效国家的故事中，陆游却是一个胸怀报国之志的勇士。虽然，他出生不久就遭遇了北宋灭亡的靖康之耻，此后也并没有赢得征战疆场的机会，却以笔为刃，以诗报国，在诗中不断抒发着一腔热血，"上马击狂胡，下马草军书"，"此诗倘不作，丹心尚谁明？"直至暮年，他的诗中仍然回旋着饱满的豪雄之气，"一闻战鼓意气生，犹能为国平燕赵！"直至临终之际，他也没有忘记嘱咐后人"死去元知万事空，但悲不见九州同。王师北定中原日，家祭无忘告乃翁！"

　　而驰骋于金戈铁马间，纵横八千里路云和月的岳飞，既是怒发冲冠豪气冲天的一员勇将，也是内心丰富才华横溢的诗词巨匠，如果不是36岁就被宋高宗赐死，岳飞的文学创作才华亦未可限量。"待从头收拾旧山河，朝天阙"的愿望虽未实现，但他的一阕脍炙人口的《满江红》，足以让这位民族英雄名垂青史，永远活在后人心中。

　　有了这些英雄豪杰的加入，在江南文学的漫漫流脉中，汩汩流淌的不再仅仅是柔情与浪漫，还有一腔深沉厚重的家国情怀。在无数才俊挥洒的文字中，江南文学还承载了一份沉甸甸的道义与责任。

　　文学史上最伟大的小说之一《红楼梦》，与江南有着深湛的情缘。从曹雪芹曾祖父曹玺开始，曹家数代相继任职江宁织造府长达60余年。曹寅精通诗曲，酷爱藏书，在江南地区广交文士，一生著述甚丰，还主持汇编了《全唐诗》，对文学有着巨大贡献。曹雪芹自幼生活在"秦淮风月"之地的"繁华锦绣"之乡，锦衣玉食，备受宠爱。然而，在雍正初年的政治斗争中，曹家受到牵连，被抄家罚没，从此一蹶不振，走向衰微。那种"树倒猢狲散"的深沉没落感和悲怆感，深刻地渗透到了《红楼梦》的字里行间，没落贵族的颓废文化，频频回眸的怀旧气息，成为小说挥之不去的气息。曾经的奢华富贵转眼化作昨日烟云，但它在文学中却成就了凄美动人的文字。《红楼梦》是一部江南社会的生活史，也是一部封建中国的社会史，一首交织着哀悼、眷恋、感伤与愤懑的乱世哀歌。在"堪叹今情不尽"、"世事无常，浮生若梦"的慨叹里，既有历经风霜之后的"看破"，也有幻灭之后深深的悲凉凄怆，"树倒猢狲散"的没落感和悲怆感，以及因此而带来的深刻的社会审察辨识深刻地渗透于小说的字里行间。两百多年来，围绕《红楼梦》以及曹雪芹的研究蔚为大观，"红学"已作为一门专门的学科。《红楼梦》所构筑的文学世界、艺术世界和精神世界，是后人探究不尽也难以穷尽的辽远而深邃的空间。

　　在社会文化的千年波澜中，江南被逐渐推向了中国文学版图的中心。从六朝的文学觉醒、到唐宋的黄钟大吕，从明清的世态传奇、到现代新文学的倾情呐喊，江南文学始终承续着鲜明的主旨。在浪漫诗性与家国情怀之间，在"箫心"与"剑气"之间，江南的文人们勉力追寻着文学的本质，以灿若星辰的文学创作，实践着文以载道的理想。作为文化记忆符号的江南故事仍在延续，那些活在历史章回里的风花雪月，问世以来已奇迹般地传唱了千年，没有什么比文学更好地见证了江南人的绝世风雅。

第五章

书香悠远

——江南读书传统与人才成因

铁马金戈、雕鞍劲弩，令人首先想到彪悍的北方游牧民族，而杏花春雨、草长莺飞则让人想起江南的文人雅士。唐宋以降，江南走出的骞旗斩将的军勇寥寥无几，而峨冠博带的饱学之士却代不乏人。江南，这片两千年书香浸润的土地，文化昌明，人杰地灵，崇文重教之风有口皆碑。

许多江南人家都将最朴实的生活理念浓缩成最简约明晰的家训——"耕读传家""诗礼传家"，将其镌刻于最醒目、最能彰显家族文化的门楣之上，时时提醒子弟"读书"与维持生计的"农耕"同等重要。在漫长的农耕社会历史中，"读书"被视为和"耕种"同等重要的事情。

一

在苏州平江路，有一条窄窄的南显子巷，一棵高大的榉树，硕大的树冠静静地庇护着两座院落，一座是清代咸丰年间探花潘祖荫的故居，今天被改造成了一座精致的酒店。而另一座园子则是有着百年历史的一所学堂，今天的校名叫"大儒小学"。古榉园中，一棵枝繁叶茂的榉树已有150多岁的树龄，被人们精心地保护了起来。

不过，百年的树龄并不是这棵榉树最重要的价值，在人们眼里，这棵榉树代表的是江南人千百年来的文化情结，和锲而不舍的人生追求。在江南民间，榉树有着非同寻常的意义，"榉"与"举"谐音，古时候许多人家生了男孩，就在院中种下一棵榉树，盼望着孩子长大以后能够在科考中"中举"，一举成名天下知，齐家治国，光耀门楣。而生了女孩的人家则会种下一棵香樟树。"樟"与"璋"谐音，希望孩子将来能出落成如一块美玉般灵秀的女子。无论樟树还是榉树，长在这片江南的土地上，就因为寄寓了人们的殷殷期盼而变得富于灵性。

进，则科举入仕，报效家国，兼济天下；退，则优雅斯文，修身立德，颐养身心。正是这样"天下己任"和"恣情肆意"的双重心理期待，使江南人对读书给予了超乎寻常的重视和热情。翻开清乾隆版《元和县志》①，可以读到这样的文字："（元和）为人文渊薮，千百年来人才辈出，文章事业，震耀前后。"这些文字与康熙皇帝的"江左人文薮"之言，构成了民间与统治者对江南人才荟萃的共同评价。

社会的安定、经济的繁兴，使江南教育发展、崇文尚学成为可能。汉代时，江南已有了"官学"。在西晋史学家陈寿的《三国志》中有这样的记载，东吴时期"（黄龙）二年，诏立都讲祭酒，以教学诸子。"这大概是吴地开始官方教育的最明确记载。魏晋南北朝时期，江南官学得到了较快发展，这一时期北方战乱频发，大批中原士族随琅琊王司马睿迁徙南方，建康（今南京）遂成为南方的经济文化中心。

公元 317 年，晋元帝在建康设立了"太学"。南朝时，宋文帝为培养人才设立"总明观"，后又设"四学馆"和"国子学"，官学始有规模。唐朝时，唐高祖李渊曾诏令天下各郡县设立学府，常州府

---

① 清雍正二年（1724 年），分苏州为元和、吴县、长洲，包括今苏州市部分旧城区和吴县东部，北起阳澄湖，东南抵甪直、陈墓、周庄。1912 年并入吴县。

学是江南地区府学中史载最早的一所，创办于唐肃宗至德年间。北宋景佑二年（1035 年），范仲淹在苏州创办了地方官办学府——郡学，并下设县学。这所学府是当时地方官办规模最大的学府，号称"东南学宫之首"，对江南地区教育的发展影响十分深远。据研究者统计，宋代两浙路共有县学 80 所，为全国范围内最多的一路。① 这一时期，在朝廷的推动下，江南县学规模有了较大发展。

唐宋两代，江南社会稳定，经济繁荣，教育兴起，文风大盛，加上北方士族大量涌入，吴地民风逐渐变得温润细腻。崇文重教的民风经过历史的积淀，逐渐形成了一种浓郁的文化氛围。北宋仁宗嘉年间抚州吴孝宗的《余干县学记》中，在谈及当时江南社会经济和风气时说，这里"壤土肥而养生之物多，其民家富而户羡，蓄百金者不在富人之列。又当宽平无事之际，而天性好善，为父兄者，以其子与弟不文为咎；为母妻者，以其子与夫不学为辱。"民间尚读风气可见一斑。

宋代及以后，吴地书院纷起，成一时之盛，最负盛名的，莫过于无锡的东林书院。东林书院乃北宋政和年间（1111 年）杨时在锡讲学时创立，因杨时号"龟山"，故也称龟山书院。与此同时期建立的，还有江宁的茅山书院、湖州的安定书院等。南宋时还有上元的明道书院、苏州的和靖书院、溧阳的金渊书院等相继成立。元代，虽然科举制度一度废止，但江南地区书院仍然纷起，如苏州的鹤山书院、文正书院、甫里书院，常熟的文学书院、松江的石洞书院等。江南大批书院的建立，乃文人士族所推动，一方面出于教育的需要，一方面也为文人俊彦的讲学交流提供了园地。

---

① 郭久灵：《宋代县学述论》，《岱宗学刊》2008 年第 1 期，第 96 页。

二

　　教育的繁盛，为江南地区养育了大批饱读诗书的人才俊彦，人文荟萃，书香盈邑。自公元 606 年隋文帝开科取士，至晚清取消科举制度（1905 年），绵延了 1300 年的科考史，对中国社会影响极为深远，对江南的意义更为重大。

位于无锡惠山古镇的"人杰地灵"石坊

　　1300 年的科举史，全国一共产生了 596 位文状元，土地面积和人口数量不过 5%—10% 的江南，诞生的状元数却几乎半分天下。276 年的明朝全国共录取状元 90 名，尽管朱元璋刻意遏制打压南方，但江浙两省仍出了 37 位状元（按今天辖地划分，浙江 20 人，江苏 17 人），占全国比例的 41%，两省状元集中于苏南与浙北。这一区域恰好是古代吴国的核心地，也是今天江南的核心区域——太湖流域。

　　科举考试几乎是唐宋以后取士的唯一途径，而被誉为"洛阳之花"的进士大多成了江南士人的桂冠。明清时期的进士和状元，江南占了大部分。清代，114 位状元，江苏有 49 人，苏州一地就占了 25 人。清初文官、学者、散文家汪琬在宴会上曾将"状元"和"梨园子弟"作为苏州特产向同僚夸耀。绵绵不绝的众多进士，不断地被充实到朝廷官吏队伍中，成为封建体制的实际决策人和执行者。明初时，鉴于江浙地区的苏州府、松江府都是朝廷的财赋重地，朱元璋作出规定苏松二府之人不得任职于户部。但到了明朝后期，户部十三司的官员却都成了江浙人。非但如此，朝中重要的位置也多被江南人所把持，光昆山一县，就有任吏部尚书、刑部尚书与侍郎、京兆尹、翰林院掌院、太常侍卿、大理寺丞、通政使、大学士者多人，其他台省、侍从之臣，更是彬彬不可胜数。

　　明洪武三十年（1397 年），朝廷举办丁丑科考，爆发了历史上震惊朝野的"南北榜案"（也称"春夏榜案"）。二月会试，三月以翰林学士刘三吾、王府纪善、白信蹈主持下举行了丁丑科殿试。发榜时录取的陈三吾等 52 名贡生清一色为南方人，北方考生一个未中。这样的结果引起了北方考生的极大不满，落第者联名上疏，状告考官刘三吾、白信蹈营私舞弊、偏私南方人，引发了一场轩然大波。朱元璋遂命人复阅试卷，增录北人。但经复阅后发现北人试卷确实文理不佳，并有犯禁之语。然而，又有人告发刘三吾、白信蹈暗嘱张信等人故意以陋卷进呈。朱元璋大怒，下令将刘三吾等考官处斩。六月，在朱元璋的亲自策问下，举办夏季廷试，录取了韩克忠、王恕等 61 位北方人，而无一位南方人，史称"北榜"。

　　事实上，江南人在科举考试中屡屡胜出自然而又必然。北方连年战乱，引发社会动荡不安，无疑妨碍了士人学子安心读书，而相对平静的南方以及崇文重教的家学与民风，却让南方人在科举考试中占尽优势。但自从"南北榜案"爆发后，洪武三十年之后，因为朱元璋的亲自干预，南北分设考场、分别取士便成了定制，以此求得平衡。

科举制度，作为当时全世界最先进的人才选拔制度，开启了中国式的平民政治，也赋予了无数平头百姓"朝为田舍郎，暮登天子堂"的瑰丽人生梦想。在这场智力与才情的角逐中，无数江南学子通过仕进制途得以出入朝堂，赢得了改变个人命运的机会，也获得了治世报国、施展才华的空间。

江南许多累世大族，如苏州陆氏、荡口华氏、锡山秦氏、毗陵庄氏、钱塘钱氏等，中举者代不乏人。苏州，无疑是那个时代科举成就最辉煌的地区。杨朝麟在《紫阳书院碑记》中称："本朝科第莫盛于江左，而平江（苏州旧称）一路尤为鼎甲萃薮，冠裳文物，竞丽增华，海内称最。"

科举仕进的成功，极大地刺激了江南子弟的科考热情；而文官制度的发达，更促进了江南崇文重教风气的兴盛。在这一良性机制的交织互动之下，江南成了中国封建社会后期的教育重镇、文官渊薮。唐宋以来，高中进士，乃至探花、状元，仕至侍郎、尚书，乃至宰相者，代有其人，而无一不是诗书起家，又以诗书传家。名门望族、官宦文士，藏书读书成为家风，盛炽数百年而不衰。

读书风气之盛，也使江南走出了无数大家名人，以明清时期为例，诗文有所谓"明初吴中四杰"的高启、杨基、张羽、徐贲；被誉为"吴门四才子"之一的徐祯卿，是明中期反对三杨"台阁体"的前七子之一，其诗"熔炼精警"为吴中诗中之冠。有明末清初的"学无行"的两朝领袖钱谦益，他高举诗文大旗，俨然为一代宗主。有清初的吴伟业，其"诗文工丽，蔚为一时之冠"。有清中期的袁枚，"骈体最工，抑扬跌宕，有六朝人体格"。清代词人群体则先后有"廓清之功"的"云间词派"，"悲慨激扬"的"阳羡词派"，盛世崛起的"浙西词派"，以及以词论见长的"常州词派"，词坛名流几乎被囊括殆尽。古文方面有归有光，他与"前后七子"的拟古主义相颉颃，极力推崇唐宋古文，其文章深得欧阳修、曾巩、王安石诸家之妙，恢宏中富于情趣，端凝中存有清新。即使是与之相抵排的王士贞也不得不承认其"千载有功，继韩欧阳"。小说界有《三言》名扬天下，作者冯梦龙与其兄弟梦桂、梦熊被世人誉为"吴下三冯"。戏曲艺术创作则有魏良辅、王世贞、沈璟及其"吴江派"等等。

明清时期的江南文史界也是一片星光灿烂。史学家有潘耒、王鸿旭，他们贯通经史、音韵和宗乘之学，清修明史，其功尤盛。文史巨擘有王世贞，他主治文坛20年，全国士大夫与词客骚人，衲子羽流，竞相奔走门下，唯恐不及，得其片言褒奖则身价骤起，其所著《弇山史料》《弇山堂别集》，内容宏富论述独到，堪为史苑瑰宝。思想家有清初三大家之一的顾炎武，他以"明道救世"作为治学原则，摒弃空谈性理不务实际的宋明理学，倡导经世致用新论，其"天下兴亡，匹夫有责"的名句在近代以来最具影响力。他努力探究治国之道，凡国家典制，群邑掌故，天文仪象，河漕兵农之术，无不穷究原委，考证利弊得失，写下的《天下郡国利病书》《日知录》和《肇域志》等著述是研究中国古代史必不可少的重要史籍。社坛领袖有东林顾宪成兄弟、高攀龙，"娄东二张"张溥、张采，陈子龙、夏允彝等，他们办书院、结复社，切磋学问，讨论国事，抨击时政，影响尤大。史学评论家有钱大昕、王鸣盛和赵翼，所作《廿二史考异》《十七史商榷》和《廿二史札记》，为清中期的三大史评著作，独占史学评论之鳌头。考据大师有"吴派"代表人物惠氏祖孙——惠周惕、惠士奇、惠栋，史学界有"清二百余年读汉儒学者必以东吴惠氏为首"之说；还有胡渭、沈彤、江声、余肖客、王鸣盛、钱大昕、庄存与、刘逢禄等一大批学人，先后形成了"吴派""常州学派"。

　　书法绘画界，明中期有戴进、沈周、唐寅、文徵明、祝允明、仇英等，沈同、文徵明师徒文、诗、画、书法皆精，尤工于画，被誉为"明世第一"，文徵明则"画冠一时"。祝唐二人更是"工于书法，名动海内"。明末大家有张宏、文嘉、文彭、文伯仁、蓝瑛、董其昌、谢时臣、珠等。董之书画成就又在文、沈诸人之上。形成了"吴派""武林派"和"华亭派"。清代有以龚贤为首的"金陵派"，笔法"沉雄深厚"（王伯敏语）。清前期的吴中"四王"（王时敏、王鉴、石谷、王原祁）是势力最大的山水画家，影响画坛近两个世纪。四王一派又分为娄东和虞山两派，影响所及，产生"小四王"与"后四王"。

　　应用科学方面，明代的计成，是最早最完整提出建园理论的园林大师，《园治》一书不仅一统国内园林理论天下，也远播日本，影响海外。明初的蒯祥与清初的梁九乃最卓越的建筑大师，先后主持修建了巍峨的北京故宫。徐光启是中国"杰出的近代科学先驱者"，把西洋近代科学思潮和方法介绍到中国地第一人。华蘅芳、华世芳兄弟是早期杰出的数学家、教育家，和徐寿、徐建寅父子一起研究制造了我国第一艘机械动力的"黄鹄号"轮船。王锡阐是天文历法学家，著有《晓庵新法》。洪亮吉是清代颇有见地的经学家、人口学家。顾祖禹是成就卓著的地理学家，缪荃孙是著名的目录学家。朱骏声是语言学家。龚自珍是启蒙思想家。薛福成是改良主义政论家，曾出任英、法、比、意四国大士使。翁同龢是军机大臣、光绪帝师，清末维新派的代表。洪钧是出任驻俄、德、奥、荷的四国公使。陆润摩系清末皇帝宣统的老师，在苏州创办了苏纶丝厂和苏州丝厂。挂一漏万其他或卓然成家，或见重当世者更不知凡几。

　　清代末期，传统农业向近代工商业转型速度加快，经济长足发展。经济实力的增强进一步推动了教育的繁兴。以常州府下辖的无锡县为例，1898 年到 1923 年，自发兴学创办的各类新式学校多达

369 所，是江南地区学校递增速度最快的县，而这一时期也正是无锡工商实业发展速度、经济实力提升最快的时期，许多成功的工商实业家投身教育，斥资办学，成为推动当地近现代教育蓬勃崛起的一股中坚力量。

在江南地区，家境殷实的家族日渐增多，但是很少有人家热衷于储藏金银财富，而更乐于将金钱投资于子女教育。早在宣统三年（1911 年），无锡一县出国留学的人数就已达 122 人。民国 9 年（1920 年）时，无锡出国留学生人数为 241 人，再翻一番。无锡著名的一些望族子弟，如杨氏家族的杨景煜、杨荫杭、杨荫榆、杨荫樾、杨荫溥等，村前胡氏的胡雨人，以及被誉为"胡氏三杰"的胡刚复、胡敦复、胡明复三兄弟，城中虹桥湾里顾氏家族的"兄弟五博士"顾毓琦、顾毓琇、顾毓瑔、顾毓珍、顾毓瑞，还有薛氏家族的薛桂轮、薛学海、薛学潜、薛暮桥、薛禹群、薛禹胜、薛禹谷、薛震祥，以及毕业于剑桥大学、哈佛大学、早稻田大学的"一门四博士"薛光鄂、薛光琦、薛光钊、薛光钺等，都有留学经历。著名教育家高阳、吴稚晖、陈翰笙、陈西滢等，也都在国外接受过现代教育。在小学教育尚未普及的民国，一个江南小县，每年出国留学接受西方现代教育人数竟多达二百余人，后来这里"一门五博士""一门四博士""一门九院士"的传奇也就不足为奇了。

三

江南弹丸之地，而人才俊彦独多，名流辈出，称冠全国。这一现象的背后，是教育的发达和民间读书风气的繁盛。中国最早论述教育的专文《礼记·学记》曰："欲化民成俗，其必由学乎"，读书是化育风气的最佳途径。姑苏才子文徵明也说，"诗书之泽，衣冠之望，非积之不可"（《甫田集》卷十八）。出现于吴地村野巷陌的"书声与机声日夜相伴""村陌处处闻书声"的景象，正是江南人

"耕读传家""诗礼传家"的现实写照。

隋唐以来，"晴耕雨读""半为儒者半为农"的人文传统为广大士族阶层所垂青。这种"耕读传家""诗礼传家"的文化印记不仅刻印在江南民居的门楼窗枨上，展示在砖雕木刻中，也流淌在江南人的血脉里，作为精神需求的"读书"与作为生存需求的"耕种"成为江南人眼里同等重要的人生要务。在江南的地名与景观中，不乏"耕读"意识的呈现，无锡的南门一带有"耕读河"，河上有"耕读桥"，苏州吴江平望镇的溪港村"韭溪八景"之一，也有"耕读夜泊"，耕读传家、诗礼传家的文化印记随处可见。

历史上三次大规模士族南渡①，更成为江南文化走向"崇文重教"和"诗性"的重要推动力量。早期吴越文化中的"尚武"与"蛮勇"，至南宋时已完全实现了文化的华丽转身，彻底完成了从"尚武"向"崇文"的文化转型。崇文重教之风，由此蔚然于江南民间。南宋时期，范成大在撰写《吴郡志》时，堂而皇之将学校的章节置于卷四，列于官宇之前，足见教育的崇高地位。无锡学前街有一座梁溪碑刻馆，馆内藏有一块明代的"无锡县儒学题名记碑"。碑上镌刻了明万历之前无锡历届县学教谕的名字。一个县的教谕，级别在封建官员序列职级中根本不入品，但因为教谕所事乃教育之责，故备受尊敬，被刻碑志铭。

苏州高级中学，是一所有着千年办学历史、渊源深厚的学校。这里曾是范仲淹创办的"苏州府学"所在地，与其一墙之隔的，是同一时期建造的文庙。据说，中国历史上的"庙学合一，左庙右学"的格局，便是从这里开始的。北宋景祐元年（1034 年），45 岁的范仲淹以天章阁待制之衔出任苏州知州。当时，四处寻觅宅地的范仲

---

① 三次被人南渡的大移民分别是晋室南渡，安史之乱移民和汴梁陷落后的宋廷南迁导致的大移民。

淹选中了吴越王钱镠之子钱元璙的南园旧址，准备在此建房卜宅而居。一位道人对他说："此乃宝地，尊驾如在此建宅，后人必踵生卿相！"范仲淹听了此话之后，竟然改了主意。他觉得，这里既然是读书风水吉地，与其一个家族子孙世代做官，又何如天下读书人能接受好的教育、成为栋梁之材。于是，范仲淹毅然将这块吉地捐出，又奏请仁宗皇帝批准，在这里建造了苏州府学。学校设有大成殿供奉孔子，并建有校试厅、六经阁、庖厨、浴室等，设施齐备、颇具规模。范仲淹还邀请了著名学者胡瑗任主讲。在这里，胡瑗首创了"苏湖教学法"，因人施教，分科授课，极大提高学习成效。宋仁宗亲自此法命为"太学法"，后在太子监和全国推广。"吴郡有学，起范文正公，而学有教法，起胡安定。"（《苏州府志》）胡瑗管教严苛，自重师表，"虽盛暑必公服坐堂上，严师弟子之礼"。教学中，他既注重"明道""兴儒"，也提倡"明体达用"，强调实效。天圣二年（1024 年）至绍兴十五年（1145 年）的百余年间，从苏州府学走出的进士多达 222 人，其中从胡瑗主掌治学算起亦有 150 多名。

苏州府学声名远播，赢得了"苏学天下第一"之美誉。作为全国最早的地方公立学府，苏州府学首开天下之先，并创立了一种新的教育范式，从而成为中国教育史上的重要里程碑。后来，宋仁宗根据范仲淹的奏请，下诏各州县仿效苏州模式建办学校，并将其作为重要的兴国之策。晚清苏州籍思想家冯桂芬曾不乏骄傲地说："天下各县有学，自吴学始，逶迤至宋末二百年而学遍天下，吴学实得其先。"①

因为远离战乱，经济比较发达，社会相对安稳，江南一直以来是望族群集之地。而举家族之力，兴学重教，是江南许多望族世家

---

① 转引自张劲雷《范仲淹与苏州府学》一文，见于张晓旭主编《中国范仲淹研究文集》群言出版社，2009 年版。

久远的传统。

钱塘钱氏，其先祖是五代十国时期的吴越王钱镠。钱镠本人酷爱读书，亦要求"子孙虽愚，诗书须读"，并立下《武肃王遗训》，规定"家富提携宗族，置义塾与公田，岁饥赈济亲朋，筹仁浆与义粟"。钱镠后代流散各处，但各地的钱氏都设有义田、义庄，并明文规定其中部分用作贫困子弟的教育费用。大量的义庄义学，保证了钱氏子孙无论贫富贵贱都能平等享有受教育的机会。国学大师钱穆，幼年家贫，"十二岁丧父，家徒四壁。只有寡母及兄弟四人，仰本族怀海义庄抚恤为生"。钱穆的侄儿钱伟长读书时也曾获得过义庄的提携资助（无锡鸿山七房桥村的怀海义庄）。千百年来，钱氏《家训》世代相传，更得到子孙后代的身体力行，成为钱氏的立族之本，旺族之纲。正是源于这样的家风，钱氏人才辈出，绵延不竭。新中国建立后，仅无锡钱氏一门就走出了 10 位院士和学部委员。

北宋皇祐二年（1050 年），范仲淹在家乡吴县置义田、建义庄、救恤族人，是为江南义庄之开端。范氏义庄历守、元、明、清、民国各时期，八百余年绵延不衰，成为中国慈善史上存续时间最久的民间慈善组织。明清以降，义庄之设遍及全国，江南地区尤为兴盛。晚清思想家冯桂芬说："自明以来，代有仿行之者，而以江南尤盛"。清末著名学者俞樾也说，"吴中为文正故里，义庄尤盛。余自侨寓姑苏，见搢绅之家，义庄林立。"道光年间进士邹鸣鹤记曰："人文渊薮之地，士兴于学，民兴于业，义田义塾之设，比比皆是。"据不完全统计，从清康熙时期到 19 世纪末，苏、松、常等地出现的大小义庄近 300 个。

荡口巨族华氏，世代以耕读为业，尊东晋著名孝子华宝为先祖，孝义、诗礼成为华氏族家世代秉持的家风。明初，华氏族人因资助过当年固守苏州的"东吴"政权张士诚，曾被朱元璋勒令"世代不得为官"，剥夺了科举仕进资格。迁居鹅湖后，华氏亦耕亦读，屯田垦荒之余，恪守"耕读传家、义善天下"传统，不懈的垦殖与馥郁的书香一起，令濒于绝境的华氏家族"子姓蕃衍，人文蔚起"，绵延昌盛而成为"江左甲族"。

明朝时，刑部郎中华云因厌恶严嵩专权，愤而辞官返乡，他效法范仲淹，捐田千亩，在荡口创建了无锡第一个义庄。今天的华氏老义庄，乃华进思、华公弼父子于清乾隆年间创建，其后得到族内慷慨之士不断捐集，加之义庄经营有方，历年余资购田扩充，至清末时，义田总数已超七千亩，为全县义庄之最，被誉为"江南第一义庄"。

位于锡东的荡口古镇，是一个名人辈出、崇学重教的地方

江南义庄以"奉祭祀、赡孤贫、兴教育"为宗旨，尤重"兴学育才"。无论是家资未丰的素族之门，还是财力雄富的著姓巨族，都把建义庄、办教育视为振兴家族、长盛不衰的大事。在传统社会，科举仕进是光耀门楣的唯一途径，一旦族内子弟科举及第，不仅自身命运得到改变，连带家族社会地位也随之提高。"教重于赡"是当时许多望族的共识，义庄之设，不仅在于"专祭祀而恤宗族"，更重

要的是人才培养。

悬于华氏义庄墙上的《义庄章程》，条款严谨而详尽，其中不仅规定了对族内外学子的资助办法，还明确规定义庄收入的20%必须用于义学。义学不仅对族内子弟免收学用，对贫寒子弟资助力度更大。得益于这样的门风，华氏才俊频出，禁令解除之后出了22名进士，位列江南"群族之首"。而"父子进士"（华舜钦与华启直，华察与华叔阳），"祖孙进士"（华启直、华允诚、华王澄），更被民间传为佳话。

像钱氏、华氏这样重教崇学的家族，无可计数。在江南教育发展史上，望族是一支不可忽视的中坚力量。尤其是望族代代相传的家训、家规，对兴教乐育的文化风气的传承有着不可低估的作用。无锡陡门秦氏的《家训》曰："勤读书，变化气质，陶淑性情，惟典籍是藉。操之在己，达之在天。勿恃富而惰学，勿不第而丧志，勿以困苦而辄止，勿以明敏而荒疏。苦心力学，自能达其道而行其志。"长洲（苏州）彭氏，乃当地巨族，明清两代先后产生过两位状元、14位进士，在《彭氏宗谱》中，"宗人生业，以读书习礼为上"的祖训赫然在目。

翻开一卷卷世家望族的家谱，掀开一册册庄规、宗规，对子弟的读书学习要求，都是其中最重要的内容。

四

发达的经济，无疑是江南重学兴教、重视读书的重要原因和坚实基础。明清时期的江南，尤其是苏松嘉湖一带，乃全国首富之区。《明史》云，"苏、松、常、镇、嘉、湖、杭七府，供输甲天下"。洪武二十六年，全国税粮总数为2940万石，而江南八府就有668万石，占近23％。苏州一府就达280多万石，多于湖广布政司的征输。这种独重状况，历明迄清一直未变。明廷将苏州倚为"外府"，清朝则视之如"家之有府库、人之有胸腹"。重赋固然表明统治者对江南脂膏的榨取，但也反映出江南的供给实力和经济状况。故范仲淹说，"苏常湖秀，膏腴千里，国之仓庾也"，苏轼也说，"两浙之富，国用所恃，岁漕都下米百十五万石，其他财富供馈不可悉数"，发达的经济成为人文昌明的基础，因而"民既富，子弟多入学校"（王世懋《二酉委谈摘录》），才能缔造出江南地区繁荣的教育景观。

江南的工商业萌发较早，手工业极为兴盛，江宁、苏州、杭州、嘉兴、湖州等城市以及星罗棋布的市镇，是丝织业、棉织业、缫丝业的集中之地，农副工各业的发展又为商业的繁盛创造了有利条件，正因为有了繁荣的工商经济作为农业经济的补充，江南经济才经久而不衰。明人王士性说："毕竟吴中百货所聚，其工商贾人之利，又居农之什七，故虽赋重，不见民贫。"清人唐甄也说，江南"虽赋重困穷，民未至于空虚，室庐舟楫之繁庶胜于他所。"同样，繁荣的经济也为江南士人学子提供了读书应试、文化雅集、创立学派、著书立说、诗酬唱和、赴社应会的条件，此外，搜罗古籍彝器、藏书校刻群籍、考证名物等等，都需要强大的财力物力作为后盾。顾炎武能手不释卷，遍读群籍，归有光、王世贞能成为文史大家，钱谦益能领袖诗坛，毛晋父子能筑汲古阁，黄王烈能建士礼居，蓄书数万册，无不与其家境饶富有关。而他们的富，也无不沾了江南这块宝地的光。明代高启赞江南之诗句"财赋甲南州，词华并两京"，揭示了经济对文化的重要影响。

"五湖烟水三江月，一叶篷窗数卷书。"江南由此成为读书人的天堂。"藏书楼上头，读书楼下层。怀哉千载心，俯仰数椽足。"朱熹的诗句形象道出文人花窗灯影下的读书生活。科举的推动，虽然让文人的读书沾染了功利性目的，但在客观上却推动了一个新风气的诞生，伴随着读书热而来的，是藏书刻书热。

明清两代江南的藏书家足可称道，晚清时期，中国的"四大藏书楼"名播遐迩,分别是浙江湖州的皕宋楼(陆心源),江苏常熟的铁琴铜剑楼(瞿绍基),山东聊城的海源阁和浙江杭州的八千卷楼(丁丙、丁申)。四大藏书名楼江南就占了三席,昆山徐乾学的传是楼,常熟钱谦益的绛云楼,也都是名噪天下的藏书圣地。中国古代的藏书家群体,江南文人占了十之八九,尤以江浙为最。在吴晗所编撰的《江浙藏书家史略》一书中,共收录藏书家889人。其中,江南八府一州就有657人,占73%,实际数字还远不止于此。著名者如王世贞兄弟,毛晋,王鏊,甘福父子,文徵明叔侄,孙七政祖孙,黄丕烈,钱谦益,徐乾学,黄虞稷,丁丙,刘承干等等,所藏书数量之多,年代之久,精品之多,非他地可比。以浙江为例,就有宁波范钦的天一阁,杨绍和父子的海源阁,湖州陆心源的皕宋楼,浙江钱塘丁丙、丁申的八千卷楼,绍兴徐树兰的古越藏书楼,嘉兴项元汴的天籁楼、宁海胡万阳的南国书院等。浙江藏书又以鄞县为最,鄞县一地就有十多位著名藏书家,如丰坊的完卷楼、张瑞的甬州书庄、金华家藏书楼、袁忠彻的瞻衮堂、陈朝辅的四香居、陆宝的南轩、余有丁的五柳庄、朱勋的五岳轩、朱献臣的小五岳轩、周人龙的龙家藏书和范汝梓的家藏书屋,不一而足。

藏书热在江南的蔚起绝非偶然,江南之所以藏书居全国之首,除了社会安定,经济繁荣,民间富裕,诗书世家大量滋生外,交通便利,信息发达,书肆林立,典籍充栋,购买便利,也是重要原因。江南书院处处,名师流布,崇轩敞楹,会江南学子享尽其福,获益良多。文人也以漫游、雅集为乐事,在江南这一惬意的人间天堂,文人学士优游自在,或寄情山水,或潜心治学,或辩理索义,诗酬唱怀。正如钱策益对大画家沈周成器缘由的分析:"其产则中吴文物士风清嘉之地;其居则相城有水有竹菰芦虾菜之乡;其所事则宗臣元老周文襄王端毅之伦;其师友则伟望硕儒东原完庵钦漠原博明古之属;其风流弘长则文人名士伯虎昌国徵明之徒;有三吴、两浙、新安佳山水以供其游览，有图书子史充栋溢杼以资其诵读，有金泵彝鼎法书名画以博其见闻；有春花秋月名香佳茗以陶写其神情"①这些其实是许多江南士族阶层普遍享有的生活环境。

优越的环境是读书风盛、人才蔚起的又一个重要原因。江南地区北靠长江，东傍大海，南依杭州湾，大运河贯通南北，境内水系成网，港湾遍布，舟楫相望。文人学士结社雅集，外出交流，往返便利，信传递便捷。江南山温水柔，风光秀美，园林胜景，触目皆是。袁宏道曾这样描绘江南景物环境的优越："山川之秀丽，人物之色泽，歌喉之宛转，海错之珍异，百巧之川凑，高士之云集，虽京都亦难之"。通达便利的环境、美丽灵秀的环境，无疑为孕育文人才俊读书雅聚提供了优越的条件。

五

在江南千年教育史上，书院、家塾，是一个极为重要的角色，为培养人才、滋养读书风气发挥了重要作用。

唐宋以来的书院制度，为江南教育的兴盛发挥了积聚人才、交流思想的重要作用。江西宜春的华林书院是江南"宋代四大书院"之一，为北宋大教育家胡仲尧所建，与岳麓书院、白鹿洞书院、鹅湖书院齐名。"集书万卷，延四方名士，进学其间，供衣食，给资斧，一时云游者数千人"，"名公巨卿，胜友如云，远客千里而来，主人倒屣相迎"，"纷纷游客豫章回，俱道华林就学来"，从留存于史籍中的这些记录，可见其当时办学盛况。华林书院培养了大批才俊，宋代仅胡氏一门就走出 55 名进士，官至刺史、尚书、宰相者不乏其人。华林书院的教育成就震动朝野，为其题诗赞颂的名公巨卿多达 72 人，宰相晏殊、向敏中，文学家苏轼、徐铉等均在其列，宋

---

① 转引自范金民：《明清江南文才甲天下及其原因》，东南文化，1988 年第 2 期。

太宗曾两次下诏旌表华林胡氏家族，宋真宗还钦笔写下一首五绝："一门三刺史，四代五尚书；他族未闻有，联今止见胡。"

古代书院形成了一套独特的教学形式，叫作"会讲"。会讲，即自由讲学。由学有所长的学者主讲，允许不同学术观点的交流与激辩，析异同，辨是非。明代最著名的东林书院，初时为北宋文人杨时所创。明万历年间，顾宪成等重修书院，并以此为中心，形成了在明代思想史、政治史上影响巨大的"东林学派"。东林书院每岁一大会，每月一小会，持论侃侃，远必称孔孟，近必称周程，谈经论道，勤修精进。既有学术之脉的传承，又有不同政见之争鸣，远近名贤，同声相应，天下学者，咸以东林为归，成为无数文人学者的精神家园。

苏州地区是书院群集的高地，自北宋范仲淹开创苏州府学，南宋又有和靖书院、学道书院，元代又建了鹤山书院、甫里书院和文正书院。明朝时，金乡、道南、碧山、芥隐、天池等多座书院相继创立，清代有紫阳书院、正谊书院和平江书院，可谓蔚为大观。

十朝古都南京，亦是历代书院云集之地。茅山书院曾位列"北宋六大书院"，与石鼓书院、白鹿洞书院、嵩阳书院、岳麓书院、睢阳书院等比翼齐肩。此后金渊、明道、南轩、文昌、华阳、钟山等20家书院先后建立，人文渊薮，还看金陵。

官办之府学、文人之书院，构成了江南教育体系的重要支撑，而更多的江南子弟接受启蒙、识文断字，则是在遍布乡野的私塾。在漫长的封建社会，除秦朝曾短暂停废外，私塾作为中国传统教育的重要组织形式，两千多年中延绵不衰，成为封建时代人才培养的摇篮，它与官学相辅相成，共同为传递传统文化做出了不可磨灭的贡献。从范仲淹、俞樾、张之洞、李鸿章，到吴稚晖、鲁迅、茅盾、刘半农，无数文化名人的启蒙教育都是在私塾完成的。鲁迅那篇耳熟能详的《从百草园到三味书屋》，展现了当时童年学习的真实情形，同时也撩开了江南私塾生活的一角。

作为千百年来文脉延续的一种方式，私塾由乡民、士绅和文人等共同构成，遍布江南城乡。学童多在六岁左右入塾，一套入学礼仪必不可少，新生须在孔夫子像前鞠躬行礼，并向私塾先生磕头拜师。作为蒙养教育阶段的启蒙，《三字经》《百家姓》《千字文》是私塾使用最普遍的教材。这三本书，虽成书于不同时代，却有着共同的江南情结。三位作者或为江南人，或生活于江南，浓厚的崇文重教气质早已化入蒙学读本的字里行间。在东南，即便是一些转型商贾的世家望族，同样也是学商一体，学以致用，贾而好儒。

江南的世家巨族，亦文亦宦，书香延世，家族成员一般整体素质较高，但凡有实力者必定设族塾、家塾，以保证家族子弟接受良好教育。而且家族中不乏学养深厚的长者，足以充任教授学业之职责，亲友近邻中颇具学识声望者，也经常受邀成为私塾的优良师资。所以，对望族世家子弟而言，高水平家族教育无处不在。而且，江南地区民风畅达，女性受教育早已有之，世家望族的迎娶亦多将"知书达理"作为首要条件，故而许多江南子弟自幼便接受母亲的熏陶。如无锡著名望族嵇氏迎娶的杨氏，就是世家望族之女，因此丈夫嵇永仁为国捐躯后，年仅20岁的杨氏不仅守身奉孝，还亲自教授独子嵇曾筠诗书，将儿子培养成国家重器，成为雍正时期的吏部尚书兼文华殿大学士，总督江南河道的治水专家。苏州籍明代文学家蒋焘是徐有贞的外孙，五岁时便由其母徐氏口授"小学"，积淀了重要的人文素养。又如明万历工部主事邹迪光，精通音律戏曲，经常亲授家班优童拍曲，直接参与昆曲剧作排演。其子邹德基、侄邹式金，不仅享有良好家塾教育，自幼接受音律戏曲熏陶，二人后来都成为著名的戏剧家、作曲家，可见家族教育功莫大焉。

此外，大多家族还设有义学、义塾，由族中长者授课教学，族中子弟免费享受教育，学习费用均由义庄承担，贫寒子弟还可享有生活补贴。荡口华氏、无锡谈氏等均如此，这些家族还将教育资源惠及乡邻，福泽桑梓。如无锡谈氏家族谈恺，曾在家中设塾授课，无锡历史上第二位状元孙继皋就受惠于他。

古城南京虽处于南北交接之地，自古亦浸润着浓郁书香。在明朝270多年历史中，南京的国子监与北京的国子监，南北辉映，形成了中国南北两大学术教育高地。国子监，是当时国家

位于南京秦淮区夫子庙学宫东侧的江南贡院，
是中国古代规模最大的科举考场

的最高学府和学术机构，在那里汇聚了大批国家的顶尖人才，这一教育和学术优势，直至今天仍能依稀看见。流淌千年的秦淮河，波光潋滟，灯影摇曳，与伫立于水畔的孔庙、学宫和江南贡院一起，共同构成了一组富于人文色彩的建筑群，传递出些许久远厚重的书香气息。

始建于南宋年间的江南贡院，迄今已有800多年历史。虽然后来中央政权北迁，但由于江南人才群集，应试者众，故南京仍是明清时期全国最大的科场。最鼎盛时，考试号舍多达20644间。从这里走出的状元、进士，数量也为全国之最。在清朝的267年间，江南贡院共举行了112次乡试，有58人在这里中举之后经殿试中状元，数量占全国状元总数（114人）的一半还多。唐伯虎、郑板桥、文天祥、施耐庵、李鸿章、陈独秀等历史名人，都曾是江南贡院的

考生或考官。

六

无锡人刘春霖，成了科举考试史上最后的一位状元。当贡院的大门缓

"明经取世　为国求贤"的江南贡院牌坊门

缓关闭时，中国的科举考试也走到了尽头。和科举考试一同走向终点的，还有那个历经数千年历史的封建王朝。

　　虽然，紫禁城内以慈禧为首的统治集团，仍然恪守着闭关锁国的政策，但遥远的江南却已经敞开胸怀，勇敢地迎接着新时代的到来。在1894年的中日甲午战争中，泱泱大国无奈地败于小国日本。1895年春，乙未科的举人们正在北平等待会试发榜。《马关条约》中割让台湾及辽东，并赔款白银二亿两的消息突然传至，引起了应试举人们的极大愤慨，台湾籍的举人更是痛哭流涕。

　　1898年4月，康有为、梁启超在北京发起成立保国会，联名上书光绪帝，发出了"变法革新，成天下之治"的呼声，由此拉开了戊戌变法的序幕。而早在一年多前，无锡人杨模早已感觉到科举的没落和新学的魅力，他与几位同乡一起，募集经费，筹创新学，集资购下城中连元街上寿禅院的老屋，修葺后作为校舍，名"竢实学

堂"。

20 世纪初的中国，国弱民穷，有识之士们不约而同地将目光投注于教育，他们敏锐地看到，国民素质亟待提高，只有教育能够拯救中国于水火之中。在康梁上书光绪之前两个月（1898 年正月），竢实学堂迎来了它的第一批学子。学堂设中文、算学、西文（英文）三科，不久又增设了体操课。担任学校总教习的是那位近代大名鼎鼎的数学家、教育家荡口人华蘅芳。竢实学堂第一期只招收了 21 位学生，但这一星一点的新学之火很快便在江南大地燃成了燎原之势。1902 年 8 月，在督宪刘忠诚的奏请下，朝廷降旨嘉奖了"开办最早，成绩斐然"的竢实学堂，光绪还钦赐了"乐育英才"的横额。

国弱民穷的现状，让江南人最先看到了传统教育的弊端，快速崛起的小城无锡，在强劲的经济实力与千年积淀的崇文重教传统的融合、蕴蓄、激荡之下，终于在此时爆发出了前所未有的巨大能量。国学大师钱穆说："晚清以下，群呼教育救国，无锡一县最先起。"①

无锡北乡的村前村，是被誉为"中国近代教育第一人"的胡雨人的家乡。在这里，塑有一尊胡雨人铜像。据说，当时政府批准塑像的人物只有两人，一位是孙中山，另一位就是胡雨人。1928 年，61 岁的胡雨人病逝时，前来为其送葬的有北京大学校长蔡元培、著名实业家荣宗敬、教育部高官张奚若等，而铜像基座碑文的书写者则是那位被称为"民国大佬"的吴稚晖。

1902 年的中国，气息奄奄的科举制度尚未寿终正寝，许多学子还沉浸在科考仕进的大梦之中。戊戌变法宣告失败的 1898 年，胡雨人毅然东渡日本，怀揣教育梦想的他想要寻找一条真正的救国之路。1902 年他重返故土时，"教育救国"已成为胡雨人无比坚定的人生理想。他和哥哥胡壹修一起，经过积极筹备，在村前村（旧称天上

① 钱穆《八十忆双亲师友杂忆》，三联书店，2008 年版。

市）创办了江南地区最早的乡村新学——胡氏公学。江南的乡村新式教育由此而起步。胡雨人深知以一己之力难以创办更高层次的教育机构，所以在村里发起了一场"导学运动"，推送村里完成高小学习的年轻人外出继续深造。小小一个村前村，仅胡氏一族就有21人留学海外，9人获博士学位，15人成为教授，一位成了新中国的院士。

此后二十年，在胡雨人的积极推行下，新式教育在无锡各乡遍地开花，而江南地区的新学也在这一时期数字猛增数十倍。新学繁荣所产生的直接效应之一，就是激发了海外留学热潮。在二三十年代的留学潮中，江南地区出国留学人数占全国总人数的一半。仅无锡一县1911年（宣统三年）就有122人外出留洋，1921年，留洋人数达到227人。胡敦复、胡明复、胡刚复、胡彬夏、顾毓琇、顾玉琦、顾毓瑔、钱钟书、钱伟长、杨荫航、杨荫浏、杨荫榆……，一大批留洋学子成为中国近代科技与教育振兴的中坚力量。被誉为"胡氏三杰"的胡氏三兄弟，分别是国内数理学界多个自然学科的开辟者；顾毓琇后来成为中央大学最年轻的教授校长，杨荫榆是民国时期142座高校中的第一位女校长，她的兄长杨荫航回国后出任中国首任大法官，而堂弟杨荫浏则是国内著名的音乐教授。与古代"五牧之家""进士连元"相对应，只不过这一时期民间有口皆碑的佳话换作了"一门五博士"（虹桥湾里顾氏）、"一门四博士"（礼社薛氏）、"兄弟三杰"（村前胡氏）。

1949年以后，这些学成归来的才子，自然而然成为新中国的第一批科学家、工程学家、院士，成为许多学科的开山者和带头人。至2014年，新中国共推选出1400余名两院院士，江浙两省的院士总数达570多人，占41.2%。江苏、浙江仍为院士第一、第二大省，而又主要集中于环太湖流域的苏南与浙北。

位于徐家汇的上海交通大学，其前身是1896年常州人盛宣怀创办的南洋公学①。在那个时代，南洋公学与北洋大学堂，是中国近代史上国人自己创办最早的大学。南洋公学的创办掀开了江南教育史上新的一页。这一时期，一大批江南教育家崛起，他们的教学思想、教学风格和模式成为那个时代的教育典范。

1907年，时任晚清农工商部左侍郎署理尚书（代理部长）的唐文治，毅然脱离官场，回乡"振兴实业，兴学育才"，在无锡创办了国学专科学校（专修馆），以书院式教育方法，培育学术根基，倡扬求实精神。他亲自撰定了国专的校歌："勉哉！俭以养德，静以修身。建功立业，博古通今。为生民立命，为万世开太平！"唐文治主政无锡国专30年，培养了1700多位毕业生，夏承焘、冯其庸、钱伟长、王蘧常、唐兰、蒋天枢等人皆成为我国文史哲领域的权威学者。

1919年曾经在浙江第一师范学校进行大刀阔斧的教育改革、震动全国的经亨颐，在绍兴上虞的白马湖畔创办了春晖中学，英才群集，享誉全国。春晖中学体制自由，兴学目标十分明确，那就是"发展平民教育，培养有健全人格的国民"。希望通过学生的正心修身精进，来达到改造社会、治国平天下的目的。经亨颐、夏丏尊、匡互生、范寿康等人积极倡导人格教育、爱的教育、个性教育，这些进步的教育思想深刻地影响了中国近百年的教育进程。

在中国近代教育史上，陶行知堪称巨人。1917年，陶行知从美国哥伦比亚大学毕业后，毅然回国投身平民教育。他先后担任了南京高等师范学校、国立东南大学教授、教务主任等职，开始了他富于创意而又充满艰辛的教育生涯。陶行知认为，对于一个农业大国，三亿农民的教育至关重要，因此他提出了"创办一百万个农村学校，

---

① 所谓"南洋"指的是华东江浙闽粤东南沿海一带，而所谓"北洋"则指江苏以北的沿海区域。

改造一百万个乡村"的宏伟教育蓝图。1923年，他与晏阳初等人发起成立了"中华平民教育促进会"，致力于普通平民教育。1927年，陶行知来到南京燕子矶畔，创办了晓庄师范学校，他吸纳西方教育理念，结合中国国情，提出了"生活即教育""社会即学校""教、学、做合一"的教育思想，并将这一理念设计在了晓庄师范的校旗上。

旗子中心的圆圈里有个"活字"，代表要培养生命力。圈外的等边三角形代表教学做三者合一。三角上面的"心"字放在最高处表

由陶行知亲自设计的晓庄师范的校旗

示关心农民甘苦。左边一支笔，右边一把锄头，体现的是悠久的耕读传统。学校对考生的报考要求，也独具陶氏风格，明文规定了"少爷、小姐、小名士、书呆子、文凭迷最好不来。"从春晖中学到晓庄师范，教育的先行者们在江南走出了一条清晰务实的平民教育之路。

1901年始，西方教会组织先后在苏州、上海创办了东吴大学、震旦大学、圣约翰大学堂、浸会大学堂。这些教会学校的兴办，极大地刺激了国立大学的建立，也推动了江南教育近代化的进程。1911年，胡敦复毅然辞去了清华大学堂教务长之职，与立达学社的同仁——来自江南的教员朱香晚、华绾言、顾养吾、吴在渊、周润初、赵师曾、郁少华、顾珊臣等，在上海创办了大同学院（后改为大同大学）。"此非吾愿别京华，心怀大同聚申城"，大同的创立和经营，得到了马相伯、吴稚晖等许多名流的提携。在从教同仁的共

同努力下，至20世纪40年代，大同已成为一所名副其实的综合性大学，设有商学院、文学院、理学院、工学院四个学院，下设十四系，学科涵盖史、地、文、哲、经济、会计、化学、化工、土木、电机、机械等各个领域，为社会培养了一大批栋梁之材，也赢得了"北南开，南大同"的社会声誉。

当江南人蔡元培在北京大学实行全面改革，开创高等教育学术自由、兼容并包风尚之时，在江南苏州的甪直小镇上，叶圣陶却在一所小学里努力开垦着基础教育的苗圃。在他从教的70个春秋里，主持设计了中小学语文教学体系，发展创新了中国现代教育教学理论，对后来的国文教育产生了深远影响。由他开创的语文教学体系一直沿用到新中国成立以后。

位于南京的国立中央大学（南京大学前身），在20世纪前半叶曾经排名亚洲第一，宗白华、马寅初、顾毓琇、徐悲鸿等大师都曾经在此任教，造就了现代文化教育与千年传统交汇融合的新景观。今天，江南仍然是教育的高地，拥有最多的高校，许多大学已成为国内乃至世界名校，两院院士数量更是位居全国第一。书香传统、教育兴市成为这块土地上另一个鲜明的文化标识。

"世间几百年旧家，无非积德，天下第一件好事，还是读书"，这个江南有名的楹联所折射出的价值观，正是对读书育人的那份深刻解读。"博观而约取，厚积而薄发"（苏东坡），历久形成的崇文重教传统，使江南收获了文化的昌盛和辉煌；教育事业的蓬勃发展，更为江南经济发展提供了不竭的精神动力。

崇文重教的血脉代代相承，今天的江南仍然书声琅琅。东林书院，每逢周末，总有许多孩子来到这里，跟随老师诵读经书，师生一起陶醉于诵读的乐趣之中。时光流逝，不变的是读书育人的传统。在这片钟灵毓秀的土地上，崇文重教的血脉一以贯之、弦歌不断，薪火相传、桃李芬芳。

第六章

水漾古镇

——江南诗性文化的生活折光

江南古镇，是江南诗性文化的生活折光。除了江南的风光，在那些古镇的街巷民居、小桥流水里，隐藏着江南的历史人文，世家遗痕，名人足迹，民俗风情和江南人的生活及其愿景。读万卷书，行万里路，江南的古镇是一本本打开的大书，要感悟研究江南的文化，就不能不去读江南古镇。如果将江南喻作一篇恢宏富丽的大赋，那么古镇必定是其中一段韵味独特的经典篇章。

一

1985 年，美国西方石油公司董事长阿曼德·哈默在访华时，郑重地将一幅陈逸飞的油画《故乡的回忆——双桥》赠送给了邓小平。油画上，描绘的是一座安静宁谧的江南小

陈逸飞的油画《故乡的回忆——双桥》

镇，水波荡漾，双桥掩映，洋溢着浓郁的水乡风情。很快，年轻画家陈逸飞的名字蜚声国内，而画面上的这座默默无闻的小镇，也很快进入了人们的视野。

撩开古镇面纱的人，是上海同济大学的阮仪三教授。那年，他硬是凭借一辆脚踏车，从上海一路骑来周庄。在认真考察之后，他提出了周庄保护开发的建议，并拿出了一套完整的保护规划。

1989年的春天，对周庄而言是个非同一般的季节。这年4月，经过修缮的周庄首次以旅游景区的身份开放迎客，上海和周边游客纷至沓来，久违的水乡小镇让许多人流连忘返。这一年，5万多位游客向只有0.47平方公里的小镇贡献了20多万元旅游收入。在那个将"万元户"作为致富目标的年代，这笔收入对周庄人而言是一个让人激动的数字。此后，周庄的游客连年递增。2003年以来每年接待的游客早已超过200万人。

周庄之后，那些隐藏在江南腹地、秀水之畔的古镇开始一座又一座地次第露出了曼妙的真容。周庄、同里、甪直、南浔、乌镇、西塘……，众多江南古镇的浮出水面，也引来了世界的瞩目。2001年，六座古镇一起获得了联合国教科文组织颁发的"亚太地区遗产保护杰出成就奖"。2013年春，江浙两省的十座江南古镇组成联合体，将以"江南古镇群"的整体形象联合申报世界文化遗产。

今天，古镇已成为人们来江南旅游的必到之地，没到过古镇就不算来过江南。一个周庄，每年接待游客超过200万人；一个乌镇，每年接待游客更是超过300万人；而不设门票的惠山古镇，河塘上下日日人头攒动，到底是什么吸引了如此之多的人走进古镇？

走进一座座江南的古镇，仿佛穿越了一段历史的时空，纵横交错的水系，鳞次栉比的临河建筑，被岁月磨得光滑的石板路，还有廊桥楼榭、临街小店、天井石埠、千年古井、百年老树……，一起构成了充满魅力的古镇风情和美丽的水乡长卷。古镇长长的青石板铺就的街面，被千万双脚打磨得光滑发亮，数百年的历史沧桑渗入路面，却看不出一丝痕迹。江南古镇的街道大都狭窄而细长，因而显得清静幽深。长长的街巷，一头伸向久远的历史深处，一头联通着现代社会的繁华。在过去的时光里，古镇就像一只摇篮，养育着一代又一代水乡儿女；古镇也像是一处长途中的驿站，接纳着远道而来的疲惫行者，在这里舒展身姿稍事休整。不管是谁，在这里都会感受到一种安适与惬意。清晨，看第一缕晨光洒上街面，炊烟缕缕，书声琅琅，街头有人踩着晨雾出门，身影消失在小街尽头；夕阳西下，晚霞烁金时，看船娘身姿轻盈地唱晚而归，听孩子们欢快的脚步和打闹声响彻窄巷。你可以随意在古街上溜达，也可以在临河小酒店里坐下，沽一壶酒，要两样小菜，品尝小镇舌尖上的味道，在酥酥的微醉中枕着古镇的恬静酣睡。

　　走在古镇窄窄长长的青石板路上，走过古桥老街，走着走着，就生出了一份亲近之感；走着走着，就走进了浓浓的乡情之中。周庄有一座"三毛茶楼"，壁上挂满台湾女作家三毛的照片，橱窗内还陈列着三毛的书信，茶楼的主人叫张寄寒。他讲起20多年前三毛与周庄的因缘，就像讲着昨天的故事。喜欢浪迹天涯的三毛，来周庄之前已游历了大半个世界，有蔚蓝色的海岸，也有枯涸的撒哈拉。在她的生命中和她的笔下，"流浪"是一种三毛式的人生选择、三毛式的浪漫，也是她的归宿。然而，这个浪迹天涯的女子，一到周庄就热泪涟涟。望着漫无边际的灿黄的油菜花，和古镇小桥下静静的流水，她忽然感到一种少有的亲切，她相信，自己前世一定来过这里。面对满桌诱人的乡野土菜，她觉得自己回到了前世的家乡。

最早得到关注与开发的江南古镇——周庄

也许，古镇总是那么让人感到熟稔而亲切，总是能触动人心底那最柔软的温情。连余秋雨也说："摇篮就是一条船，它的首次航行目标必定是那座神秘的桥，慈祥的外婆就住在桥边。……因此，不管你现在多大，每次坐船进入江南小镇的时候，心头总会渗透出几缕奇异的记忆。"江南小镇的宁静，粉墙黛瓦的亲切，常态的百姓生活，远离名利场的怡然自得，让人"一见面就产生一种想要在这里觅房安居的奇怪心愿。"① 也许其原因就在于江南的古镇有着"把自然和人情搭建的无比巧妙的生态环境"，"有着中国文人心底的那份思念与企盼"，和余秋雨一样，在许多人心里"没有比江南小镇更足以成为一种淡泊而安定生活的表征"，也"没有哪里比江南古镇更像故乡的故乡了"。②

在通往苏锡之间的荡口古镇的道路旁，随处可见"驿江南，回荡口"的招贴，这似乎暗合了人们来古镇的某种心理：小镇就如人生驿站，来古镇犹如回家。春天来时，江南古镇就进入了盛装时节，

① 余秋雨：《江南小镇》，见《文化苦旅》，知识出版社，1992 年版第 95 页。
② 余秋雨：《江南小镇》，见《文化苦旅》，知识出版社，1992 年版，第 87 – 88 页。

草长莺飞，乱花迷眼。甪直街头，三五结伴、衣着时尚的女孩，早早卸下厚厚的冬装，脚蹬高靴，长发翻飞，成为古镇报春的风信子。而三三两两穿着传统江南水乡服饰的妇女，却是古镇春光里不可缺少的一道流动的风景。她们头顶双色包头巾，身着大襟攀纽拼接上衣，古朴简洁的胸兜，传统的绣裥裙加上五彩束腰，再配上蓝印花布裤，说着不曾改变的乡音，走在青石板路上别有一番风情。

"小楼一夜听春雨，深巷明朝卖杏花。"那绵长清丽的诗意就该由古镇的小巷里抽绎出来。而夜卧古镇的吊脚楼上，欸乃橹音从枕下飘来，更带给你无限的遐想。而坐着小船远行的古镇游子，无论走得多远，家乡的小河一直会在心底流淌。乌镇是文学家茅盾的家乡，抗战之后他再没回过家乡，身在西北黄土高原，没有了"暮春三月，江南草长，杂花生树，群莺乱飞"，没有了潺潺小河，没有了咿呀橹声，而那个"人家后门外就是河，站在后门口就可以用吊桶打水，午夜梦回，可以听得橹声欸乃，飘然而过"的地方，仍是茅盾心中最思念的故乡。

二

江南古镇清一色的都是水乡，水文化的特征在这里有着最典型的呈现。没有哪一座古镇不浸润着水色，小桥流水，正是江南小镇最鲜亮的名片。走过一座座古镇，穿梭于铺着青石板的街巷，总有一条条清流从远处蜿蜒而来，穿过小镇又蜿蜒而去。这些小河虽然不够宽阔，却通往太湖、运河、长江，是小镇通往外界的交通要道，也是文明接纳与传播的路径，那些从古流到今的一条条小河，是古镇人生活的清泉，也是滋养文明的泉流。

在江南大地纵横密布、状若经纬的水网中，古镇犹如一颗颗镶嵌在网上的闪亮钻石。小镇上，民居依河而建，人们枕水生活。有了水的滋润和水的便利，人们的生活就有了最基本的保障。既没有远离城市，又没有尘世的喧嚣。与水相依相生的生活方式和舒适环境，让小镇犹如世外桃源，足以让人安适地居住，也可以让人心灵有了归依。正因此，在竞争激烈的社会，这些古镇才能让如此多的人流连忘返，归去来兮。

逐水而镇，亲水而居，依水成街。江南的古镇一定是处在水系的最佳位置上，不是被水环绕，就是小河穿城。而镇内小河一定连通着外面的大河，河与河交合相汇，又必定沟通着更庞大水系，可以绕太湖，入运河，或溯长江。水为路，船为车，在交通不便的从前，小镇人最早拥有了自己的"公路"和"汽车"。船，是水乡人的翅膀，也是古镇一道流动的风景。河与船的作用之巨，还在于经济和文化的意义。

江南古镇大多形成与明清时期，最早时，这里应该是一些因为市场贸易需要而逐渐形成的"市"，主要具有经济意义。后来人口越聚越多，规模日渐扩大，便形成了"镇"。因此，"镇"也是最早城镇化的表征，而宜居的江南之地是古中国城镇化速度发展最快、人口密度最高的地区。至明末时，周庄、南浔、同里、荡口等古镇，居民都在万人以上，荡口的住户更是高达5000多户，可谓人烟密集，商贸繁荣。

交通是一座城镇最重要的因素之一，古镇的繁荣也从来离不开河与船。在地面交通欠发达的时代，河就是路，船可当车，水上交通遂成为陆上交通最重要的补充。介于城乡之间的城镇，是当年物资交流的中转与集散之地，也是连接城市与乡村的经济中心，乡村农民的采购往往是在较近的镇里完成，因此水路交通的便利首当其冲。镇民多以商工为业，街巷商铺鳞次栉比，商品云集，贸易兴隆，所以"前店后家"的建筑模式成为小镇上最普遍的居家与从业方式。

商品意识就这样在小镇上开始萌芽，经济贸易活动也为小镇居民带来了不错的收益。河道纵横、桑榆遍地的江南，古来为蚕丝重要产地，蚕桑生产历史可以追溯至春秋时期，作为副业的蚕丝生产也已有千年之久。早在宋代，南浔镇便"商耕之富，甲于浙右"，因为近在咫尺的辑里所产的桑蚕丝，白亮柔韧，质地优秀而名甲天下，故坊间有"蚕桑之利，莫盛于湖，湖丝为南浔七里为佳"的说法。"辑里"是村名，原名"七里"，因为从这里到南浔镇正好是"七里"的距离，后改名"辑里"。辑里水柔而丝韧，普通的蚕丝只能吊起一个铜钱，而辑里丝却能承受十个铜钱的重量，后来皇帝龙袍的织造全部采用辑里丝作为原料。

南浔镇因此成了生丝、丝绸的贸易中心，庞大的水网为南浔织就了一张四通八达的交通图。19世纪上海开埠后，随着生丝出口量的剧增，南浔镇迅速成为江南最大的丝市，呈现出"熙熙而来攘攘往，一日贸易数万金"（《南浔丝市行》）的繁荣景象。被灵活开放的水文化所养育的南浔人，性情敏察而善为，不仅把生意做得风生水起，还凭借着市场培育的灵活机智与精明务实走向了大上海这个更广阔的天地。南浔古镇上，有所谓的"四象八牛""七十二墩狗"之说，这些"象""牛""狗"所指的，都是因商致富的豪门大户，遍及海内外的蚕丝生意，让他们获利不菲而成为当地巨富。

乘坐小船，听船娘唱着吴歌，沿着河道悠悠穿越古镇，领略沿岸的风景胜迹，是最令人惬意的事情。在南浔，岸上蜿蜒长达400米的一组建筑令人惊诧不已，这就是盛名远播的"百间楼"。据传，百间楼是明代万历年间礼部尚书董份所建，距今已有400多年的历史。这组粉墙黛瓦的宏大建筑群，空间骑楼相连，筑封火山墙，院落之间以券门相隔，楼前有廊檐可避雨遮阳，建筑高低错落，风格古朴雅致，既气势宏大又不失江南建筑特质，在两岸建筑中显得别具一格。百间楼是跨河建筑，两岸楼宇之间，有一座石桥相勾连，沿河条石砌成的护岸整饬划一，门前的河埠码头，既方便货物运输和乘船出行，又方便了日常的汲水浣洗。

　　小船在水中悠悠划过，如果那些临水的花格窗扇忽然被推开，有明眸少女莞尔含笑倚窗而立；如果夕阳西斜桥下有农家女儿在船稍卖花，那又该是怎样的一番旖旎风情？清代诗人张镇的《浔溪渔唱》果然这样想过，有诗可证："百间楼上倚婵娟，百间楼下水清涟。每到斜阳村色晚，板桥东泊卖花船。"

　　比起旅游热地乌镇、周庄、同里，荡口古镇显得十分低调和安静，在这里，白鹅仍然悠闲地浮水，木船上的鱼鹰仍在捕鱼，两岸的茶肆里客人稀少更适宜品茗小坐，街尽头的设施一新的民宿更可安享宁静。"东南巨浸首鹅湖，绝妙烟波万叠图。云外青山遥映带，风光得似邑西无"，是清代诗人杜汉街对荡口景色的由衷赞美，这里当年也是吴门才子

崛起于明代、泛着人文波光的江南古镇——荡口

唐伯虎、沈周、文徵明、祝枝山等常来的地方，因为这里有一位著名收藏家华夏是他们的同道好友。唐伯虎曾在这里的鹅湖月下泛舟，留下了"柳含雾气濛濛重，月荡湖光恍恍明。翠幰坐船红拂妓，鹅肫荡口欲三更"的诗作。而文徵明则为友人华夏的真赏斋，画了两幅同名的画作。荡口也是典型的江南水乡，东枕鹅肫荡（即鹅湖），

南挽南青荡，北连蔡湾荡，西接苏舍荡，古镇四周水网密布，一条贯通东西的北仓河从镇里汩汩穿过，清澈的水中倒映着两岸的参差民居，美轮美奂而又不失家的温馨感觉。

向晚的古镇是一首首温婉的小令，将诗意的水乡文化演绎得淋漓尽致。坐在古镇的长廊下，看云起云落，船来船往，烟雨聚散，是一种近乎奢侈的享受，也是一种诗意的生活追求。今天，古镇成了都市人趋之若鹜的求静避乱之地，却不知，当年的古镇是商业最繁荣的热闹集市。历史上，所有古镇都曾是繁盛之地，临近都市而无车马之喧，拥有各种生活之便，又可享受小镇独有的安适与商贸服务。像西塘古镇上别具特色的长廊的形成，最早便缘起于一个商家为了客人遮风避雨而搭建了廊棚，他的善举为他带来了好名声和生意兴隆。于是引得众商家纷纷效仿，廊棚与廊棚相连，绵延而成为一条千米长廊。更有人在临河一面设置了靠椅长凳，供人休憩，营造良好购物休闲环境的同时，也成为江南古镇的一道独特景观，折射出那个时代人本意识、服务意识的觉醒。

三

江南古镇或傍水而建，或有水环绕，大多古镇有小河汩汩流过，有镇必有水，有水就有桥。因为桥下要行船，因此古镇的桥大多是拱形桥。如果说，水赋予了小镇以诗意和灵气，那么桥则为隐身郊野的小镇平添了一份通达。

苏州的角直，一向被称为江南"桥都"，在不过一平方公里的镇区内原有石拱桥 72 座，分别建于宋、元、明、清历代，现仍有 41 座被保留下来。这些桥的种类形制多样，有多孔的大石桥，单孔的小石桥，有较宽的拱桥，也有窄窄的平顶桥，造型各异。桥多，是因为水多，角直处于阳澄湖、淀山湖、澄湖、金鸡湖、独墅湖"五湖"之中，多条河流环绕小镇，居中的一条直河道沟通了六个方向，水陆相交，组成了一个大大用"水"写成的"甪"字，"甪直"之名由此而来。

所有的古镇都浸润于水中，运河之东的同里古镇，选址和甪直异曲同工，小镇环抱于同里湖、九里湖、叶泽湖、南星湖、庞山湖等五湖之中，曾被誉为江南的"小威尼斯"。现代园林专家陈从周的一句"同里以水名，无水无同里"，揭示了同里与水的密切关系。整个古镇被15条小河分隔成七块陆地，这七块陆地又被49座古桥连缀成一个整体。明代，一些风雅文人在这里聚会，一起评出了"同里八景"：九里晴澜、林皋春雨、莲浦香风、西津晚渡、水村渔笛、东溪望月……，几乎没有一个不沾着湿漉漉的水汽。

小桥流水，串连起了古镇，也串连起了历史的风情。从周庄、同里、甪直，到西塘、南浔、乌镇、荡口……，无论哪座古镇，有了水，必有桥，如果说古镇是一首旋律悠扬的乐曲，那一座座桥就是翱翔其中的一串串音符。一座连一座的古桥，带给小镇无限的韵味。

古镇的桥，并非是为满足眼睛而造，主要具有交通的意义。但作为一种综合了文化艺术的劳动创造，各式各样的桥联还维系着人们的审美观念、生活习俗与愿景。在同里，镇子里每逢有人家办喜事，披红挂彩的迎亲队伍一定会吹吹打打，先来到吉利桥。在这里，新郎要按照老习俗完成婚礼的第一个环节——"一背二抱三牵手"。新郎先要背着新娘走过第一桥吉利桥，在第二桥太平桥前，将动作换作抱姿。过了太平桥之后，方可二人执手而行走过第三座桥长庆桥，在鞭炮齐鸣、鼓乐齐奏和亲友邻里的贺喜声中，婚礼的第一步骤宣告完成。

都市里，传统婚礼习俗早已被酒店司仪的固定程式所取代，只有在古镇，悠久的传统还存有延续的土壤。同里的"吉利、太平、长庆"三桥，相距不过数十步，呈品字形鼎足而立。这里的"走三桥"习俗早在清代就已流传，凡婚嫁、祝寿、庆生、孩子满月，人们都要走一走三桥。当地有民谚曰："走过吉利桥，万事顺利步步高；走过太平桥，生活太平身体好；走过长庆桥，人生幸福永不老。"

走桥，作为江南水乡流行的习俗，始兴于明清。明代的《走三桥词》曰："细娘吩咐后庭鸡，不到天明莫浪啼。走遍三桥灯已落，却嫌罗袜污春泥。"那时的走桥，主要是年轻女子的活动，也是民间流行的祛病方式。在其演变过程中，逐渐衍化为一种内涵更丰富的祈福习俗。乌镇的走桥就已经演化成了一场全镇人参与的祈福活动。元宵节的晚上，人们三五成群，扶老携幼，提着花灯，沿着河街走上一座又一座桥。走桥队伍，在水乡的夜晚蜿蜒成了一条长长的灯龙。有别于同里，乌镇人的走桥不能少于十座，且一路前行不能走回头桥。因此走桥之前需规划好路线，人们边走还要边念走桥谚语："元宵夜走走桥，人生太平百病消；小孩子走走桥，聪明活络念书好；小伙子走走桥，事业兴旺步步高；姑娘家走走桥，青春靓丽更苗条；老人家走走桥，鹤发童颜身体好。"从内容看，显然是新编的俗谚。

最早开放的古镇周庄，四面环水，全镇依水成街，桥街相连，特有的水环境，造就了周庄灵秀的水乡风貌和独特的人文景观。现在，当年被陈逸飞纳入画框的"双桥"已成为周庄的文化标志。双桥有自己的名字，一座是跨越南北市河的世德桥，另一座是横穿银子浜的永安桥。二桥外形质朴，构造精巧，显示出水乡人们崇尚自然、与世无争却又舒适安逸、精致细腻的生活情趣。

小镇几乎所有民居一律傍河而建，统一为"前街后河"的建筑模式，这无疑充分考虑了交通因素。一般人家前面临街方便陆地出行，后门临水有河埠，方便乘船出行。也有更厉害的人家，比如南浔古镇的百间楼，再比如周庄的张厅，都专为自家建了桥。周庄的张厅是一座明代建筑，骑跨于小河与南湖两岸，为了方便进出，财大气粗的张家在河上专门建了两座廊桥，贯通自家前后住宅和花园，张厅墙壁悬挂的吴冠中所书对联"轿从门前进，船自家中过"便是这座建筑的生动写照。

　　古镇最重要的桥梁的周边，往往密布着酒肆茶楼，这里人流密集，宾客盈门，美食荟萃，往往是小镇的文化经济与信息中心。人们坐在临河的酒馆茶肆里，或品茗，或小酌，把酒临风，举杯望月，一边欣赏桥下船影波光、桥畔岸柳行人，一边随意闲聊，散淡闲适之中最是小镇迷人的风情。

　　在周庄中市河的西口，有一座建于清雍正年间的单孔石拱桥，名贞丰桥。桥的两端连接着贞丰弄和西湾街。桥下的那家"德记"菜馆，却另有一个很魅惑的名字——"迷楼"。据说，当年老板的独生女儿阿金，相貌如出水芙蓉般清丽可人，当垆卖酒，芳名远播，远近食客闻香而来，菜馆生意十分红火。民国才子陈去病、柳亚子等南社成员，那时出入德记颇为频繁，酣饮畅谈之余，也饱餐了秀色，因此诗兴勃发，指点江山，激扬文字，日积月累竟汇集了百余首诗作。于是，辑成了一本《迷楼集》。"迷楼"之名也就成了德记菜馆的别称。今天，迷楼里还设有一组蜡像，生动地再现了发生在百年前的这一故事。

四

　　江南的古镇一头连接着久远的历史。走进古镇就走进了一座露天的历史博物馆。江南古镇大多形成于明清时期，比之今天的许多城市更具历史的纵深感。许多古镇还比较保留着数百年前模样，同里古镇的历史可追溯到五六千年前的"崧泽文化"和"良渚文化"时期，久远的历史和优越的自然条件，使这里成为吴地最早得到开发的富庶之地，先秦已有集市、汉唐日呈繁华，因此古镇原名叫作

"富土"。在这里，保存完好的明清建筑就达6.5万平方米，占到全镇总建筑面积的61%，在这里人们可以真切地感受到历史的幽深，这正是许多古镇值得一去再去的重要原因。

荡口古镇的人居历史始于汉代，但古镇的历史触角却可以追溯至更久远的春秋时期，毗邻的梅村是史学家认定的"古梅里"，而近在咫尺的荡口，当年也属于古吴国的核心区域。3200年前周泰伯南奔吴地之后，曾率众开凿了一条灌溉主渠——伯渎河。这条流淌了3000多年的古老河流，沿着历史的走向最终流入了荡口的鹅湖，使这片土地与古梅里一衣带水，也令古镇的人文底蕴更加厚重。荡口西侧的鸿山，有勾吴开国第一代首领泰伯的陵墓，东边的虞山是第二任首领仲雍的墓园，处在二者之间的荡口在古吴国时期重要地位可见一斑。

荡口古镇的崛起与繁兴，始于明洪武时期。东亭华氏的一支为躲避元末战乱而举家移居吴中。至朱元璋攻下苏州、剿灭吴王张士诚后，华氏才回迁无锡。但东亭老家已无立足之地，当时荒蛮的荡口却可供开发存身。在华贞固的带领下，华氏族人开荒垦殖，拉开了荡口开发的序幕。历经数十代人的共同努力，至明末清初，这里已是无锡地区最繁荣富庶的乡镇之一。作为一个文脉悠长的历史古镇，经过数百年薪火相传，荡口形成了浓郁的"崇德孝义"文化，而传承数百年的"耕读起家、诗礼传家"，也成就了古镇重教之风，从而成为一道名人辈出、独领风骚的独特文化景观。

因为水系发达、交通便利，明清时期的荡口贸易繁盛、百业发达，铸冶业、桑丝业、木作业、酿造业出产丰富，名重一时。尤其是明中后期的会通馆、兰雪堂，开创了铜活字印刷术，成为中国古代印刷业的高地。会通馆所刻印的《锦绣万花谷》《容斋随笔》，兰雪堂刻印的《艺文类聚》《蔡中郎集》，都是古代刻本中难得一见的珍品。在充满后工业化气息的今天，荡口仿佛一片未经开垦的处女地，藏在闺中人未识，因而最大限度保留了历史风貌。华蘅芳故居、华氏义庄、华氏始迁祖祠、三公祠、真赏斋遗址，以及果育鸿模小学、学海中学、牌楼墙门下进士第、植福庵、王莘故居等，众多的老建筑和河塘桥廊一起，构成了充满魅力的古镇风情。

周庄之旅，南市街上的沈厅是一个不能不去的所在，因为这里是一个有历史，有故事，有传奇的地方。余秋雨在《江南小镇》里说这里"原是明代初年江南首富沈万山的居所"，并对这座神秘的豪门大宅作了丰富的联想。然而事实上，这座沈厅并非明末富豪沈万山本人所建，而是他的后裔于清乾隆七年建成。房子建好时，离沈万山充军亡命已经过去了 200 多年。据说，这位沈氏后裔原本游手好闲，但终于浪子回头，且经商大获成功。于是才有实力在其祖居之地建造了这座大宅。正是为了纪念自己改邪归正，主人给这座建筑取名"敬业堂"，清末时才改为"松茂堂"。

沈厅位于周庄富安桥的东侧，占地达 2000 多平方米，为七进五门楼，建筑进深达百余米，可谓庭院深深。整座建筑沿中轴线分布有大小房间 100 多间，回廊曲折，奢华轩昂。宅前筑有水墙门与河埠，供船只停靠、客人登岸。大门内有墙门楼、茶厅、正厅，是接送宾客和议事之所；后部的大堂楼、小堂楼和后厅屋，是家人生活起居的地方。楼屋之间由过街楼、过道阁相连缀，形成了一个环通的走马楼。在沈厅最后一进的后厅，安置了沈万山塑像和金灿灿的聚宝盆，向即将告别的游人昭示沈家财富的同时，也告诫着沈氏兴衰沉浮的人生教训。

去过周庄的人，都乐意尝尝"万山蹄"。无论哪家菜馆，周庄酒宴上这道红烧蹄髈是绝对不能少的压轴戏。万山蹄曾是沈家的私厨绝活，据说曾款待过明太祖朱元璋，晶莹红亮，皮嫩肉酥，肥而不腻，入口即化，齿颊留香。其实，这样的红烧蹄髈在江南的古镇上，是一道最普通不过的大菜，乃寻常百姓家的待客之物。也许，餐桌上的一瓯一盏所反映的不仅是水乡生活的丰饶富裕，还有与之相勾连的那些沧桑旧迹吧。

周庄自有周庄独特的厚重。镇子里有一个独特的传统节目叫"划灯"，据说是国民党元老、新闻先驱叶楚伦等提议开办的一种民间娱乐活动。抗战爆发后，上海沦陷，周庄也不免人心惶惶。碍于战乱，人们准备放弃一年一度的水上划灯活动。恰值叶楚伦回乡探亲，他的故宅就在镇中心的西湾街上。叶楚伦对镇民们说，"划灯还要搞，日脚照样过，要让小日本看看中国人的精神。"夜幕降临后，当许多小船连成一长排，蜡烛一起燃亮时，窄窄的水面上顷刻间流光溢彩，一片璀璨。划灯活动进入尾声时，大家一起将船上的竹篾架点燃，悉数抛入河中，燃烧的竹子在水上继续漂行，犹如一条长长的火龙。周庄人用这种方式昭告天下：这是我们的家园，在这里，水也能燃烧。

五

江南古镇的迷人魅力，还在于从这里曾有过那么多世家望族，曾走出过无数的名人才俊，因为有了他们，古镇就有了故事，有了传奇，有了深远。

周庄的得名，源于北宋一位周姓迪功郎。迪功郎官职不过九品，但他却捐出200亩房舍田地，修了一座全福寺，当地民众感恩于他，于是有了"周庄"地名。周郎一去，杳无音信，在历史长河中再也难觅他的踪迹。但全福寺从此成了周庄的地理标识，年复一年，晨钟暮鼓，星移斗转，从未停歇。多情的南湖之水，更是春风不改旧时之波。

甪直镇的保圣寺，在南朝梁代就是江南名寺，乃"南朝四百八十寺，多少楼台烟雨中"的寺院之一。寺内有九尊泥塑罗汉据称出自唐代的名家之手。而古镇旧名"甫里"，就得名于唐代诗人陆龟蒙。陆龟蒙，字甫里，曾两度在此隐居，古镇以雅士名人为荣，于是便拿来做了镇名。走在古镇的角角落落，不经意掀开一角，呈现出来的满眼都是悠久和璀璨。

南浔、乌镇、西塘、同里、木渎等都被誉为千年古镇，其历史一直可以延伸到唐宋时期。古镇附近，也环绕着许多数千万年前崧泽文化、良渚文化、马桥文化的遗址，古镇上，唐宋以来的古桥、古寺、古木斑驳犹存。但建制上作为"镇"的身份的真正崛起，应该都是在明代，江南作为资本主义最早的萌芽之地，商品意识、市场交易，是催生古镇发展的最重要的内驱动力。

江南古镇，自古世家云集，人文繁盛，一直是才俊辈出的高地。自宋至清，浙江乌镇共出了64名进士，161名举人，160名贡生。同里古镇出了1名状元，42名进士，93名文武举人。黎里古镇出了1名状元，26名进士，61名举人，43名贡生。南浔古镇，仅在明清两代就出了41名进士，50多位京官，有57人出任各地州县官员，其中朱国祯、温体仁在明天启年间和明末崇祯年间出任朝廷首辅。

荡口古镇的华氏，明代曾被限制子弟参加科考达百年之久，但当这一限制被取消后，还是走出了大批才俊，明清两代共出了50多名举人，25名进士，其中榜眼1名，五品以上官员更是多达130多人。无锡籍状元孙继皋曾吟诗赞曰："磅礴孕毓人文昌，一门羔雁纷成行。姓名往往通天阊，太史给谏尚书郎。"此外，荡口活跃在各个行业、名播遐迩的文人俊彦更多，比如，铜活字印刷家华燧、华坚叔侄；被称为"江东巨眼"的明代大收藏家、真赏斋主华夏；出使朝鲜的翰林院大学士华察及其儿子仲亨、叔阳；明末舍生取义、留发不留头的华允诚；布衣少卿王会汾；中国第一艘机械动力船发明人、近代科学先驱、数学家华蘅芳、华世芳兄弟；刺绣艺术家华璂、华玙姊妹；热心公益的实业家华鸿模、华绎之祖孙；多才多艺的金石家、琵琶艺术家华秋苹；《歌唱祖国》的词曲作者、著名音乐家王莘；漫画大师华君武；国学大师钱穆，科学家钱伟长叔侄等。从《明史·艺文志》《四库全书总目提要》著录到《刺绣术》《琵琶谱》等传世著作中，都可以窥见这些名人的成就与风范，一觞一咏间，尽显古镇风流。今天，漫步古镇，只要用心寻找倾听，分明可以感受到久远厚重文明的召唤，寻觅到唐诗宋词的流芳，感受到明清文化的魅力，体验古镇绕梁三日的文化韵味。

近现代活跃于文坛政坛的许多名人，追溯一下他们的身世，有不少都出自江南古镇，比如茅盾（乌镇）、叶圣陶（甪直）、陈去病（同里）、柳亚子（西塘黎里）、徐志摩（硖石）、金庸（硖石）、陆定一（西漳）、薛暮桥（礼舍）、孙冶方（礼舍）、秦古柳（礼舍）、钱俊瑞（鸿山）、华蘅芳（荡口）、钱穆（荡口）、钱伟长（荡口）、徐迟（南浔）、周培源（芳桥）、徐悲鸿（徐舍）……，不一而足。

不事张扬、含蓄内敛的江南古镇，那一座座普通的民宅，一个个寻常的院落，外表貌不惊人，也许就孕育过一代名播海内外的文化巨人、科学巨匠、艺术大师，或者流芳百世的学者。那些幽深安静的小巷里，那一处青藤垂挂的院墙，过滤了尘世的喧嚣，隔绝了外界的浮华，遮蔽了都市的诱惑，更能让人安静读书，面壁精研，深邃思考，一旦出山又怎不叫世人瞩目？中国文化史上，一部部人文巨著，一幅幅珍奇墨宝，有许多就是在这里蕴积了足够的文化底气，初展它的册页。

六

江南古镇并非只有小桥流水、枕河人家，并非只有轻盈灵秀的外表，并非只有文人墨客的浪漫繁华，还有着深厚沉郁的历史积淀，承载着千年文明、厚重文化。

无锡的惠山古镇，其历史触角久远可抵晋唐。虽然作为镇的建制较为晚近，却是一个内涵丰富、底蕴深厚的地方。南朝时，最早出现在这里的是惠山寺，明代万历年间建造的龙光塔是古镇的高处胜景。唐代陆羽曾来此煮泉品茗，"天下第二泉"因此得名。唐宋两代惠山寺门前的石经幢，至

无锡的惠山古镇不足 0.3 平方公里的土地上
分布着 118 座形态各异的祠堂

惠山古镇秦园街上鳞次栉比的祠堂

今仍耸立在古镇中心。北宋的金莲桥，唐代的听松石床，都是古镇

久远的历史坐标。最引人瞩目的，是明洪武初年惠山寺僧人种下的一棵古银杏树，迄今已快 680 岁高龄，近旁的古玉兰、古香樟树龄也有 400 多岁高龄。明代所建的"千人报德坊""华氏四面牌坊"也已屹立了数百年。

　　然而，惠山古镇的重头戏却不在小桥流水、枕河人家，也不在书香盈门的望族世家和悠久历史，而在这里鳞次栉比的祠堂，它们才是惠山古镇独特文化与灵魂的载体。这片不过 0.3 平方公里的土地上，沿直街、横街、惠山浜密布着各式祠堂，规模、数量、种类都堪称"中国之最"。

　　惠山祠堂群的形成始于唐代，盛于明清，延续至近现代，时间跨度长达 1200 余年。祠堂祀主涉及 80 多个姓氏，180 多位历史人物。除了开发江南的始祖泰伯、仲雍、季札的至德祠外，至少有 3 位祀主官居历代宰相、尚书，如楚相春申君黄歇，五代时期吴越王钱镠，唐相李绅、陆贽、张柬之，宋相司马光、王旦、范仲淹、李纲，明代兵部尚书于谦、秦金，清代尚书嵇曾筠、嵇璜等。

　　著名的"江南第一园"寄畅园，其实也是一座祠堂。寄畅园原为明代兵部尚书秦金衣锦还乡后所建的别墅。他去世后别墅一度由子孙各房分占，乾隆十

惠山古镇下河塘的杨藕芳祠是一座中西合璧的祠堂建筑

一年，族人达成共识将别墅改立为家祠，名双孝祠。寄畅园的周边，

密布着数十座祠堂，如华孝子祠、陆羽祠、尤衮祠、顾宪成祠、邵宝祠等。

明清时期，无锡工商繁荣，已是闻名全国的米市、布码头，许多来锡做生意的徽商在惠山脚下秦园街、香塍街、绣嶂街搭铺做生意，进而在此卜宅定居，因此惠山浜、上下

惠山古镇上河塘处的溪山第一楼，原为紫阳书院
主要建筑之一。清代时为朱文公祠，祀主朱熹

河塘一带又聚集了一些徽祠，其中最著名的是被誉为"溪山第一楼"的朱熹祠。无锡的工商巨族也有在惠山增建行业会馆祠，尤以杨藕芳祠最具代表性，这是惠山祠堂群中唯一的西式建筑。

惠山二泉书院右侧的顾端文公祠，祀主为明代东林学派的领袖人物顾宪成。祠堂正厅廊柱上，是顾宪成亲题的"风声雨声读书声声声入耳，家事国事天下事事事关心"名联。绣嶂街上的范文正公祠，祀主范仲淹是北宋卓越的政治家、军事家、文学家，因其《岳阳楼记》中有"先天下之忧而忧，后天下之乐而乐"的千古名句，他的祠堂也被称为"忧乐堂"。

顾祠一侧的陆忠宣公祠，祀主为唐相陆贽，他自称"上不负天子，下不负吾所学"，是唐后期的著名贤相。司马温公祠祭祀的是北宋著名史学家、政治家、《资治通鉴》作者司马光，他从政40多年，官至宰相，却清廉简朴，不用仆人，"典地葬妻"，为民所敬重。于忠肃公祠的祀主于谦，曾任陕西巡抚、监察御史，在明王朝危急关

头他临危受命，成功指挥了京城保卫战。他最著名的诗句"两袖清风朝天去，免得闾阎话短长！""两袖清风"典故由此而来。有着"关西孔子"美誉的杨震，历任太守、司徒、太尉等职，甘于清苦，清白传家。一次，受其举荐的县令王密深夜携黄金10斤登门谢恩，遭到杨震严词拒绝，当王密表示无人知晓此事尽可放心，杨震却说"天知、神知、你知、我知，何言无人可知？"后人遂将祠堂命名为"四知堂"。

这些历朝历代的廉官，为官清正，一身正气，以"先天下之忧而忧、后天下之乐而乐"的高远境界，承载着江山社稷的重托，肩负着黎民百姓的希望，成为中国历代清

现位于惠山公园内的两宋抗金名臣李纲（忠定公）祠

官廉吏的典型，更是中华廉政文化的杰出代表。这些祠堂的存在，无疑加重了古镇的文化分量，使古镇文化在轻盈秀丽之外，多了一份沉厚凝重。

不过，沉郁厚重的气息并不会阻碍现代人游览休闲的轻盈步伐。绣幛街上，前卫的先锋书店、时尚的茶艺小馆和飘着轻音乐 coffee 吧，与传统的老式茶楼、老菜馆、老酒馆以及众多祠堂一起，营造出惠山古镇所独有的味道。这种古典与现代的奇妙的交融，也展示了江南文化的另一面，那便是如水一般的随物赋形、灵活善变，能够自如地适应于任何的时代与环境。

　　水漾的古镇，水漾的风情。在有月光的夜晚，坐在江南古镇的小桥边，在汩汩流淌的河水中，恍然可以触摸到古镇久远的历史脉动。那些已经逝去的岁月和那些走远的历史人物，会一一走出，与你我在心灵深处紧密相拥，将那些已经逝去的记忆带回梦中。

第七章

逸趣雅园

——诗性文化在园林艺术中的投射

在江南，有一种生活叫园林。同样的漫步，同样的居住，同样的生息，在江南便有了诗意。宋代的沧浪亭、网狮园，元代的狮子林，明代的寄畅园、拙政园，清代的留园、耦园、怡园、曲园、个园、听枫园，江南的这些代表性园林虽不大，但座座堪称精品。叠山理水、亭台楼榭、池塘曲桥、花石漏窗、诗词楹联、画廊碑帖、美石嘉木，梅兰竹菊，"虽为人作，宛自天开"，造化神妙，变幻无穷。江南人以一种特有的诗意和雅趣，将唐诗宋词的意境融入园林构建，"融情入境"，"意匠经营"，精妙地勾勒出一幅幅玲珑秀逸的园景。

唐宋以后，尤其是明清时代，在江南士大夫阶层的造园运动、文人雅集和江南诗性审美的驱动下，园林艺术日臻成熟，园林意境日趋风雅。掩映在园林深处的，除了诗性追求、历史故事、人生传奇，还有摇曳多姿的戏文，以及江南士族阶层的人生哲学。在园林的方寸天地之中，有园林艺术家匠心独运的人生追求，也沉淀着江南人的处世智慧与生活哲学。

一

早春二月，温阳高照，和风煦畅。京杭运河上，一条大型龙船缓缓驶近，停在了通往无锡惠山浜的河口。乾隆皇帝在随驾官员陪同下，移步换乘一条精致的小船，向惠山脚下的秦园方向驶去。这一年，已登上帝位十六年的乾隆，效法祖父康熙开始了他的首巡江南之旅。和康熙一样，他决意要去看看祖父十分青睐的那座秦园。

　　此后，乾隆帝每次下江南，无一例外地，都要驻跸惠山，都要临幸秦园。和康熙一样，乾隆一生也六下江南，不同的是康熙七至秦园，而乾隆竟然十一次驻跸秦园。① 究竟是什么，让这一对祖孙帝王对一座私家园林如此的情有独钟，如此的流连忘返？

今天惠山脚下的寄畅园，就是当年康乾二帝一而再，再而三造访的秦

位于惠山脚下的寄畅园

园。现在，这座园子的名字叫"寄畅"，是后来康熙皇帝所题赐。清代时，寄畅园与南京瞻园、苏州拙政园、留园，并称为"江南四大名园"，寄畅园位列第一。这座园林初建于明代，初名"凤谷行窝"，是一座私家别墅园林。因为建造者是秦少游的第十七代孙、明正德年间的兵部尚书秦金，所以也叫"秦园"。移步园内，首先映入

---

　　① 秦志豪：《康熙乾隆的惠山情绪》，苏州大学出版社，2015 年 12 月版，第 135页。

眼帘的是两幅绿意环绕的石匾，正是康乾二帝御题。康熙的"山色溪光"，为目之所揽园内景色；而乾隆御笔"玉戛金枞"，乃耳之所闻园中之声。祖孙二人所题各有千秋。

寄畅园是典型的江南诗性文化的折射，其设计幽雅精致，构思巧妙，充满传统审美精神。园内以黄石叠山，掘土为池，环绕这一池"锦汇漪"，建有郁盘亭廊、知鱼槛、七星桥、涵碧亭、清御廊等诸多亭台廊榭，园内另有"秉礼堂""含贞斋"等精美建筑。最醒目的就是探入水中的知鱼槛，方亭翼然，是寄畅园景物之焦点，也是游人视觉的焦点。惠山的"二泉"水被巧妙引入园内曲曲折折的沟涧，一路潺潺有声，被赋予"八音涧"的美名。与苏州的许多城市园林不同，寄畅园属于建于山麓的别墅型园林，园内园外皆有景。造园者不仅将江南园林屈曲宛转、布局精妙、注重空间变化的既有特色发挥到极致，又能巧借山势，融合园外的景观，将园外的锡山、龙光塔纳入游人视野，使之成为园景的有机构成部分，营造了内外呼应、自然雅致、古朴清旷的园林意境。寄畅园内的植物品种繁多，参天古木，婆娑竹影，美石嘉树，与高台曲池一起，共同点染出宁静优雅、迷花醉月、清幽宜人的艺术氛围。

寄畅园的美，令乾隆皇帝"喜其幽致"而流连忘返，六次南巡竟然十一次到寄畅园。他对陪同的人说："入江南境，扬州但繁华，无真山水；金山（位于镇江）佳矣，而有戒心。惟惠山幽雅闲静矣。"在《游寄畅园题句》中，乾隆还专门题写了"清泉白石自仙境，玉竹冰梅总化工"的赞辞。

1784 年，乾隆第六次沿运河南巡，启程之前，他在宫内所列的临幸地菜单中，朱笔钦点标注了秦园。早在第一次踏进奉园之后，他就难以忘怀这座美丽的园子，后来专门让画师将秦园临摹成图，带回京师，在北京的万寿山下依样建了一座"惠山园"。在《惠山园八景诗序》中，可以清晰见到关于此事的记载："江南诸别墅，惟惠山秦园最古，我皇祖赐题'寄畅'。辛未（1751年）春南巡，携图以归，肖其意于万寿山之东麓，名曰惠山园。"

惠山园建好了，但乾隆对仿建的惠山园似乎不甚满意，觉得京城的惠山园终及不上江南的寄畅园。在诗中他流露了这一情绪："双河舟溯慧溪湾，雅爱秦园林壑间。月镜光含窗潋潋，云绅声落涧潺潺。清幽已擅毗陵境，规写曾教万寿山。一沼一亭皆曲肖，古柯终觉胜其间。"乾隆的不满很正常，园林也需要水土的滋润，没有了江南的温润气候、草长莺飞，北方园林又怎能与江南园林相提并论。

惠山园于清嘉庆十六年（1811年）进行了改建，取乾隆诗中"一物外之静趣，谐寸田之中和"之意，改名"谐趣园"。谐趣园和圆明园毁于战火的廓然大公（也称双鹤斋），都是仿寄畅园所建的园林，然而离开了杏花春雨的江南化育熏染，何来江南园林的神韵呢？也许，这也正是康熙、乾隆被寄畅园所深深吸引的原因。寄畅一园，是集结江南山水与诗性审美的园林结晶，而康熙、乾隆二帝多次游历、题赠，也为寄畅园增添了一抹浓浓的人文气息。

二

美，是江南园林的第一要著。被人赞为"江南四大名园"的四座园子无一不是美感充盈，这是人们考量评价园林水准的基本尺度。但这种美必须是充满意趣的"意境之美"。在江南的文化视野里，园林不只是单纯的、物质的环境，还是一种能够给人带来身心愉悦的艺术形象。园林艺术，是借助自然山水、植物、土石等，对环境进行艺术化设计排布，并结合科学手段，因地制宜地创造出一种融入了审美理念的、具有生命活力的园林意境。在这一过程中，既要遵循自然规律，又要超越自然，满足人的精神需求。

"园林意境"的概念由此而生，它要求将人的主观审美理念和情怀融入自然，从而营造出主客观交融呼应的艺术境界。"园林意境"概念的出现可追溯至晋唐时代，伴随着崇尚自然、追求个性、清新刚健的文艺思潮，那一时期涌现了大量山水诗、山水画和山水游记，从而推动园林创作也发生了转折变化，造园艺术开始从"以建筑为主体"向"以艺术意境营造为主"的方向转变，造园主旨也从"夸富""尚奇"转向了追求文化艺术素养的自然流露与表达。

此后，不断推动园林走向"意境化"的是各个时期诗歌书画界的精英人物，如两晋南北朝时期的陶渊明、王羲之、谢灵运、孔稚圭，唐宋时期的王维、柳宗元、白居易、欧阳修等。他们既是文学家、艺术家，也是园林艺术的创作者。陶渊明的"采菊东篱下，悠然见南山"表现了超然淡泊的意境。王维的"明月松间照，清泉石上流"被誉为"诗中有画，画中有诗"，他所经营的辋川别业①寄情山水，注重写意，受人称道。元明清时期，倪云林、计成、石涛、张涟、李渔等人都集诗、画、园林诸方面修养技能于一身，在继承前人园林创作的基础上，继续力创新意，对"园林意境"的提升作出了贡献。

中国的造园理论在 17 世纪前期已形成了较为完整的理论体系，以 1631 年苏州人计成所著的《园治》一书为标志，这是我国最早的造园理论著述。在这本书中，计成第一次提出了"造园"的理念，并围绕如何造园提出了一系列艺术设计理念和手法。在对美的领悟方面，江南人总是表现出独特的敏感，几乎在同一时间，也是苏州人的文震亨写下了另一本生活美学的著述《长物志》。这本书成书于 1621 年，作者对"室庐、花木、水石、禽鱼、书画、几塌、器

---

① 辋川别业是王维营建的私家别墅，位于具山林湖水之胜的天然山谷区，有山川泉石，植物繁茂，是富于自然之趣又富诗情画意的自然园林。

具、衣饰、舟车、位置、蔬果、香茗"等十二个方面进行了系统的美学梳理与解读，并提出了独到的审美建议，其中对建筑、园林、家居、植物、园艺等方面的见解一直被视为园林设计的重要借鉴。因此，《长物志》也被作为《园冶》的姊妹篇。二书后来传入日本，《园冶》被译为《夺天工》，对日本的园林艺术也产生了极大的影响。

以计成为代表的江南造园艺术，是自然环境、建筑、文学、书画、楹联、雕塑甚至音乐等多种艺术的一门综合艺术，讲究文化审美素养的流露和情意的表达，其创作理念可以归结为"融情入境"。要做到这一点，计成认为首先要"体物"。"体物"即对特定环境与客观景物所适宜表达的情意进行体察、感受。生活中，人人都有既定的文化惯性和思维定式，如植物方面，常以杨柳比喻女性、柔情，以松柏比喻将军或坚贞、长寿，以竹子比喻虚心或刚直不阿，以梅花比喻高洁、孤傲，以兰花显示内敛、清幽。计成认为，造园之前需要充分考虑植物与原有景物的和谐融洽，与园子主题内涵的一致。在体察过程中必须心有所得，才可以立意设计。

园林设计的过程被计成归纳为"意匠经营"的过程。所谓"意匠经营"，就是要在"体物"的基础上"立意"，再根据立意来规划布局，剪裁景物，形成诗意盎然的"园林意境"。园林意境的营造主要借助于"自然物"及其综合关系的处理，寄情于物，情生于境，而又超乎于境域事物之上，给感受者以遐想和回味，并打通客观自然境域与人的主观情意的通道，实现"人"与"物"的两境交融，让人身处园中能够充分领略艺术之美，并传之于内心，形成精神的愉悦，即所谓"引兴成趣"。江南名园寄畅、拙政等园林的营造都充分体现了这样的创作理念，这就是所谓"园林意境"了。

无锡锡惠景区内的寄畅园是中国古典园林意境营造的典范

意境是"意"与"境"的结合，是主观情意与客观物境互相契合与交融而形成的审美艺术境界。意境之美，并不单纯是通过对园林要素，如山石、水体、建筑的巧夺天工给人视觉体验，还注重调动人的听觉、嗅觉、触觉等"艺术通感"实现意境之美的传递。因此，江南园林中，除了叠山理水、种植树木外，总是引入泉流、游鱼、花香等元素，实现视、听、嗅、触等多方面艺术感觉的交汇。

为了在造园中实现"园林意境"的美感升华，江南园林通常非常注意打造园林的凹凸之形，充分利用造园中的"山""池"两大基本元素，形成跌宕起伏之感。一方面通过在园中堆山、叠石、筑台、造楼、建亭等手段，提升视景点的高度，扩大观景范围，便于游人驻足远望，另一方面挖土掘池，引水入园，使方寸田园之间有山有水，山光水色，相映成趣，增加雅趣。苏州的拙政园就是江南园林的经典之作。园内水面澄碧开阔，景物自然舒朗，平和恬淡，显示了江南士人闲适自在、旷远雅逸的诗意生活追求。园内以池水为中心，环绕楼阁轩榭，其间有漏窗回廊相连，与园内山石、古木、绿竹、花卉以及平桥小径一起，构成了一幅幽远宁静的画面，是典型的明代园林建筑风格。整座园林建筑仿佛浮于池水之上，在四季变化、花木烘托和水波映照之下，于不同时序中呈现出迥异的艺术情趣，春夏秋冬，四时宜人，给人余味无穷之感。

利用"叠山""掘池"只是江南造园的基本手段，计成在《园治》中，除了介绍叠石垒山、挖土成池、嘉木种植外，还将"借景"作为造园的重要手段之一。在"兴造论"中，他提出了"园林巧于因借，精在体宜"，"泉流石注，互相借资"，"俗则屏之，嘉则收之"，"借者园虽别内外，得景则无拘远近"等借景的基本原则。所谓"借景"，即有意识地将园外景物借入园内视景范围，来扩大游人视觉上的深度和广度，丰富赏看的景物内容，将无限收纳于有限之中。

"借景"手法在古代建筑艺术中多有体现，宏大的自然背景往往被用来作为建筑物的衬托。如唐代滕王阁借赣江之景，形成了"落霞与孤鹜齐飞，秋水共长天一色"的境界；岳阳楼的建造远借君山、近借洞庭湖，构成了气象万千的山水画图。杭州的西湖则利用"明湖一碧，青山四围，六桥锁烟水"的宏阔境域，实现了湖上"十景"的巧妙互借，景物之间既互相映照，又自成一体，设计十分精妙。在江南园林的营造中，这种借景手法更是被发挥到了极致。如寄畅园的设计就是这样，造园者就采取了"借山、揽月、引水"的手法，将园外的山川、明月引入游人视线内，使之与园内的山石花木等景物相沟通，形成了一种气韵上的承续。立足池东岸的知鱼槛西望，视线掠过水面，可以看到园内的假山与惠山很自然地形成了优美的山形相连，宛若惠山的一缕余脉。而锡山及其山顶的龙光塔，一方面成为园内近景的远景衬托，又与池北岸的嘉树堂形成了对景关系。如此的布局处理，在空间层次上形成了远、中、近三个层次的景深，极大增强了景观效果。外景的引入，在园内形成了山无止境、水无尽意，山容水色相映成趣，绵延不尽、浑然天成的艺术美感。

苏州留园也是如此，驻足西部的舒啸亭，可近借西园，远借虎丘山景色。沧浪亭的看山楼，也远借了上方山的岚光塔影。山塘街的塔影园，巧妙引借了虎丘

寄畅园的造园技巧之———借景锡山

塔的风光，在园内池中可以清晰地看到虎丘塔的倒影。同时，为了能够更好将外景引入园内，造园者还对妨碍观景、遮挡视线的树木枝叶进行了修整剪除，并在园中建轩、榭、亭、台，作为可以驻足的视景点，达到"纳烟水之悠悠，收云山之耸翠，看皓月之凌空"的高妙艺术境界。江南园林的"借景"方式有多种，不仅可以向园外借景，也可以园内景物互借，如拙政园的西部原为清末张氏补园，与拙政园的中部分别是两座园林。造园者在园子西部的假山上设宜两亭，巧妙地借了拙政园中部之景，一亭尽收两家春色。

注意利用"听觉"来创造园林意境，也是江南造园的重要技巧。

讲究"溪水因山成曲折，山蹊随地作低平"。寄畅园中的八音涧，地势西高东低，由黄石堆叠而成。随着假山一侧山涧的高低、曲折、迂回、隐现，水流时急时缓，淙淙如乐，仿佛金、石、丝、竹、匏、土、革、木等八种材质的乐器所弹奏的天籁之音，故被称为"八音涧"。八音涧的水源取自园外的"天下第二泉"，经园墙引入园内，经过石隙而成为流泉，泉水注入一盂，再由盂口跌入一潭，潭水溢出流入涧谷，环绕假山之后最后流入锦汇漪，构思极为巧妙，可谓巧夺天工。在泉水流经之处，发生迂回撞击，从而形成美妙的自然音乐，给人以听觉上的美妙享受。

同时，结合江南四季不同的花序，在园林设计中引入各色花卉，通过色彩、香味，给游人更多的游园美感，也是江南造园艺术的追求。寄畅园锦汇漪池畔的红叶树，拙政园的雪香云蔚亭四周的草木花卉，乃至近代园林蠡园、梅园等，都是通过花木的巧妙搭配，为游人营造出更好的审美感受。

匾额、楹联，在江南园林中的作用独树一帜。园门、厅堂、墙洞、廊柱等处，常见悬有匾额楹联，不但有点缀堂榭、装饰门墙、丰富景观的作用，在园林中还往往传情达意，表达造园者或园主的思想，增添诗情画意，起着画龙点睛的作用。在《红楼梦》中，曹雪芹就借人物之口评价大观园："若大景致，若干亭榭，无字标题，任是花柳山水，也断不能生色。"苏州拙政园中的扇面亭，也叫"与谁同坐轩"，"与谁同坐"的亭额鲜明道出了主人内心的清高与孤傲。苏州沧浪亭的"清风明月本无价，近水远山皆有情"，以及拙政园梧竹幽居的"爽借清风明借月，动观流水静观山"，雪香云蔚亭的"蝉噪林愈静，鸟鸣山更幽"，都融情于景，引人遐思，寥寥数语境界全出。还有杭州观海亭的亭联"楼观沧海日，门对浙江潮"，写景抒情，主题鲜明。镇江焦山别峰庵郑板桥读书处门上楹联"室雅何须大，花香不在多"，阐明心志，简朴高雅。

水彩画《江南忆，最忆是杭州》

园林毕竟是真实的自然境域，很大程度受到外部因素影响，所以江南园林艺术也强调"随相而变"，"相"就是外部的环境条件，如四季变化叫作"季相"，朝暮时序变化叫作"时相"，阴晴风雨霜雪烟云变化叫作"气相"，植物生长规律变化叫作"龄相"，园林设计建造者需考虑不同时序变化规律中各种因素合成的最佳状态和出现频率最高的"情境"，将其作为园林的代表性"情境"。这种"情境"短暂，却不朽。这就是计成在《园冶》中所谓的"一鉴能为，千秋不朽"。寄畅园在红叶的晴秋景色美于春日，蠡园桃红柳绿的春季则最为迷人。杭州的"苏堤春晓""平湖秋月""断桥残雪"都是不同季节最出彩的经典情境，园林借助特定的季节、时间、气候条件，得以展示出最具魅力的一面。

三

江南园林艺术，折射出江南人的一种生活态度和艺术追求，是江南诗性文化在园林上的折光。江南园林艺术所追求的"虽由人作，宛自天开"的艺术境界是中国园林艺术的最高境界。江南古典园林之所以能够成为人类文明的重要遗产，就在于它是江南文化审美精神造就的艺术精品，它以追求"天人合一""物我交融""境生象外"的境界为最终和最高目的，正是在这样的文化精神驱使下，人与自然、精神产生了高度交会，从而创造出极具艺术美感的园林境界。

江南人的生活追求和艺术灵性似乎是与生俱来的。据说，早在春秋时期，古城姑苏就已出现了私园，而建园之风盛行则是在中唐以后，宋元蔚起，明清尤盛。至清末时，苏州已有园林 800 多处，历经数百年沧桑变迁，迄今尚存有 70 余处。沧浪亭、狮子林、拙政园、留园并称"苏州四大名园"。这些建造于 16 至 18 世纪的园林，以其精雕细琢的玄妙设计，充分地折射出传统文化"取法自然"而"超越自然"的深邃意境。

宋代的沧浪亭、网狮园，元代的狮子林，明代的拙政园、艺圃，清代的留园、耦园、怡园、曲园、听枫园都堪称古典园林的精品。这些园林占地不大却造化神妙，移步换景，小中见大，变化无穷。园中叠山理水、亭台楼阁、池塘小桥、赏石漏窗、楹联碑帖、花草佳木，以文人雅士之情趣，寓唐诗宋词之意境，精巧构建出一幅幅玲珑俊秀的园景。在方寸天地之间，展示出无限的审美遐想。

苏州的狮子林在江南园林中独具特色，园内奇石林立，形似群狮。这里早先是座寺院，"狮子林"的名称源于佛陀说法威仪有如狮吼。"人道我居城市里，我疑身在万山中"形象地道出了狮子林的筑园特色。留园的精彩则需要认真走一遍方能体会。从"清风池馆"出发，这里给人的感受永远明媚如春，走过"涵碧山房"时应该就入夏了，因为这里是园中最佳赏荷之处；道路顺着长廊渐次升高，"高甍巨桷，水光日景，动摇而下上，其宽闲深靓，可以答远响而生清风（《真州东园记》）"，欧阳修的佳句似乎令人嗅到桂花芬芳，若有幸于秋夜闲坐，便能听到月宫桂子轻轻滴落之声。而最后抵达的"可亭"，这里是园中最好的赏雪处，只是江南少雪，大多时候只能看到落英缤纷，以花代雪。总之，这座园子走完了，也就走过了四季。

江南园林是一本展开于天地之间的大书。花有花语，茶有茶意，要读懂园林意境，必须学会体悟构成"园林意境"的"景语"。真正的风景会说话，优秀的园林能够表情达意。如果在留园看到的是四季的轮转。那么拙政园的含义则要复杂得多。作为江南园林的经典代表，有人总结其艺术特点有四：因地制宜，以水见长；疏朗典雅，天然野趣；庭院错落，曲折变化；园林景观，花木为胜。但如果仅此而已，这些特点几乎适用于所有的江南园林。相比之下，盛翀教授的解读就比较有趣。在《江南园林意境》一书中，他通过分析拙政园的游览路线，解读了园林意境的组织规律以及拙政园所独有的"景语"，他认为，这座园林的设计安排是园主人——因官场失意而还乡的御史王献臣——内心精神世界的外化呈现。沿着拙政园的游览路线一路行来，可以发现主人公的心路历程。这条路线为：入口——障景假山——远香堂（静观秀绮亭、雪香云蔚亭、待霜亭、荷风四面亭）——倚玉轩（听香深处）——松风水阁——小沧浪——清华阁——净深亭——得真亭——香洲——澄观楼——别有洞天——柳阴路曲——见山楼——绿漪亭——梧竹幽居——海棠春坞（半窗梅影）——玲珑馆——嘉实亭——晚翠（看雪香云蔚亭）。那么，这一路景物所要表现的"景语"是什么呢？盛翀教授认为沿着这一路线，大致可以有六个段落（景区），第一段为"表拙者之品"，第二段是"抒失意之情"，第三段是"发隐者之志"，第四段为"乐田园之归"，第五段是"怡晚年之乐"，第六段为"赞拙者之德"。失意隐居的园主人的心情，与沿线景物表达的"景语"有着相当好的契合度，甚至可以按照这一心理活动线索组织一篇绝佳的借景抒情散文。显然，从沿途景观的景语去探究主人的内心世界，有助于更好地理解园林设计者的意图。①

位于苏州的江南名园拙政园俯瞰图

从拙政园的景语可以窥见园主人的内心精神，同样园林也折射出园主人的个性与爱好。坐落在扬州东关街的个园，以竹为胜。造园者是清代嘉庆、道光时期的两淮盐商黄至筠。黄至筠名字中有"竹"，也十分爱竹，所以给自己这座园子取名"个园"。"个"者，竹叶之形也。短短数十年之后，个园就易主丹徒的盐商李文安，后来又被军阀徐宝山所强夺。1913年，徐宝山被革命党炸死，个园重新回归李家。1926年之后，个园又几易其主，可谓历尽世事沧桑。李氏入主个园60年，多次对个园维护重修，因此园子又融入了李氏的风格。园内现存假山是用李家船队的压仓石所垒建，但是也颇具

---

① 盛翀：《拙政园诸意境的组织》，《江南园林意境》，上海交通大学出版社，2009年版，第137－138页。

机巧。压舱石本无艺术性可言，但建造者采用了"分峰用石"的手法，却硬是堆出了一个艺术天地。因为石料颜色光泽不同，所以垒石者便聪明地用不同的石料来堆出"春夏秋冬"不同的"四时之景"：以太湖石构造出"雨后春笋"和"百兽闹春"图，来表现"春"的主题；用太湖石堆砌成"荷塘蛙鸣"和"鲤跃龙门"图，以表现"夏"，其中的"鱼骨石"是个园的镇园之宝。"秋"的主题采用了气势磅礴、颜色瑰丽的黄石，与枫树相搭配，构成了一幅"黄石丹凤图"，秋色浓郁。"冬"的主题则采用宣石和白帆石加以表现。宣石的成分主要为石英，在阳光下熠熠闪光如皑皑白雪，背光时则点点露白，恍若残雪未消，地面以白帆石铺成，状如裂冰。个园的叠石艺术在江南诸园中可谓匠心独运，也将主人的身份性格展露无遗。

扬州个园内独具匠心的叠石艺术

四

要领略江南园林的内涵和意境的深远，是需要有所积淀和准备的。每一座园林几乎都是一部凝固的历史，都有自身的背景和自己的故事。

位于苏州城南的沧浪亭，是苏州最古老的一座园林，初建于宋代，于斑驳中透出古远的气息。这里没有金碧辉煌，没有雕梁画栋，却别有一番朴拙与厚重。据说，五代十国晚期，吴越王钱俶的妻弟孙承佑，于宋开宝二年（969年）任中吴军节度使，曾在此营建别墅。北宋庆历四年（1044年），集贤院校理苏舜钦，因支持范仲淹庆历新政改革而被罢职遭贬，翌年流寓吴中，某日他偶然经过此处，见地虽荒芜，却临埠亲水，草木郁然，充满生机，不由怦然心动，遂以四万钱（四十贯）买下这方宝地，在这里建沧浪亭，植树栽花，围山造水，很快这片荒地就焕发出新的魅力。园林既成，文人雅集，欧阳修、梅圣俞等人常来此诗歌唱酬，"沧浪"之名由此传开。在欧阳修的一首诗中有"清风明月本无价，可惜只卖四万钱"之句，数百年之后，江苏巡抚梁章钜在修复沧浪亭时，又将苏舜钦《过苏州》中的"绿杨白鹭俱自得，近水远山皆有情"捡出，将二人诗句制成了一幅珠联璧合的楹联："清风明月本无价，近水远山皆有情"。

苏舜钦在沧浪亭的生活可谓怡然自得，天晴时，轻舟便服，以美景下酒，歌声佐餐，寄情山水，生活如游鱼般惬意无拘，冲旷自适。于是便有了《初晴游沧浪亭》这样的诗，有了《沧浪亭记》这样的散文。苏舜钦曾被欧阳修赞为"笔力豪隽""超迈横绝"，诗风如"老松偃蹇若傲世，飞泉喷薄如避人"（《越州云门寺》），然而，在闲适惬意的隐居生活中，逐渐被不高的院墙遮蔽了视野，奇山美水最终淹没了进取心，这位曾以愤世嫉俗、慷慨奔放为特色的诗人，终于沉沦在一片温婉绮丽的山水之中。

苏州的那许多大隐于市的园林，多为退隐文化的产物。蕉窗听雨，风叩门环，案头走笔，梅凋鹤隐的背后，往往是人生诸多的不如意。沧浪亭是这样，拙政园也是如此。明正德初年，因官场失意而还乡的御史王献臣，在大弘寺旧址上拓建园林，以晋代潘岳《闲居赋》中"灌园鬻蔬，以供朝夕之膳……此亦拙者之为政也"之意，取名"拙政园"。他引水入园，浚治成池，"望若湖泊"，环水置堂楼亭轩共三十一景，打造出一个以水为主、疏朗淡泊，自然恬淡的园林，"广袤二百余亩，茂树曲池，胜甲吴下"。嘉靖十二年（1533 年），吴门画家文徵明被园中景色所惊羡，根据实景创作了 31 幅画作，每幅配诗一首，并专门写下《王氏拙政园记》。

王献臣死后，他的儿子一夜豪赌将拙政园输给了阊门外的徐家。而徐氏占有拙政园百余年之后，也终因子孙衰落而园林渐废。明崇祯四年（1631 年），意在归隐的刑部侍郎王心一买下了拙政园东半部已经荒芜的园林，经过精心规划建造，建成了"归田园居"。园中建有秫香楼、芙蓉榭、泛红轩、兰雪堂、漱石亭、桃花渡、竹香廊、啸月台、紫藤坞、放眼亭等诸胜，并在园中掘荷花池，叠奇石成峰，仿峨眉栈道，再次营造出山水互映、意趣无穷的园林意境，"石幢一夕桃花雨，便有红鱼跳绿萍"。据清雍正六年（1728 年）沈德潜所作《兰雪堂图记》，当时园中崇楼幽洞、名葩奇木、山禽怪兽，与已颓圮不堪的拙政园中部成为鲜明对照。然而，时光荏苒中，因为王氏的衰落，园子再次荒圮，至道光年间时已风光不再。

清军占领苏州后，徐氏第五代已穷途末路。顺治五年（1648 年），徐氏以两千金将归田园居廉价卖给大学士、海宁人陈之遴。在陈之遴的翻新修葺下此园重展风姿。时人称其"极尽奢丽，苍枝缀玉，碧树垂金，奇花异木，为江南所仅见"。但陈之遴长期在京，购园十年后获罪被贬谪辽东，客死他乡，一天也未曾享受这座美丽私园的安逸生活。康熙元年（1662 年），拙政园遭罚没，被圈封为宁海将军府，先后为王、严两镇将所有。康熙三年（1664 年）又改为兵备道行馆。康熙皇帝于二十三年（1684 年）南巡时曾来此园，但因数十年中几易其主，园子早已没了昔时的幽美雅致。

乾隆初年时，拙政园被分割为"复园"和"书园"两部分，加上王氏所有的东园，原先浑然一体的拙政园已一分为三。中部复园归蒋棨所有，以藏书万卷、名流觞咏，曾盛名一时。西部书园建有拥书阁、读书轩、行书廊、浇书亭等诸胜，在新主太史公叶士宽修筑下面貌一新。70 年后的嘉庆十四年（1809 年），蒋氏的复园为刑部郎中海宁查世倓购得，那时园中池埋石颓，破旧不堪，经查氏修缮后再度焕然一新。嘉庆末年，此园又归吏部尚书协办大学士吴璥所有，并改名"吴园"。道光二十年（1842 年），当江苏巡抚梁章钜手持恽南田的游园图踏进这座园子时，看到的是亭台倾圮，池馆萧条，与 160 多年前的景致相去甚远。400 多年来，拙政园几度分合荣衰，或"私人宅院"，或"金屋藏娇"，或"王府治所"，伴随着历史的风云际会，主人的人生沉浮，故事就这样一幕一幕地上演着，抒写下多少令人扼腕唏嘘的历史章回。

江南的园林，既是空间的艺术，也是历史的艺术。作为中国人文版图上永恒的青山绿水，江南不仅是一片最令人心仪的诗意家园，从园林的一山一水、一砖一石中，可以领略到的，还有岁月浩渺和沧海桑田。

五

江南的园林和戏曲的繁兴同在明清时期，那一时期江南商品意识萌芽，商业化进程的加快，大众消费能力提升，物质享乐风气在士大夫阶层蔓延，休闲娱乐文化也随之繁兴，江南成了娱乐休闲文化发展的中心地带。园林与戏曲二者之间于是产生了奇妙的联系，园中有戏，戏出园林，互为依存，互相映照，缤纷一时。

明初战乱方休，经济休养生息，世风较为淳朴，朝廷对百官士庶的家宅庭园建制有严格管制，富厚之家亦是"多谨礼法，居室不敢淫"，"其时大家鲜有为园囿者"。明中后期，经济的迅速发展、民间的富裕，令禁止造园的管制受到挑战，名公显贵、富商大贾竞筑园林，社会风气一改往日的单纯质朴，而呈现出色彩斑斓的图景。士族缙绅作为江南庞大的士人群体，退离官场，适意园林，正可消解岑寂、陶冶性情。苏州人王鏊于明正德四年（1509 年）以武英殿大学士致仕，告老还乡后蛰居苏州于东山，建有"招隐园""怡老园"；长洲（苏州）人申时行系明万历朝首辅，卸职归乡后同样大造园亭，名"乐圃"。园林成为江南致仕缙绅高枕无忧、修身养性的诗意之所。此外，江南还有众多精于艺事的不仕文人，家底殷厚且无意举业，不受体制羁绊，也将园林作为另类人生情境，借园林雅集尽展闲情余技，以此安身立命。如吴县人唐寅，30 岁时受科场舞弊案牵连被黜，遂在苏州城北桃花坞建造了一所幽静清雅的园林。山阴人张岱一生不仕，素喜结交天下名士，其私园"不二斋"中的"云林秘阁"就是当时山阴枫社的雅聚之地。而对那些中年落职的解绶官员而言，园林作为生命的另一种寄托，在此舒适自由的天地之中尽可放松禁锢，舒展心性，挥洒别样情怀。明嘉靖时期，上海人潘允端在四川右布政使任上，遭受政治排挤而被解职，归乡后以愉悦老亲为名修筑了"豫园"。明万历时，任礼部尚书的华亭人陆树声，厌倦官场，屡次辞官，后在松江城北门外造为"愉怿心志，寄耳目之适"的"适园"。由此可见，园林多为失意、退隐心态下的产生。

江南士人园林的传统十分久远，自魏晋以降至元末，已积淀为一种别具士文化意涵的空间形式。晚明时期，经济繁荣为江南园林的建造奠定了物质基础，而士族阶层在开拓社会和文化空间方面显露的特有的精神和追求，则为江南园林的繁兴提供了文化的依凭。

园林的兴造显示了明清时期士族阶层在文化空间开拓上的努力，

借助园林构建，创造了一种新型的隐逸文化（有别于山林隐逸传统），以此参与文化竞争，构建文化理想，确立社会地位，并证实自我存在的优越性。江南士人造园之风的盛行，就是这种士文化追求的反映。江南自古就有士人雅集传统，"晋人高致""玉山风流"的文化血脉延绵不绝，"吴中盛文会，济济多英彦"① 已成为十分普遍现象。江南士人多为文化精英，文艺修养精深入微，创作才华阔通超卓，且有着共同趋奉的审美情趣。他们广交四方名士，于山水园林中尽情抒发性情，挥洒才华，相激互应，朝歌夜弦，宴游唱酬，风雅无限。这样的园林社交，既能释缓官场压力，又能积攒文化声望。无锡籍湖广提学副使邹迪光，罢归后在锡山脚下构筑"愚公谷"，"卜筑惠锡之下，极园亭歌舞之胜。宾朋满座，觞咏穷日，享山林之乐几三十载"②；曹学佺的"石仓园"亦有"水木佳胜，宾友翕集，声伎杂进，享诗酒谈宴之乐，近世所罕有也"③，可见，士族园林已非纯粹私人空间，而成为社会贤达的雅集社交场域。

　　明中叶以来，士人结社之风盛行，社集活动充满风雅逸乐情调。如皋人冒襄的"水绘园"，是晚明复社文人的聚会之处，园中经常"流连高咏，羽觞醉月，曲水歌风，花之朝，月之夕，擗笺刻烛，杂以丝竹管弦之盛"④。文人雅士的社集本就包含了声气相求的文化认同，江南遍地的私家园林为士人的社集提供了优雅胜景，所以园林社集在明清时期的江南十分繁盛，园林不再仅是士族阶层的隐逸空间，也是进行社交聚会实现群体认同的重要场域。

---

① 徐有贞：《题唐氏南园雅集图》，《武功集》卷五，载《文渊阁四库全书、集部》（第1245册），上海古籍出版社1989年版，第2-4页。
② 钱谦益：《列朝诗集小传》，上海古籍出版社1983年版，第647页。
③ 钱谦益：《列朝诗集小传》，上海古籍出版社1983年版，第607页。
④ 陈济生：《祝冒辟疆社盟翁先生双寿序》，冒襄《同人集》卷二，载《四库全书存目丛书·集部》（第385册），第53页。

最早诞生于江南的昆曲，常常是园林中回响的清音，传达着士族阶层幽深隐秘的情愫。明中叶以后，江南士人对昆曲的喜好，可用"上下靡从、性命以之"来形容。在园林中邀友雅聚，品茗饮酒，聆听昆曲，成为江南士人普遍追求的闲雅生活情调。长州南直人许自昌筑有梅花墅玉轩，常邀文友雅聚，"花时柑候，命驾相期，雀航布帆，间集梅花墅下，开帘张乐，丝肉迭陈"①。明清时期，这种朝歌夜弦的园林聚会实属司空见惯，妙曲清音流响于园林雅集之中，推动了戏曲的持续繁荣。

随着戏曲繁荣、瓦舍勾栏的兴起，城市出现了职业优伶，但这些艺人大多文化低下，演技粗浪，与士族阶层的审美相去甚远，在这一背景下，家乐昆班应运而生。华亭何良俊、太仓王锡爵、吴县申时行、无锡邹迪光、如皋冒襄、上海潘允端、扬州汪季玄、怀宁阮大铖、山阴张岱、祁彪佳，海宁查佐、常熟钱岱等人的家乐戏班，在明代的江南名噪一时。园林既成，家乐昆班便开始组建，主人亲拍檀板、教习优伶，祁彪佳训练优童学习曲文音律时，"咬钉嚼铁，一字百磨，口口亲授"；张岱延师教戏，对家乐训练之严格，令人畏之如"过剑门"②。在士人精心调教下，家班表演水平远超职业优伶，何良俊"蓄家僮习唱，一时优人俱避舍"③。

拥有一座园林，一个家班，一个临水的戏台，园林主人便可以排练演出，邀友观赏，由此也促进了戏曲的发展繁荣。园主及文友对剧本的亲自操刀，相互评判，一方面避免了文人剧创作案头化、骈俪化倾向，另一方面也促进了戏曲向雅的方向发展。昆曲，作为文人雅士的创作，重韵味轻故事，显然不适宜在喧嚣的市井演出，

---

① 董其昌：《中书舍人许玄佑墓志铭》，《容台文集》卷八，明崇祯三年董庭刻本。
② 张岱：《陶庵梦忆》卷四，上海古籍出版社1982年版，第39页、第70页。
③ 沈德符：《顾曲杂言》，载《中国古典戏曲论著集成》（四），第204页。

而在幽雅的私家园林却游刃有余，可发挥到极致。"有了园林，昆曲才愈加清雅；有了昆曲，园林也更添清幽情致。"①

明清园林烙印着士人主体印痕的诗性处所，而明清戏曲则以一种艺术化的形式契合了隐居于园林中的士人的文化品位与审美情趣。园林中的戏曲，戏曲中的园林，互映和折射着士人阶层的生命意识与诗性的精神追求。今天，江南园林那些濒水的戏台上，今天依然婉转着悠久的昆腔，水面仍然倒映着舞动的水袖。这些旧曲在园林中一唱就是数百年。昆曲的水磨清音，伴奏多用箫笛，悠扬婉转，与园林的艺术品性也有天然的契合，二者相得益彰。

六

园林，是一种生活，也是一种文化。隐逸生活追求是成就诸多园林的重要原因。明末造园巨匠计成，年轻时悠游于经史子集之中，于诗词绘画也颇有素养，他的《园治》是中国历史上第一部、也是世界最早的造园典籍，"林皋延伫，相缘竹树萧森；城市喧卑，必择居邻闲逸"之语，无疑道出了苏州人造园的真谛。

苏州园林是中国江南园林的代表，是典型的归隐文化的产物。北人南迁、官员退隐、巨贾歇业，成就了众多私家园林的诞生。粉墙黛瓦，竹木清幽，无须绚丽色彩，没有繁冗累赘，一切都显出低调的奢华，折射出主人深谙世事、洞穿人生的内心世界。亭台楼榭、曲折步道，暗香疏影，移步换景，精致绝伦，再小的园子也要有水，有水就一定要有亭台楼榭，就要有小桥，少不了的还有临水的戏台，这样唱戏的声音才澄明清亮。清幽雅致的园林必与咿呀婉转的昆曲一起，才算完整地构成了江南人的审美和趣味。

在那些通幽曲径、小桥流水、拱门花窗、梅兰竹菊里，在那些

---

① 董雁：《江南园林雅集与晚明戏曲的繁荣》，戏曲研究，2015 年 1 期。

文人墨客和琴棋书画里，几乎藏着江南全部的风雅。在风叩门环、蕉窗听雨、吟诗作画的生活中，浸透着了无穷尽的诗意，与其他事物不同的是，诗意这种东西，是取之不尽用之不竭的。历史上，大约没有哪一个地方会像江南人这样如此迷醉于居家的园林化，也只有江南人才会如此尽致地将对诗意生活的全部想象融入日常家居与建筑之中。

诗词歌赋，是江南园林最好的注脚。在这里，诗意处处流转，令人沉迷。"晴空一鹤排云上，便引诗情到碧霄"，刘禹锡一首七绝，精到地解读了江南园林的精义，那就是"诗性"。在清代文人江弢叔的眼里，江南园林本身就已是诗："我要寻诗定是痴，诗来寻我却难辞。今朝又被诗寻着，满眼溪山独去时"，置身于美轮美奂的佳园，诗意扑面，无处不在，躲也躲不开。

"家即园林，园林即家"，园林化的诗意生活，是江南文人士族阶层的生活梦想，是江南诗性审美结合的产物，折射出古人天人合一的处世观念，也展现了城市人远超尘俗、放情山水的心灵诉求。那些园林的主人，既有"采菊东篱下，悠然见南山"的隐逸向往，又不愿放弃现世物质享受，于是，流连于闹中取静的私家园林便成为亦仕亦隐、身隐心不隐的最佳选择。

欣赏园林如同悦读诗文，有异曲同工之妙，均贵古含蓄。"苍松翠竹真佳客，明月清风是故人，"（狮子林立雪堂联）"俯水枕石游鱼出听，临流枕石化蝶忘机，"（虎丘花西亭联）"隔断城西市语哗，幽栖绝似野人家"（汪琬《再题姜氏艺圃》），"人道我居城市里，我疑身在万山中"（谭惟则《狮子林即景》），是当年士绅阶层隐逸生活的写照，也是隐逸必致曲达的审美意蕴所在。清代大诗人钱泳说："造园如作诗文，必使曲折有法"，"藏"成为江南园林设计的精要之则，园中套园，曲径通幽，碧水青山，桥锁烟水，面面有情，处处留意。建筑隐于高树奇石之中，近疏远隔，若即若离；"隐"与

"显"相得益彰。而当代古典园林大师陈从周更道出了园林"藏"与"隐"的风格源于何处。"明湖一碧,青山四围,六桥锁烟水",古人用"六桥烟水"之喻,将西湖杨柳拂水的缥缈之姿刻画得再形象不过。而"绿杨城郭是扬州"说的是扬州,"白门杨柳好藏鸦"说的是南京。正是江南那些极富特色的植物将建筑半遮半掩,营造出"犹抱琵琶半遮面"的含蓄效果。

从文学转向园林艺术研究的陈从周,尤其能够领略文学与园林的原理想通的机理之妙,他说"看山如玩册页,游山如展手卷,一在景之突出,一在景之联续。所谓静动不同,情趣因异,要之必有我存在,所谓'我见青山多妩媚,料青山见我应如是'。何以得之,有赖于题咏,故画不加题显俗,景无摩崖(或匾对)难明,文与艺未能分割也。'云无心以出岫,鸟倦飞而知还'。景之外兼及动态声响。余小游扬州瘦西湖,舍舟登岸,止于小金山'月观',信动观以赏月,赖静观以小休,兰香竹影,鸟语桨声,而一抹夕阳斜照窗棂,香、影、光、声相交织,静中见动,动中寓静,极辩证之理于造园览景之中。"

他还指出:"文学艺术作品言意境,造园亦言意境。王国维《人间词话》所谓境界也。对象不同,表达之方法亦异,故诗有诗境,词有词境,曲有曲境。'曲径通幽处,禅房花木深',诗境也。'梦后楼台高锁,酒醒帘幕低垂',词境也。'枯藤老树昏鸦,小桥流水人家',曲境也。意境因情景不同而异,其与园林所现意境亦然。园林之诗情画意即诗与画之境界在实际景物中出现之。统名之曰意境。'景露则境界小,景隐则境界大'。'引水须随势,栽松不趁行。''亭台到处皆临水,屋宇虽多不碍山。''几个楼台游不尽,一条流水乱相缠。'此虽古人咏景说画之辞,造园之法适同,能为此,则意境自出。"① 陈从周先生还指出："造园如缀文，千变万化，不究全文气势立意，而仅务辞叠砌者，能有佳构乎？文贵乎气，气有阳刚阴柔之分，行文如此，造园又何独不然，割裂分散，不成文理。籍一亭一树以斗胜，正今日所乐道之园林小品也。盖不通乎我国文化之特征，难于言造园之气息也。"而在《园林美与昆曲美》中他更将"园林之雅"比之"昆曲之妙"，说"昆曲之高者，所谓必具书卷气，其本质一也。"②

七

与江南园林的"风雅"最相配的，除了昆曲，还有隐逸山水生活中不可或缺的琴棋书画、梅兰竹菊、诗词歌赋……。从苏东坡的词，到文徵明的画，在江南的园林中诗意从来都不会缺席。刘士林教授曾指出，中国传统中有两种气质完全不同的"诗性文化"：一种是以齐鲁文化为代表的北方诗性文化，擅长以诗歌作为教化工具，关注政治重视伦理，即所谓的"诗教"。另一种则是江南的诗性文化，生活的富裕使得伦理教化的要求变得不那么迫切，而更注重在娱乐消费中追求一种愉悦而诗意的生活。难怪大文豪苏东坡所追求的："宁可食无肉，不可居无竹"。即便是三尺茅庐，方丈陋室，也少不了要营造出一缕诗意。被称为震川先生的昆山人归有光，将自己那间小小陋室名为"项脊轩"，且"杂植兰桂竹木于庭，旧时栏楯，亦遂增胜。借书满架，偃仰啸歌，冥然兀坐，万籁有声。而庭阶寂寂，小鸟时来啄食，人至不去。三五之夜，明月半墙，桂影斑驳，风移影动，珊珊可爱。"促狭的居所因主人的精心排布也不乏盎

---

① 陈从周《说园》之三，《陈从周全集》，江苏文艺出版社、浙江大学出版社联合出版，2014 年版。

② 陈从周《说园》之三，《陈从周全集》，江苏文艺出版社、浙江大学出版社联合出版，2014 年版。

然诗意。纵观国内外，与江南气候环境类似的地方也许还有，但能像江南这样将生活品位演绎到至精，将旖旎风光化为意趣雅韵，将诗词书画纳入自然山水，将日常家居演绎为园林艺术，将戏剧歌舞唱入寻常篱落的，却只有江南了。

　　漫步园林，既是一次健足，也是心灵的洗礼和审美的陶冶。在这里，收获的不仅是满眼的风景，还有人文的精神与灵魂的顿悟。精妙雅致的布局，动静相宜的山水，精雕细琢的建筑，相得益彰的花木，画龙点睛的书画楹联，以及处处流转的诗意……。与园林艺术关系最为密切的，是中国山水画里的诗性精神。园中一水一石、一草一木，处处显露诗文词曲的意蕴，而疏密、虚实、阴阳、向背等表现手法也都体现出书画艺术的独特韵味。历史上，许多园林的建设都有书画家的参与，如拙政园的构思就有吴门画派代表人物文徵明的贡献。而园林名著《园冶》的作者计成，也素以工诗善画而名闻乡里。诗情画意与园林巧构的有机结合，在江南园林中得到了集中的展呈。这些在静谧雅致的私家园林，折射出的正是华夏民族对美的理解与创造上曾经企及的高度。江南人将自己对生活所有的想象，一应融入了园林，通过山石花木将这种美好的希冀固化为园，凝结为林。于是，园林成了凝固的诗，流动的画。

　　遮掩在园林深处的，除了隐秘的生活，内敛的建筑，浓浓的诗意，还藏着深奥的东方式哲学，曲曲折折的小径回廊将人引至路之尽头，看似"山重水复疑无路"，却忽然别开新境，"柳暗花明又一村"，给人豁然开朗的意外惊喜。外面望去看似不过尺幅天地，内在却容得下自在的优游徘徊；低调素雅、含蓄内敛的园林风格，折射出的是园主人历经沧桑、洞穿尘世的生活态度。

　　江南园林，就是这样承载了太多的内涵，地域特色有之，士人趣味有之，哲理思想有之，书画艺术有之，诗词歌赋有之，楹联碑刻有之，花鸟虫鱼有之，家居装饰有之，传奇故事有之，世上还有什么样的建筑能包容得了那么丰富的内容？

注重环境，崇尚自然，追求精致，营造诗意，是江南园林的共同诉求，也是江南文化诗性精神的极致彰显。从惠山脚下的寄畅园，到苏州的诸多私园；从南浔刘墉的小莲庄，到元代书法家赵子昂湖州的莲花庄；从扬州东关街的个园，到常州的近园、意园，从无锡的寄畅园，到苏州的拙政园、留园，江南园林无一不是嘉山丽水，美石佳树，亭台楼榭，玲珑峻峭，流水潺潺，曲径通幽，景色如画，画中有诗。

以舒适、惬意、情调为特色的人文精神早已超越了以温饱、庸常的生活要求和思想制约，江南人的生活空间因此而变得情趣盎然，韵味悠长。素朴简约的建筑，精致的构想，淡雅的审美，与旖旎的美景，温润的气候，安逸的环境，无忧的衣食和温婉的情调一起，共同构成了江南的诗意生活。

第八章

戏文传奇

——吴韵水袖里的诗性情怀

　　戏曲，是柔媚的吴侬软语和绚丽的水袖舞动出的诗性情怀。明代中期以后，随着江南经济的繁荣，商业化进程的加快，民众消费能力提升，物质享乐风气开始蔓延，休闲娱乐文化也随之繁兴，江南成了娱乐休闲文化发展的中心地带。

　　江南人不再满足衣食温饱这一基本需求，开始追逐精神享乐性消费，戏剧这一大众喜闻乐见的娱乐形式，在明清时期的文化舞台上占尽风光。而作为文学的一种样式，元代对知识分子的无视与压抑，竟然造成了戏曲艺术的逆势爆发，许多才子的艺术天分在戏曲中得以释放，到了明清时期，一个戏曲的时代到来了。

一

　　夜幕下，美丽的西子湖上，一场美轮美奂的山水实景演出正在进行。《印象·西湖》为来自远方的人们演绎着一场关于西湖的梦幻传奇，许仙和白娘子断桥邂逅、人妖结缘的浪漫传奇，历经千年，魅力依然未减。

　　钱塘自古繁华，800多年前的临安城，也一样弥散着浓郁的浪漫气息。24座瓦舍、百余座勾栏，遍布于临安城内，戏文演出从清晨一直延续至夜晚，春夏秋冬经年不歇。临安百姓"深冬冷月无社火看，却于瓦市中消遣"（《西湖老人繁胜录》）。可以想见，当年在临安那许多的瓦舍勾栏中，成千上万的观众在赏看戏文传奇的演出，又该是怎样闹猛的一种文化景观？有人粗略统计，南宋时期在勾栏中看戏的观众平均每年高达 2000 万人。

烟雨江南的妩媚旖旎，养育了精致细敏的艺术审美，也给了人们太多的诗意想象。流传于南宋的白蛇传奇，在明代冯梦龙的《警世通言》中，第一次以《白娘子永镇雷峰塔》为题闻诸于世，故事中，许仙白蛇断桥相遇，一见钟情，结成人妖之恋，但最后一心渴望人间姻缘的白娘子却被法海用一顶金钵永远镇在了雷峰塔下。1924 年 9 月 24 日，屹立千年的雷峰塔轰然倒塌了，西湖边的人们似乎并不太遗憾这座千年古建的崩毁，却不乏欣喜地奔走相告：镇压在塔下的白娘子有救了！美丽神话传说的背后，藏着多少人们对坚贞爱情的期许，而这期许的背后无疑是来自戏剧的力量。

世界上，希腊的悲喜剧、印度的梵剧和中国的戏曲，并称为"世界三大古老戏剧文化"。中国的戏曲种类多达 300 余种，昆曲是中国最早的剧种之一，也是中国被联合国教科文组织纳入人类口头和非物质文化遗产名录的四大艺术之一。

最早启用"戏曲"这一名词的是宋代的刘埙（1240—1319 年），在他的《词人吴用章传》中，首次出现了"永嘉戏曲"的概念。"永嘉戏曲"也称"南戏"，最初流行于浙江温州和福建一带，故此得名。宋代时，伴随政治经济重心的南移，大批士族文人流徙江南，带来人才、财富与技术的同时，也极大促进了江南文化艺术的发展，推动南戏走向成熟。

1913 年问世的王国维《宋元戏曲史》，是中国第一部戏曲研究的经典著述。王国维认为，"唐代仅有歌舞剧及其滑稽剧，至宋金二代而始有纯粹演故事之剧，故虽谓真正的戏剧起于宋代，无不可也。"戏曲的最初需求，并非来自宫廷，而是民间。宋人周密《癸辛杂识》载，温州乐清县有个叫祖杰的恶霸和尚欺负百姓。乡人将其告官，但祖杰行贿于官府，非但未受惩罚，原告反被治罪下狱。忿忿不平的民间艺人将这个故事编成戏文，演出于街头巷陌。最后，官府迫于社会舆论压力，只得将恶霸和尚治了罪。可见，民间艺人才是戏曲的始作俑者，从一开始戏曲就是百姓们表达生活和愿望的最鲜活通俗的方式。

元代，无疑是中国戏剧史上的第一个高峰期。在一个异族统治的时期，文化艺术却有了长足发展，这似乎是一个异数。那么，元代为什么会有如此之变？

蒙古灭金之后，停止了科举考试，饱读诗书的文人学子一度丧失了入仕机会，社会地位也因此一落千丈。郑思肖的《所南集·心史》说："鞑法（元代法律）：一官、二吏、三僧、四道、五医、六工、七猎、八民、九儒、十丐，各有所统辖"。"九儒十丐"这样不堪的身份坠落，一方面使知识分子获得了接触底层社会的机缘，另一方面，也让无缘入仕的他们在庙堂之外找到了另外一方施展才华的天地。

拥有广博学识、文化学养的文人们，在被官场抛弃的孤寂悲凉心态下，只能将一腔才情宣泄在了戏曲创作之中。《南吕·一枝花》中，汤显祖刻画的那位"普天下郎君领袖，盖世界浪子班头"，多少有些当时知识分子"破罐子破摔"的桀骜悲凉心态。"愿朱颜不改常依旧，花中消遣，酒内忘忧"，在"分茶攧竹，打马藏阄，通五音六律滑熟"的娴熟技艺中，在"我是个蒸不烂、煮不熟、捶不匾、炒不爆、响珰珰一粒铜豌豆，恁子弟每谁教你钻入他锄不断、斫不下、解不开、顿不脱、慢腾腾千层锦套头？我玩的是梁园月，饮的是东京酒；赏的是洛阳花，攀的是章台柳"的自我标榜中，蕴含了多少文人的愤懑、无奈与闲愁。

由于文人的演绎和参与，以及流行于园林中的雅集活动，元杂剧逐渐演变为一种成熟的舞台艺术形式，成为元代最具代表性的一

166

种经典艺术样式，而得以与唐诗宋词同享美名。关汉卿的《窦娥冤》《救风尘》《望江亭》，马致远的《汉宫秋》《荐福碑》，白朴的《梧桐雨》《墙头马上》，王实甫的《西厢记》，纪君祥《赵氏孤儿》，高文秀的《渑池会》等一大批优秀剧作，共同织就了那个时代绚丽的戏剧图景。

大批文人的加盟，使得诗词、歌唱、对白、音乐、舞蹈等多种表演形式融入戏剧，极大地推动了元代戏曲的发展。完整的故事情节和角色配合，各种艺术元素的介入，不仅标志着元杂剧的成熟，也显示了元代戏曲上承宋元、下开明清的文学史价值。戏剧是作为综合性的艺术，也是艺术史上了不起的伟大创造。此前，各种艺术都是单一的表现形式，讲故事只有话文（即说书），但戏剧却将歌舞、表演、诗词、说故事融汇于一体，推进艺术进入了一个多元融合的新时代。

那是中国历史上怎样辉煌的一个戏曲时代！据文献，有明确记载的元杂剧就多达 300 多部，而在戏剧研究专家钱南扬笔下所列举的宋、元南戏也有 167 本。南戏与杂剧，辉耀南北两岸，共同织就了一张繁兴灿烂的戏剧艺术图谱。

相比北方杂剧"四幕一楔""一宫到底"的严谨一律，南方的曲文较为自由，词牌、文风和曲调，都不像北方那样谨守韵律，形式也更多样，风格也趋于柔婉。在这段《诗酒红梨花》，还创造了北方杂剧所没有的二人合唱：

催花时候，轻暖轻寒雨乍收。和风初透，园林如绣。禁烟前后，是谁人，梁胭脂，把海棠装就？含娇半酣如中酒，阑干外楼枝低凑。（合）咱两个把草来斗，轻兜绣裙，把金钗当筹，游赏到日晚方休。

宋、元时代，南戏多为小曲俚歌杂合而成，无论用韵，还是造曲，大多来自民间的"顺口可歌"，并无固定的宫调。绍兴人徐渭的

《南词叙录》是国内第一部关于南戏的著述，他说："永嘉杂剧兴，则又即村坊小曲而为之，本无宫调，亦罕节奏，徒取其畸农、市女顺口可歌而已。谚所谓随心令者，即其技欤。间有一二叶音律，终不可以例其馀，乌有所谓九宫。"可见，南戏初期，用韵造曲都比较自由，所谓"顺口可歌"，正说明了南戏源于民间、娱乐大众的特色。到了明代，因为不少士大夫尤其是江南士子都参与到南戏创作之中，遣词用句变得考究，曲谱、音韵日益严明整饬，才有了所谓"南宫曲谱"。

二

刘士林教授指出：南北文化的差异主要表现为审美主义和实用主义的对立。具体说来，北方文化的价值观主要来自墨子，它的最高理念是"先质而后文"，或者说"食必常饱，然后求美；衣必常暖，然后求丽；居必常安，然后求乐"（孙冶让《墨子闲诂·佚文》）。马克思也说，"忧心忡忡的穷人对再美的景色也不会注意"，这似乎也可用来说明元代中后期戏剧南下的原因。①

元代中后期受到江南吸引，北戏开始大举南下，开始了戏曲的南北融合之旅。"钱塘自古繁华"的临安，一下成了中国戏曲南北荟萃之地，"随车驾南渡"的宫廷艺人和擅长元杂剧的北方民间艺人，在不断的碰撞、吸纳、融合中实现和谐与共荣，共同传承创新。南戏与北戏，最终在江南的这片艺术的沃土上完成了艺术的融合。

刘士林教授在他的《千年挥麈》中写道：

　　来到美丽干净的江南，每个人都免不了产生那种"少小离家老大回"的沧桑感，从东榆到扶桑，诗人政治家们

---

① 刘士林：《李渔〈闲情偶寄〉与江南文化的审美之门》，廊坊师范学院学报（社会科学版），2010 年 3 期。

要做的第一件事就是"脱我战时袍，著我旧时裳"，把战争状态中拧得不能再紧的身体放松下来，这一点与汉唐雄风正好相反，那个时代令他们最恐怖的就是皓首穷经、"老死户牖之下"，而投笔从戎、"宁做百夫长，胜作一书生"、"男儿何不带吴钩，收取关山五十州"才是他们英雄梦中光辉夺目的勋章。然而，在遍地春光的江南大地，真的不可能再有《杨柳怨》的羌笛胡笳声了，那些在汉唐时代，只能埋怨"浪子久不归"和"凝妆上翠楼"的佳人，在平和宁静、有点色情味道的江南蕙风中，徐徐走上舞台，轻启朱唇，唱起了另一种时代之音。①

江南作为有别于北方的富丽繁华之地，人们的生活相对细腻而敏于感受，最能接受浪漫与传奇。北戏的南下，为广大江南民众提供了更多接触戏曲艺术的机会。每到夜晚，人们就被戏曲吸引着，蜂拥聚集，西子湖畔的临安城很快成了一座巨大的戏台。勾栏瓦肆遍布，灯光乐音四时不歇，人流如瀑如潮。元代大剧作家关汉卿欣喜地用"普天下锦绣乡，环海内风流地"来比喻这一戏曲的天堂。

北戏的南迁，必然使之受到地域文化因素的浸润，江南民众尤其是士大夫阶层的审美喜好对北戏风格的转变产生了深刻的影响，江南的诗性审美和北戏的豪爽传奇在江南这片土地上开始了交汇。14 世纪到 17 世纪，是昆曲走向成熟的鼎盛时期，演出形式和唱腔基本定型，作为迄今唯一完整保留了舞台演出形式的戏剧艺术，昆曲因此被誉为中华文化的"活化石"。

在戏曲成熟的道路上，有一位被誉为"南戏鼻祖"的戏剧家是不得不提的杰出人物，他就是浙江瑞安人高明（1305—1371 年）。在元明交替的戏曲舞台上，高明的代表作《琵琶记》可谓骖骦独步，

---

① 刘士林：《千年挥麈》，百花文艺出版社 2000 年版，第 204 – 205 页。

影响十分深远。作为元末的进士，高明入仕之后很快就发现官场的禁锢与黑暗，更逢乱世而难以施展抱负，性情的刚直的他，也注定与官场无缘。但是这在当时看来是无奈的告别官场，却成就了一位青史留名的戏剧家。

1368 年，朱元璋夺取天下，建立大明，改元为洪武。新政权急需"求谏、纳士"，国师刘伯温向朱元璋推荐了高明，他说："世乱用武，世治宜文，马上可以得天下，却不能治天下，治国非用文人不可，如请高明出仕，对成就大业必有好处。"朱元璋果然派人征召高明入殿，然而高明却无意再入仕。为了保护自己不遭迫害，他装疯卖傻，故意在人前啃食菜根，故有"菜根道人"的嗾称。在这种装疯卖傻的背后，一是他历经坎坷早已看破红尘，二来在戏剧中他找到了人生的寄托，《琵琶记》就是这一背景下的产物。

《琵琶记》的故事原型，来自高明的一位朋友王四。王四博学勤奋，后来喜中状元。高明得知喜讯欣然冒雨前去祝贺。不料，却见王家一片悲声。原来，王四中状元之后，竟然狠心撇下父母与妻儿，入赘做了不花相府的女婿。高明得知情况后，立刻写了一封言辞恳切的规劝信，希望王四能够悬崖勒马，回心转意。但利欲熏心的王四不听忠告，反而一纸休书休了糟糠之妻，张氏因此被活活气死。据说《琵琶记》多有影射，"琵琶"二字部的首都有四个"王"字，而蒙人称牛为"不花"，所以戏中的牛太师讥讽的正是那位不花丞相。

人称"徐青藤"的徐渭（1521—1593 年），是明代中前期的戏剧史上独树一帜的鲜亮标识。徐渭乃诗词书画戏剧全才，他的诗被袁中郎尊为"光芒夜半惊鬼神""明代第一人"；他的戏，则备受汤显祖推崇；他的书画用笔狂放，笔墨淋漓，备受追捧，"扬州八怪"之首的郑板桥就自称"青藤门下走狗"。吴昌硕赞其曰："青藤画中圣，书法逾鲁公"。徐渭的《南词叙录》作为第一部专事南戏研究的著作，对南戏发展、名家名作皆有睿智精要的评点。然而，这位集诗文、戏剧、书画才华于一身的旷世奇才，生前却穷困潦倒，贫病不堪。在经历了屡试不售的坎坷之后，徐渭变得叛逆而桀骜不驯，蔑视传统道德，厌恶权贵丑恶，而他的剧作中无处不暗喻着这种立场和思想。

徐渭的《渔阳三弄》写的是"祢衡骂曹"的故事。祢衡被曹操杀害之后，受阴间判官敦请，与曹操亡魂进行了再次较量。祢衡再次击鼓痛骂，历数曹操罪恶，作者借古讽今，借剧中人物祢衡之口将封建统治者狠毒残忍的丑恶嘴脸，揭露得穷形极致。祢衡骂曹慷慨激烈，文字合韵而又酣畅淋漓，大快人心，极具舞台感染力量：

徐渭的《墨葡萄图》

　　他那里开筵下榻，教俺操槌按板把鼓来挝，正好俺借槌来打落，又合着鸣鼓攻他。俺这骂一句句锋芒飞剑戟，俺这鼓一声声霹雳卷风沙。曹操，这皮是你身儿上躯壳，这槌是你肘儿下肋巴；这钉孔儿是你心窝里毛窍，这板杖儿是你嘴儿上獠牙；两头蒙总打得你泼皮穿，一时间也酬不尽你亏心大。且从头数起，洗耳听咱。（《混江龙》）

当曹操声辩自己也曾下令求贤、让还三州时，祢衡又骂道：

　　你狠求贤为自家，让三州值什么！大缸中去几粒芝麻罢，馋猫哭一会慈悲假，饥鹰饶半截肝肠挂，凶屠放片刻猪羊假。你如今还要哄谁人？就还魂改不过精油滑。（《寄

生草》)

这些唱段锋芒直指封建统治者，畅快犀利，真可谓"如怒龙挟雨，腾跃霄汉间"，在当时许多以时文、骈俪为戏曲时尚的戏坛上有着摧枯拉朽、振聋发聩的作用，也表现出南戏并非只有风花雪月，还有铿锵风骨的另一面。

在《翠乡梦》一剧中，徐渭又通过柳翠得道的故事，大胆否定传统封建伦理，告诉世人但凡有真性情、真道德，无论妓女和尚都照样可以升天得道。《雌木兰》和《女状元》两剧，更是一反重男轻女的封建传统，赞美女子才情丝毫不输男子，木兰替父从军，武艺高强，大可为国立功，黄宗嘏（黄春桃）才学过人，可以为官理政，其强烈的憎恶传统、反叛封建桎梏的思想一目了然。

三

在与北戏的交汇融合中，南戏自身也不断吸纳当地方言和民乐元素，逐渐形成了昆山、余姚、海盐、弋阳等"四大声腔"。在这四大声腔中，昆山腔最终得以脱颖而出，成为南戏的主流。

昆山的千灯古镇，已有 2500 多年的历史。明朝初年，顾坚（1368—?）就是从这里"足踏青石板，头顶一线天"，创造了昆山腔。据魏良辅的《南词引正》①记载，顾坚"精于南辞，善作古赋。"当时的元朝统治者扩廓帖木儿多次招其进宫，但屡招不屈。顾坚"善发南曲之奥，故国初有昆山腔之称"。

通江近海、毗邻昆山的太仓，曾是朝廷重要的粮仓，明代著名传奇戏曲家，被后世誉为"昆曲鼻祖"的魏良甫（1489—1566 年），在这里完成了昆曲的重要改革。魏良甫饱读诗书，精于音律，经他改良之后的昆山腔，融合南北，音律婉转，幽美精雅，曲调细腻流

---

① 该书有学者认为系清钞本伪书，但尚未有最终定论。

畅，发音吐字讲究，"一字之长，延至数息"，被誉为"水磨调"。改良后的昆腔给人以清水滋润、远离烟火的脱俗之感，唱腔细腻，调用水磨，一字多腔，旋律极为丰富，如《玉簪记·琴挑》（懒画眉）"月明云淡露华浓"，一个"华"字唱六拍，一个"浓"字唱到十拍。昆曲唱词除了平仄押韵以外，每个字的声调都有相应的唱腔，要运用16种到20多种唱腔，如《牡丹亭·游园》（皂罗袍）"原来姹紫嫣红开遍，似这般都付与断井颓垣。良辰美景奈何天，赏心乐事谁家院！朝飞暮卷，云霞翠轩，雨丝风片，烟波画船，锦屏人忒看的这韶光贱！"其中"姹""遍""奈""片"等去声字唱豁腔，入声字"乐""的"唱断腔，此外还有撮腔、垫腔、橄榄腔（俗称宕三眼）等。

为了风格多样化，昆曲剧本往往南北合套，兼容并包。如《紫钗记·折柳》用北曲，《阳关》用南曲，《长生殿》的《酒楼》《絮阁》用整套北曲，《小宴惊变》用南北合套，多种多样的曲调组合，使昆曲音乐抑扬顿挫，更为悦耳动听。在表演艺术上，也开始注重写意性、虚拟性、象征性、抒情性，更切合士大夫阶层的审美趣味。

从顾坚的"昆山腔"，到魏良辅的"水磨调"，文人的参与创作与不断创新，使昆曲一改南曲"随口可歌"的粗放传统，进入了程式化的时代，定律定调定谱，以悠扬婉转的笛箫为主要伴奏乐器，更添了江南水乡的韵致。1543年，魏良辅著成《南词引正》①，由此确立了昆曲的正声地位。

这一年，戏剧史上第一部昆腔水磨调传奇《浣纱记》诞生了。昆山人梁辰鱼（1521—1594年）的这部剧作，以鲜活精美的艺术创造推动着昆曲走出吴门，成为流行四方的正宗"官腔"。这个源于民间的江南小调，在市井艺术和士族文人的培育和推动下，一步一步

---

① 该书有学者认为系清钞本伪书，但尚未有最终定论。

进入了艺术的殿堂。梁辰鱼家境优越，相貌堂堂，"身长八尺馀，眉虬髯，好任侠，不屑就诸生试，家有华屋"，喜欢结交四方奇士英杰，与李攀龙、王世贞为首的"后七子"也多有往来。《浣纱记》取材于春秋时期的吴越战争，由《吴越春秋》旧本改编而成，其中最精彩的创新是加入了范蠡西施邂逅苎萝溪边、相见结缘的爱情片段。剧中，西施将一缕溪纱作为定情之物赠予了范蠡。后来，越国失利于吴国，范蠡以国为重劝说西施赴吴伺君。临别前，二人将溪纱分开各持一半，作为相互的牵挂。越国反败为胜后，二人将溪纱相结，泛舟于太湖，终成佳偶。

这些细节的加入，丰富了剧情，丰满了人物，在残酷的战争硝烟之外营造出一种浪漫的柔情，把江南人的细腻柔情表现得极为细腻。《浣纱记》在肯定了范蠡、西施忠义爱国、忠贞爱情的同时，将夫差置于反派角色，批评其沉湎酒色、不辨忠奸，同时否定了吴太宰伯嚭的卑鄙贪婪、阿谀谄媚，对正直睿智却含冤九泉的伍子胥，则表示了深切的同情。这样的是非评判，在明中叶具有现实意义，也对后世同类题材的忠奸是非判断产生了极大影响。

江南人对戏曲艺术的爱好，几乎是与生俱来的群体性爱好，而士人尤甚，不仅蔑视科考的梁辰鱼为之，入仕为官的王世贞为之，还有因出身低贱无缘科考的李玉也为之。

王世贞（1526—1590年）出生于太仓的一个显赫家族，祖上历代为官，是当地横跨明清两朝，风流相承数百载的衣冠诗书望族。从祖父王倬、父亲王忬算起，王家数十年中走出了20多名进士，10多位举人。明代士人以读书纬文、结社讲学、标榜才华、诗酬雅聚是一种风流时尚，王世贞22岁就中进士，65岁才退休还乡。有趣的是，在他长达43年的官宦生涯中，半数时间闲云野鹤，逍遥自在。他热衷聚会结社，诗赋唱和，官声不高，却是一代著名的文坛领袖。王世贞入仕期间曾遭逢严嵩、徐阶、张居正三任首辅，亦不乏得到重用机会，但终于未在官场崭露头角，这也许与他的文人气质有直接关系。

严嵩，史书中有名的奸臣。其恶名之由来与王世贞大有关联。嘉靖三十八年（1559 年），王世贞的父亲王忬，因边防战事失利被嘉靖皇帝下诏关入了大牢。世贞与弟弟王懋一起匆匆赶到京城，跪在严嵩门下苦苦求情却未被理睬。次年，王忬被杀，世贞抚柩归乡，从此视严嵩为弑父仇人。隆庆年间，朝廷为王忬平反，首辅徐阶邀王世贞执笔撰写《嘉靖以来首辅传》。王世贞毫不含糊地把严嵩写成了一个十恶不赦的奸臣，洋洋万言，满纸口诛笔伐。他笔下的严嵩，"骄横""专权""贪佞""阴毒""奸险"，是一个"善弄权术""结党营私"的无耻之徒。清代据此记述撰修《明史》，于是奸臣形象就这样被定格在了史书之中。

事实上，导致王世贞父亲王忬的被杀，还别有他因。明嘉靖年间，张择端那幅珍贵的名画《清明上河图》，辗转流落于蕲州盐运判官顾琼之手。顾琼之女柔玉爱上了时任蓟辽总督、右佥都御史的王忬之子、表兄王世贞，柔玉与之私会时，竟擅自将《清明上河图》作为定情信物送给了王世贞。于是，这幅价值连城的名画便落到了王家。严嵩、严世蕃父子得知此事，便派人去王家强索。无奈之下，王忬只好悄悄密嘱苏州的一位画坛高手临摹了一幅赝品，不料却被严府的一位裱画匠一眼识破，严嵩于是怀恨在心。据说，这才是加害王忬的真正原因。

王世贞的《鸣凤记》、李玉的《一捧雪》等抨击严嵩的剧作都与这段恩怨有关。《鸣凤记》写的是嘉靖朝丞相夏言，为收复被异族侵占的失地河套，派都御史曾铣镇守三边，受严嵩指使的总兵仇鸾和兵部尚书丁汝夔，关键时刻却拒不发兵援曾。不仅如此，严嵩还指使心腹弹劾曾铣克扣军饷，并妄加罪名于夏言。听信谗言的皇帝，震怒之下将曾、夏问斩。不久，仇鸾的阴谋败露，杨继盛被擢升兵部武选司员外郎。杨为了革除奸党，弹奏严嵩无道，不料却激怒了皇帝又被处斩。临安人邹应龙和莆田人林润两位结义兄弟，双双高中进士。严世蕃与监察御史鄢懋卿定下奸计，让邹去塞外巡边，让林出使云南，欲置二人于死地。邹应龙与刑部给事孙丕扬上疏，弹劾严氏父子罪恶，这时已失帝宠的严氏父子及其党羽作鸟兽散。最后，严嵩被放归江西老家，其子严世蕃充军南雄卫。升任南道御史的林润，查得严嵩返乡后仍横行乡里，而严世蕃也违抗圣命未赴南雄，即奏本朝廷，终将严世蕃腰斩，严嵩收监。这出戏创作于严嵩之子严世藩伏诛后不久，如此迅疾便把一场震动朝野的政治事件搬上舞台，足见作者难以抑制的愤激之情。

《一捧雪》的故事原型，则源于王世贞的家族故事。只不过在剧中王家变作了莫家，名画变成了祖传的玉杯"一捧雪"。故事讲述了身居朝廷高官的莫怀古，有一只至爱如命的玉杯，晶莹剔透，洁白如雪。注入清水后双手一搓，杯中便水花飞溅，犹如雪花扬起，故称"一捧雪"。严世藩处心积虑向莫怀古索取玉杯，而莫怀古则绞尽脑汁保护祖传玉杯，却尽被识破。最后，莫家仆人莫成替主人赴死，莫怀古之子莫昊冒死上书，以昭雪父亲不白之冤，一家人得以团聚。

王世贞不仅在戏剧创作上颇有建树，对戏曲理论也一定研究。他的曲论见于《艺苑卮言》的附录，被后人摘出单刻行世，题曰《曲藻》。在当时，王世贞已比较深刻地认识到戏曲艺术的美学特点，且颇有自己的见解，他认为戏曲"不唯其琢句之工，使事之美"，而关键在于"体贴人情，委曲必尽；描写物态，仿佛如生；问答之际，了不见扭造，所以佳耳。至于腔调微有未谐，譬如见锺、王迹，不得其合处，当精思以求诣，不当执末以议本也。"由此揭示了戏曲成功的关键就在于能否"动人"。他的剧评也颇为精警，指出《荆钗记》"近俗而时动人"，而《香囊记》则因其"近雅而不动人"，表现出跳出士大夫趣味而贴近民间受众的戏曲观，这些言论对后来戏曲的评价产生了较大影响。

四

明代中后期，随着戏剧艺术的成熟，戏曲流派纷呈，以沈璟为代表的"吴江派"，和以汤显祖为代表的"临川派"，两相辉映，照亮戏坛。评家认为："临川之于吴江，别于冰炭。吴江守法，临川尚趣。""临川近狂，吴江近狷"（玉兰生语），两派各有所长。吴江派注重音律，临川派则重辞藻，因此有人说"汤（显祖）作易赏而不易唱，而沈（璟）作易唱而不易赏"。

沈璟（1553—1610 年），被誉为明代"曲坛盟主"，在明中叶的戏曲界无疑是最响亮的名字。在现存明代戏曲论著中，随处可见沈璟大名。戏曲界认为，对于明传奇的发展，沈璟可谓"中兴之功，良不可没"。

沈璟 21 岁考取进士，曾在宫中为官八年，一切顺遂。但 1586 年因上疏赞同申时行奏请皇帝"定大本，详大典，以固国脉"并"请王恭妃封号"，而触怒皇帝，连降三级，并遣回吴江任职。对仕途而言，这无疑是一场人生的重大挫折，但这一挫折却推怂着沈璟成了一代曲坛盟主。在经历了仕途的种种风险之后，心灰意冷的沈璟决意袖手风云、蒙头日月，在《水调歌头·警悟》中，他写道："万事几时足，日月自西东。无穷宇宙，人如粒米太仓中。一葛一裘经岁，一钵一瓶终日，达者旧家风。更著一杯酒，梦觉大槐宫。……"他决意要做一个散淡超脱、隐逸林泉的人了。在家乡吴江，沈璟遇到了退职官员顾大典，二人境遇相似，心有灵犀，"每相唱和，邑人慕其风流，多蓄声妓盖自二公始也"。沈璟出入酒社，躬身登场，妙解音律，雅好辞章，对戏曲的迷恋无出其右。沈璟注重音腔和律，语言本色，倡导通俗易懂的"场上之曲"，其剧作有《属玉堂传奇》16 种，是明代创作数量最多的剧作家，他还编著了《南九宫十三调曲谱》等多部曲学著作，竭力提倡"场上之曲"是沈璟对戏曲最大的贡献。

元代的剧作家，大多生活于市井，谙熟瓦舍勾栏中的舞台规律，是当行的"场上之曲"。入明后，知识分子多在科考中寻求出路，戏曲作家数量骤减，而染指戏曲的士大夫远离舞台实践，所作之剧虽然文辞骈丽典雅，却不过是"案头之作"，难以演诸舞台。因此，沈璟率先倡导"场上之曲"，对推动戏剧从"案头"走向"舞台"无疑具有重大现实意义。

沈璟推崇宋元南戏的通俗浅近、质朴古拙，和浓郁的民间生活气息，自己也努力实践之，他注重情节编织的曲折奇巧，让戏剧更好看；他缩短篇章结构，使之更凝练。沈璟创作的《博笑记》有28出，在明传奇中属超短之作，其中设置了11个小故事，合并起来是一个整体，拆开则可单独演出。他的这一尝试，开启了晚明折子戏的先河。在沈璟等人的努力下，明传奇的"案头之曲"倾向终于得以扭转，推动了明传奇繁盛时代的到来。

与"吴江派"共同缔造了明传奇繁盛局面的是"临川派"。

临川派的代表人物汤显祖（1550—1616年），是一个既才华横溢又桀骜不驯的人，进京考进士时，因不愿陪同宰相张居正的儿子赴考而落第。直至张居正死后第二年，34岁的汤显祖才重赴考场，得中进士。汤显祖生活的嘉靖、万历年间，大明王朝已腐朽不堪，目睹救灾大员饱受地方贿赂而仍得以升迁，时任南京礼部主事的汤显祖毅然上疏，要求整肃朝纲，这便是震惊朝野的《论辅臣科臣书》。因为触及了朝政黑暗，清正不阿的汤显祖反被贬至广东任职，后又迁为浙江遂昌知县，最终在万历二十六年被罢官，从此绝意仕途，隐居故里。

也许正是这样的经历激发了汤显祖另一面的才能，中国戏剧史上才多了一位伟大的戏曲家。汤显祖左手能诗文，右手善曲赋，影响最大的当然是戏曲传奇。他的《牡丹亭》《紫钗记》《邯郸记》《南柯记》合称"临川四梦",其中最著名的就是那部脍炙人口的《牡丹亭》。

"不到园林,怎知春色如许?""良辰美景奈何天,赏心乐事谁家院?"《牡丹亭》中,少女杜丽娘不甘闺中寂寞,春日外出游园,与书生柳梦梅幽会于梦中,醒来后思情感怀,患上相思病抑郁而终。死后,丽娘的鬼魂终于与柳梦梅结为百年之好。通过这不乏诡异的爱情,汤显祖揭露了封建礼教与青春爱情的尖锐矛盾,暴露了封建大家庭的冷酷虚伪,歌颂了追求自由爱情的抗争精神。"花花草草由人恋,生生死死随人愿,便酸酸楚楚无人怨",《牡丹亭》中杜丽娘的著名唱词,在明朝提倡程朱理学、表彰贞节烈女的文化背景下,其反叛封建礼教的精神显得十分大胆。

《牡丹亭》的奇特构思与瑰丽想象,惊艳了俗世,一时洛阳纸贵,"家喻户诵,几令《西厢》减价。"一位娄江(太仓)女子俞二娘读了《牡丹亭》,写下"但愿相思莫相负,牡丹亭上三生路"之后,哀怨身世断肠而死;杭州一位陷入失恋的女伶商小玲,演毕《牡丹亭》后不能自拔,伤心而死;另一位扬州女子冯小青,16岁时嫁给冯生做妾,但冯妻因为妒忌而将其幽闭于西湖的孤山别舍,最后抑郁而死。小青生前无数遍阅读《牡丹亭》,写下一首绝命诗"冷雨幽窗不可听,挑灯县看《牡丹亭》。人间亦有痴于我,岂独伤心是小青。"内江的一位女子,因深爱作者才华,一心求嫁,及至见到汤显祖,发现其年老扶杖而行,乃投江自尽。从这些记载,足以窥见当时《牡丹亭》影响之巨大。

2001年5月18日,昆曲艺术纳入世界首批"人类口述和非物质文化遗产代表作"名录,2004年,旅美作家白先勇对《牡丹亭》进行了全新改编,推上舞台的青春版昆曲《牡丹亭》再次令这部历史名剧风靡天下。400多年前的同一时间,欧洲伟大的剧作家威廉·莎士比亚创作了感动世界的悲剧《哈姆雷特》，当启蒙的晨光划过中古的夜空，亚欧大陆两端两位同样平凡而伟大的剧作家，一起端详和刻画着尘世的生死、爱恨，那是人类戏剧史上多么奇妙和绚烂的年代。

五

当时代车轮驶入清代时，江南的戏剧早已精彩纷呈，繁花乱眼。昆曲之外，弹词，评话，滩簧，吴歌，宣卷，道乐，丝竹……，没有任何一个地区，像江南这样拥有如此之多的艺术样式。在这个绚烂的艺术春天里，走来了令人称奇的大剧作家李渔和洪昇。

李渔（1611—1680 年）可谓江南奇人。这位活跃于清初的戏曲大家，一生著述多达五百多万字。不仅有"笠翁"系列剧作，而且独有家班，积累了丰富的戏曲创作、演出经验，提出了较完善的戏剧理论体系，被后世誉为"中国戏剧理论始祖""世界喜剧大师""东方莎士比亚"，被列入"世界文化名人"之列。

李渔的出生也是一个传奇，被视为"星宿降地"，一位长老说他是"仙之侣，天之徒"，故是取名仙侣，字谪凡，号天徒。李渔于襁褓之中即能识字，读书过目不忘，总角之年已能赋诗文。为了光宗耀祖的理想，李渔曾十分努力地致力于科考，然而科举中的屡屡失利，使他终于放弃了致仕之求，毅然踏上了"人间大隐"之道。一首《凤凰台上忆吹箫》，表现了李渔功名不就的人生嗟叹，也显示了他的特有的文字天赋：

昨夜今朝，只争时刻，便将老幼中分。问年华几许？正满三旬。昨岁未离双十，便余九、还算青春。叹今日虽难称老，少亦难云。闺人，也添一岁，但神前祝我，早上青云。待花封心急，忘却生辰。听我持杯叹息，屈纤指、不觉眉颦。封侯事，且休提起，共醉斜曛。

崇祯十五年（1642年），大明王朝举行了最后一次乡试，31岁的李渔再赴杭州应试。但此刻已经局势动荡、风雨飘摇，满清的铁骑已横扫江南，李渔只得中途弃考，黯然返回兰溪。求取功名之梦在战乱中化为泡影，令李渔心灰意冷，惆怅不已。这一年的清明节，他去祖坟祭扫先慈，百感交集，长歌当哭："三迁有教亲何愧，一命无荣子不才。人泪桃花都是血，纸钱心事共成灰。"

清顺治三年（1646年）8月，金华陷落，清廷颁布了剃发令，清兵所到之处，"留头不留发，留发不留头"。"婺城攻陷西南角，三日人头如雨落"，李渔忍辱剃发，自称"狂奴"，从此隐居田园。他将精力投注于园林，在"先人墟墓边"构筑了"伊园"，建廊、轩、桥、亭，潜心园艺，流露出"此身不作王摩诘，身后还须葬辋川"的归隐意愿。

1651—1668年间，李渔流寓杭州、南京，聪明机敏的他敏锐地察觉到了士族和平民对戏剧、小说的浓厚兴趣，由此为自己找到了施展才华的一方天地。他以旺盛的创作力，独树一帜的戏剧风格，连续写出了《怜香伴》《风筝误》《意中缘》《玉搔头》等传奇和白话小说《无声戏》《十二楼》，故事新奇，布局巧妙，通俗有趣，见"前人未见之事"，"摹写未尽之情，描画不全之态"，一经问世便被争购一空，被戏剧界推为"所制词曲，为本朝（清朝）第一"。一时间，"北里南曲之中，无不知李十郎者"。

在中国戏曲史上，李渔是第一个重视宾白的剧作家，也是宾白创作成就最高的剧作家。他主张"填词之设，专为登场"，"传奇不比文章，文章做与读书人看，故不怪其深，戏文做与读书人与不读书人看，又与不读书之妇女小儿同看，故贵浅不贵深"，这种雅俗共赏的创作观在戏剧史上意义深远。

李渔也是中国戏剧史上第一个、也是唯一专事喜剧创作的作家，被后世推为"世界喜剧大师"，他笔下的传奇多为才子佳人爱情故事，但喜剧色彩浓郁，因为他认为"传奇原为消愁设，费尽枝头歌一阕；何事将钱买哭声，反会变喜成悲咽。唯我填词不卖愁，一夫不笑是吾忧；举世尽成弥勒佛，度人秃笔始堪投"，将观众笑声视为创作者的责任。

李渔不仅是一位情趣广泛、才华横溢而又独树一帜的戏剧家，而且亲自指导培养了一个家庭昆班，是中国历史上第一位身兼编剧、导演、监制和出品人、经纪人于一身的"戏剧全能达人"。今天来看，也是休闲娱乐文化界的先行者。他亲自培养调教了山西临汾的乔姑娘和甘肃兰州的王姑娘，这两位北方女孩最后成为李家班的台柱子，常年巡回演出于各地，为达官贵人作娱情之乐，收入颇丰。

居金陵 20 年间，李渔以文会友，以戏会友，与社会各界有着广泛频繁的接触，交游极广。他与江宁织造、曹雪芹的曾祖曹玺、祖父曹寅结为忘年之交，撰赠对联；他与《聊斋志异》作者蒲松龄一见如故，相见恨晚，互赠诗词；他在苏州百花巷、金陵芥子园与文友、戏友一起观剧切磋技艺，与清初的吴伟业、钱谦益、龚鼎孳等"江左三大家"，王士祺、施闰章、宋荔裳、周亮工、严灏亭、尤侗、杜濬、余怀等"海内八大家"以及"燕台七子""西泠十子"中的许多人都是朋友。

在李渔交往的人中，有文字记载的就有 800 多位，上至位高权重的宰相、尚书、大学士，下至三教九流、手工艺人，因而有人说李渔是中国古代文人中交友最多、结交最广的人。他自由往来于朝野之间，见广识博，深谙世故，这都为他的创作提供了丰富的素材。

杭州，美丽的西溪湿地。2011 年修复了一座古建筑，名"洪钟别业"，正是 300 年前戏剧大师洪昇的旧居。他的戏曲名作《长生殿》与孔尚任的《桃花扇》，成为辉映清初剧坛的一对双壁，而被人们誉为"南洪北孔"。

洪昇（1645—1704 年）出身于杭州一个富裕的书香世家，外祖父黄机官至刑部尚书和文华殿大学士兼吏部尚书。洪昇性情恣肆狂傲却又难以放弃对功名的渴求。"如何市朝子，扰扰争利名"（《晓起看山作》），"人生行乐无百岁，区区禄利何为乎"（《为毛侯会明府题戴笠持竿图》），正是他内心矛盾的写照。在一次次的官场失意中，洪昇咀嚼着人生的酸涩，也将才情移至戏剧创作中。

《长生殿》是洪昇一生心血与才华的结晶，"稗畦填词四十余种，自谓一生精力在《长生殿》"作品"经十余年，三易稿而始成"。早在康熙十二年时，洪昇以唐代大诗人李白为主角，创作了传奇《沉香亭》。六年后，他删除了剧中关于李白的情节，加入李泌辅佐肃宗中兴唐朝的内容，并更名为《舞霓裳》。九年之后的康熙二十七年（1688年），44岁的洪昇有感于李隆基、杨贵妃之间罕见的帝妃之恋，又将情节转向李杨之爱，定稿为《长生殿》。《长生殿》传奇分上下卷。上卷从唐明皇与杨贵妃"定情"写到七夕之夜的长生殿盟誓："在天愿做比翼鸟，在地愿为连理枝。"但在安禄山叛军追杀之下，在马嵬驿，面对群情激愤的将士，唐明皇只能被迫赐死贵妃。传奇的下半部，唐明皇不断追忆爱妃，时时处处睹物伤情，最后，二人在天宫里重新团聚。

《长生殿》得到了无数人的追捧，洪昇亲自将其搬上了舞台。康熙二十八年八月，洪昇招来戏班在家中演出《长生殿》，宾朋好友汇聚一堂，其中不乏京城权贵。然而，本来是一次绝好扬名机会，最后却演变为一场悲剧。春风得意的洪昇，忘记了此时正值孝懿皇后丧期，他的行为显然触犯了大忌。而平时因为他的狂放不羁，早已为时俗所妒，《长生殿》所写兴亡之恨，在明清交替之际也颇易引发联想。有人便借洪昇国丧期间大行娱乐之事，上书指责其"大不敬"。而结果就是洪昇被治罪入狱，革去太学生籍。渴望报效国家的洪昇从此绝缘官场，正可谓"可怜一出《长生殿》，断送功名到白头"。

1704 年，60 岁的洪昇似乎命运又有了新的转机。江南提督张云翼邀请洪昇来到松江，并云集宾客，精选演员上演了《长生殿》。曹雪芹的祖父、管理江南织造、巡视两淮盐漕监察御史的曹寅，接着又把洪昇请到南京，遍请江南江北名士，举行了一场盛大宴会，这一次《长生殿》的演出竟整整持续了三天，极尽兴赏之豪华，传为一时盛事。然而，陶醉于兴奋之中的洪昇竟然在乘船返家途中，因醉酒失足落水而亡。生前，他最欣赏的是狂放不羁的诗仙李白，而冥冥中也选择了和李白一样的人生落幕。

江南人与生俱来的艺术气质，在江南特有的诗意环境中，孕育了昆曲这一艺术奇葩。昆曲美学的根基，也正是江南诗性文化。刘师培在《南北学派不同论》中，曾提出"南北文学不同论"，讨论了文学和地域文化的关系。古代时诗就有南北之别，北为《诗经》，南为《楚辞》；曲也分南北，北曲杂剧，南曲戏文。昆曲本无南北之分，但昆曲流传到北方之后，有人称其为"北昆"，江南的昆曲便被称作"南昆"，二者曲牌唱腔并无不同，唯独念白有所区别。

六

明清时期，戏曲在江南空前繁荣，一个重要的原因就是明清士人对闲雅诗意生活与文化时尚的追求。唐宋以来，追求闲雅诗意生活的江南士人代不乏人，但到了明清时期，江南一带士人群集，为数甚众，超过历代。这些生活条件相对优裕的士大夫文人阶层，心态各异，有的因厌恶官场、畏惧政治而退隐，有的不士不第功名无望而心灰意冷，还有的发乎内心热衷艺术而沉湎其中，也有人心性散淡而任情适性，他们不约而同都选择了戏曲。这些士族文人，凭借严格的诗书熏陶和艺文素养，以戏曲为风雅，在相互标榜中获得身份确认和自我满足，也以这种诗意闲雅的生活来抗衡社会体制的意识。

在戏曲的繁荣过程中，江南园林生活是必不可少的环境因素，各种风雅情趣的张扬都需要场域，明清时期士阶层盛行的造园之风，一方面让古典园林艺术成为中国人生活的一种美学范式，同时，在士人诗意闲雅生活理念的引导之下，失去勾栏瓦肆的城市也逐渐将戏曲演出地点移向具有私密性、小众化的艺术场所。戏曲的进入私家园林，走入士族文人隐身的园林之中，声韵悠扬婉转的昆腔水磨调与这样的唯美安逸的环境实在是再和谐不过。原先勾栏中的不免喧嚣粗放的艺术，在引入园林之后也因为受众的变化而逐渐变得清幽绵邈，在闲暇自娱、雅集社交的园林戏曲活动中，戏曲艺术获得了前所未有的长足发展。同时，戏曲的审美、娱乐、社交、礼仪等各种功能也被发挥得淋漓尽致。

江南园林，作为江南特有的建筑形式，是许多其他文化的容器和载体，尤与戏曲有着千丝万缕的联系，"不到园林，怎知春色如许……"杜丽娘的唱词成了一种文化的隐喻，而她唱响于江南园林的那些迷人曲调，更是令人如痴如醉。

昆曲，作为柔婉细腻的戏剧艺术，温婉的吴中子弟便成了昆伶的不二人选，"填南词必须吴士，唱南曲必须吴儿"（梅鼎祚《长命缕记序》），"四方歌曲必宗吴门，不惜千里重赍致之以教其伶伎"（徐树丕《识小录》）。曹雪芹在《红楼梦》中所描摹的梨香院的十二个昆曲女伶，都是从苏州来的。"金陵十二钗"无一不是昆曲的爱好者，尤其是林黛玉，是其中最能欣赏昆曲之美姑苏女孩。由此，江南的女子又介入了戏曲。

封建社会曾禁令不许女子看戏，有些封建家庭的《家训》也规定女眷不可看戏。但在文化开放的江南，女人却并不受此限制。据统计，明清看昆戏的女孩子75%在江南，只有25%在北京、山东等地。明清时期，江南女性崛起的标志有二：一个是看昆戏，一个是写诗词。《红楼梦》里的"金陵十二钗"个个都是昆曲迷。《红楼梦》第二十三回"《西厢记》妙词通戏语,《牡丹亭》艳曲警芳心"对此有着精彩描绘。王熙凤虽然是文盲,看戏却是地道的行家,熟知各种昆曲剧目,小说里"凤姐点戏,脂砚执笔"就是这一情节的刻画。沈复的《浮生六记》中,女主人芸娘也是一位昆曲行家,女子们在那个时代所受到文艺熏陶大多来自于戏曲。

从《牡丹亭》的社会影响,也可以发现女性观众似乎是戏曲观众中最痴迷的一群。在这样一出情节诡异而又荒诞的戏剧里,作者与观众以一种奇妙的方式相遇,在文本内外产生了相生相应的关系。可以说,在明清时期的江南还没有任何一种文学作品,能够像戏曲这样激发出如此强烈的女性情感共鸣,这种群体性的情感狂欢,反而从另一面折射出当时社会女性情感生活的匮乏与枯涩。在《牡丹亭》的女性读者和观众身上,可以看到当时女性普遍的现实生存境遇,她们没有爱情、婚姻选择的自由,杜丽娘的遭遇无疑代表了当时许多闺阁女性的普遍情态。与杜丽娘一样,她们的爱情并不存在于现实生活中,而只能活跃在隐秘的想象的世界里。而《牡丹亭》的梦,正好呼应了这些女性的情感诉求,填补了女性情感的现实缺憾,激发出她们对理想爱情和美满婚姻的憧憬,《牡丹亭》对于女性的意义和重要性就在于此。而江南女子们内心的追求也许就这样被唤醒了,联想到后来有那么多江南女子最早挣脱桎梏,走出家门,投身社会洪流,这其间或许与数百年前的那部《牡丹亭》有着说不清的内在关联。

昆曲的遍行天下,把江南的戏曲艺术播撒到各地,也激活了一个戏曲的时代。李渔的家班里的乔、王两位主演,就是他在山西平阳(临汾)和甘肃兰州巡演时遇到的女孩,见面时两人都只有十三四岁,都是文盲,但她们看了李渔家班的昆曲表演后,一下子迷上了昆曲,执意要学昆曲。李渔开始并不以为然,觉得山西、甘肃的人如何演得昆曲,但迷恋是一种痴情,一种热爱,二人在刻苦学习之下，分别主演花旦、小生，成了李渔家班最耀眼的双璧。

历史上，戏剧创作一向是男人的事。然而，在清代的剧坛上却晃动着一位女子窈窕的身影。乾隆三十八年（1773 年）的夏秋之交，23 岁的杭州女子陈端生要出嫁了。他的夫家姓范。陈端生（1751—1796 年），别名陈云贞，其祖父陈兆伦，是清廷的太仆寺卿，被京师士大夫奉为文章宗匠，在当时颇有名望，父亲陈玉敦官任中书，陈端生可称得上是高官千金。即便是豪门女子，陈端生同样没有自己选择婚姻的权利，但是，她仍然很期待这即将开始的全新生活。

在陈端生的嫁妆中，有件重要的物品是必须随身带走的，那是一部尚未完成的书稿，书名叫作《再生缘》。《再生缘》主要描写了元代才高貌美的昆明女子孟丽君，大胆抗旨拒婚，女扮男装，避难至京城，得中状元，并官至宰相的传奇。这是一部 60 万言的长篇叙事诗，开篇曰："闺帷无事小窗前，秋夜初寒转未眠。灯影斜摇书案侧，雨声频滴曲栏边。闲拈新思难成句，略捡微词可作篇。今夜安闲权自适，聊将彩笔写良缘。"长诗被后人以评弹、昆曲、京剧等多种文艺形式加以表现。200 多年来，孟丽君女扮男装、高中状元的故事，在中国可谓家喻户晓，在舞台上这个故事被演绎了数千场。后世对《再生缘》的评价，最后经由郭沫若先生一句"南缘北梦"的高度概括，肯定了这部清末弹词小说的文学地位。在郭沫若眼中，只有曹雪芹的《红楼梦》可以和《再生缘》相提并论。

吴春雷教授在北大演讲时以"杏花春雨"比喻昆腔，说"昆山腔"吴侬软语，轻柔婉转，动人耳目，犹如杏花春雨般滋润心田。同时"杏花春雨"特指江南，"乍晴乍雨杏花天"，在春天各种绽放的花卉中，杏花花期最短，因转瞬即逝才更令人惋惜。可以欣慰的是，今天，遍布于江南各处的古戏楼、老戏台再次出现于人们的视野。透过老旧的雕梁画栋，当年铿锵的锣鼓、悠扬的丝竹、柔婉的水磨腔仍回响于园林平野。曾经辉耀于戏台上的那些历久不衰的经典传奇，流转着江南人几个世纪的艺术之梦，悄然延续着这片土地特有的文化精神。

第九章

东南财赋

——江南文化性格及其经济硕果

3200 多年前，当北方的诸侯已经崛起并开始走向繁兴，远在江海诸边的南方却仍处于一片荒蛮之中。在司马迁的《史记·吴太伯世家》中，太史公连续用了三个"荆蛮"来形容泰伯奔吴时的江南。与北方贵族们的"峨冠博带"迥然相异，这里土著们的装束是"断发文身"。在两相对望的历史时空中，江南是多么寒酸、多么微不足道。公元前585年，勾吴古国的第19代王寿梦即位后，开启了拜访中原诸侯之旅，虽然做好了心理准备，当他观赏到鲁国华美无比的宫廷乐舞、看到晋国具有超强杀伤力的战车与弓弩，这位国王在震撼之余不得不羞愧于本国的贫弱。及至第24任吴王阖闾登基之后，这位有着称雄天下之想的国王，仍深深感慨于"吾国僻远，顾在东南之地，险阻润湿，又有江海之害，君无所御，民无所依；仓库不设，田畴不垦"的现状，而诚恳地讨教伍子胥："寡人欲强国霸王，何由而可？"

然而，到唐宋时，江南已经成为一片人人称羡的沃土。在历史的漫漫风尘中，在曲折艰难的变局中，江南人凭借智者的灵活开放，勤勉务实，善抓机遇，急起直追，终于后来居上一举摆脱了贫弱形象，完成了历史上最华丽的转身，将这片土地变成了最富饶的鱼米之乡，变成了中国民族工商业的发展高地，在内忧外患不绝的年代，成为撑起国家经济的重要栋梁。

一

唐德宗贞元二年（786 年），农历四月。长安。

大唐帝国的仓库里，储粮已近枯竭，守卫京畿和皇宫的禁卫军将士们忍饥挨饿已经多日了，兵勇们情绪激愤，不良情绪愈演愈烈，一场兵变已在酝酿之中。朝堂之上，德宗皇帝李适显然感受到了这一切，坐立不安，心急如焚。大唐王朝已然命悬一线！忽然，一个太监惊喜地奔了进来："皇上，江南的运粮船队到了！"

运河边上，常驻江南镇军节度使兼江淮转运使韩滉负责押运的来自江南的 300 万石稻米已经抵达洛阳。唐德宗悬着的一颗心放了下来，喜不自禁的他，一时兴起，竟然匆匆赶到太子居住的东宫，喊道："儿子，江南稻米已到京畿，我们父子有救了！"为什么这批江南稻米，竟然关乎皇家父子的命运呢？原来，对德宗皇帝而言，这批江南稻米何止解决了满朝上下的口粮问题，更要紧的是化解了已经在蕴积之中随时可能爆发的一场兵变危机。

唐代初期，京城粮食供应主要来自于关中，加上还有隋炀帝留下的库粮，供给十分宽裕。但公元 755 年爆发"安史之乱"后，藩镇割据，中央集权遭到削弱，各地藩王不再愿意主动给朝廷输送粮食。此外，藩王们的占地为王，也阻绝了粮食的运输之道。唐肃宗李亨即位之后（756 年），京城的粮需就变得越来越依赖于江南，于是，每每江南漕粮运输受到阻碍时，京城便很快就会爆发粮荒。这无疑传达了一个明确的信号：大唐经济中心正在由北向南转移，江南正在成为朝廷最倚重的粮仓。

朝廷对江南经济的依赖，很大程度是因为北方的战乱。自古以来，每次战乱都爆发于北方，从秦汉直至唐宋，始终如此。大宋朝最终定都杭州，更加促进了江南地位的提升和经济的发展。一条长江，成为护佑江南的一道天然屏障，温润的气候，肥沃的土地，较

190

少的侵扰，稳定的秩序，都促使江南从"生存"向"发展""繁荣"迈进，也成就了江南审美性格、自由文化个性的成型。尤其是明清时期，江南手工业出现了雇佣关系，资本主义生产关系萌芽，对外通商口岸的打通，进一步促进了江南经济的腾飞，对外贸易带来的真金白银，更催发了江南走向富庶。

再者，江南地区通江近海的交通便利，社会的安定与文化的亲近，都让生活在江南的士子更有条件安心读书，因而在科举方面也更有优势，在文臣治国的古代，拥有了权利的出身江南的朝官往往也更多关注、反哺江南，使江南地区的繁华有了更多的保证。

而最根本的一个原因，却常常为人们所忽略，那就是江南的文化性格与群体禀赋。在多水的环境中成长起来的江南人，水为路，船当车，交通便利，善于交往，见多识广，在日常生活和生产实践中养成了自己独特的文化性格，比执着坚韧的北方人多了几分通达开放、灵活机敏。有着刚柔相济的智慧和善于辨察的性格的江南人，灵活就势，顺水推舟，也善于捕捉机会、抓住机遇，善于用较少资源和代价换取较大的利益和实惠，将自己的生活经营得舒适而具有诗意韵味。

北宋仁宗嘉年间抚州吴孝宗在《余干县学记》中这样描绘了当时的社会情况："古者江南不能与中土等，宋受天命，然后七闽、二浙与江之西东，冠带《诗》《书》，翕然大肆，人才之盛，遂甲于天下。江南既为天下甲，而饶人喜事，又甲于江南。盖饶之为州，壤土肥而养生之物多，其民家富而户羡，蓄百金者不在富人之列。又当宽平无事之际，而天性好善，为父兄者，以其子与弟不文为咎；为母妻者，以其子与夫不学为辱。其美如此。"在吴孝宗看来，江南不仅地饶民富，且风气好学向善。

康熙二十三年（1684 年），康熙帝第一次沿运河南巡，"周览民情，察访吏治"，一路遍览江南形胜。此时的江南，早已变得更为丰腴富庶，商贸兴起，经济繁荣，成为国家最重要的经济中心。返回京城后，康熙挥笔写下了《示江南大小诸吏》一诗，一方面写出一代帝王对丰腴江南的初识——"东南财赋地，江左人文薮"，一方面也担心在这样优渥的环境中官员会贪腐失法。康熙二十八年（1689年）正月初八，康熙帝再次南巡，途中作《蠲江南逋赋》一首，诗云："国家财赋东南重，已责蠲租志念殷。雨泽何妨频见渥，普天愿与乐耕耘"，再次提及江南经济对国家的重要性。

康熙、乾隆，是中国历史上下江南最频繁的两位皇帝，稗官野史中杜撰了许多他们的风流轶事。然而，康熙乾隆多次下江南的真实意图，除了考察世风民情，督促水患整治，还为了这方繁荣富庶之地的恒久稳定，可以为朝廷提供更多财赋与资源。

康熙、乾隆两帝王的多次南巡，人力财力消耗十分巨大，地方政府因为财力有限，往往需要依靠当地豪门望族参与接待，而受了殷勤款待之后，就不能不留点墨宝。所以，在江南不少大户的门楣上都可以看到帝王钦笔御题的匾额。唐宋以降，江南一直是世家望族聚居之地，姑苏顾氏、程氏、陆氏、彭氏，锡山秦氏、过氏，毗陵庄氏、盛氏，南浔董氏、朱氏，湖州陆氏，吴兴沈氏，海宁查氏，唯亭顾氏等等，都是江南一带的著姓富户。被赞为"千古奇书"的《红楼梦》中，金陵的四大家族更是堪称富可敌国："贾不假，白玉为堂金作马。阿房宫，三百里，住不下金陵一个史。东海缺少白玉床，龙王来请金陵王。丰年好大雪，珍珠如土金如铁。"贾、史、王、薛四家从官职看并不很高，但富贵豪奢却堪比帝王。在江南，尤其是核心城市苏州，有着众多古雅精美的私家园林，有着众多著名的酒楼厨师和名菜名点，这或许可以从一个侧面窥见江南的富庶与财力。

二

不过，江南的富庶并非与生俱来，走向繁兴的道路也并非坦途。

春秋战国时期的江南，与北方诸地比起来实属落后蛮荒之地，所以司马迁在《史记》中连用三个"荆蛮"来形容江南。魏蜀吴三分天下之时，江南也至多可与西蜀齐肩。

汉代时，江南的发展水平仍落后于北方，中原地区的繁华曾让南方诸地仰望。汉末三国争霸的岁月中，孙权统治下的东吴，国力远低于北方的曹魏。为了应付来自北方的军事威胁，东吴不得不在长江沿岸部署大批驻军，并通过屯田开垦，让军队自给自足，增加国库储粮，以备战争之需。东吴屯田采取军事化管理，屯兵耕战一体，屯民可以免除劳役。长江中游的浔阳、武昌、陆口、江陵，下游的湖熟、毗陵、溧阳，江乘，以及浙皖境内的海昌、上虞、新安、皖城，东吴屯区多达十多处。

常州，古称毗陵，是东吴所设毗陵屯区，当时由典农校尉陈勋率3万屯兵和屯民驻守开垦。至20世纪80年代，这里一直是著名的江南稻粮产地，撩开历史大幕的一角，便可清晰地看到它的前世。

为了发展农耕，东吴还在江南地区兴修了大量水利设施：无锡境内沟通太湖与蠡湖的长广溪，句容境内的赤山塘，衔接丹徒老水道且贯通南京的破港渎，湖州境内的皋塘和孙塘……，都是当时屯田兵民疏浚或开凿的。最大的工程，当属太湖大堤的修筑，这道从湖州境内的吴兴一直延伸到长兴的大堤，绵延数十里，有效防止了湖水的外溢，保证了农田灌溉之需，极大促进了江南农耕经济的发展。

如果说，江南的开发始于东吴，而江南的全面繁兴则始于东晋。

西晋末年，民间广为流传着一句谚语："永嘉世，九州空；余吴土，盛且丰。"在中原，匈奴等游牧民族的不断进犯，扰乱了北方政权和百姓生活，而江南则是世外桃源般的静好之地，由此引发了史称"永嘉南渡"的大移民。据历史学家谭其骧统计，永嘉年间北方迁往江南的人口达到了 90 余万，占全部北方人口的八分之一。这对北方无疑是一次财富和人才抽底，对江南却是一次难得的发展契机。

南京，古称建康。在这一轮晋室南渡大潮中，南京成为最大的受益者。东晋、刘宋、萧齐、萧梁和陈，五个朝代相继在这里建都立国，加上之前的东吴，南京从这时起，就已是一座名副其实的"六朝古都"。

相比北朝的群雄纷争、战乱频仍，南朝时期相对稳定。政府的劝课农桑，奖励耕织，改水造田，使农业经济有了长足发展。紧依长江的常熟，古称海虞，"土壤膏沃、岁无水旱"，"原隰异壤，虽大水大旱，不能概之为灾，则岁得常稔"，因而得名"常熟"。梁大同六年（540 年），经济快速崛起的常熟，被从毗陵郡划出单列为县。中唐时，江南漕粮已成朝廷重要经济来源，至南宋抗元战争时期，蜀地防卫战的一应军事开支，已不得不主要仰仗江南的财力。

三

江南是丝绸的故乡。蚕桑经济在古代一直是江南重要的经济来源。春秋时期，吴越、吴楚都曾为争桑而爆发战事。而南北朝时，江南丝绸竟然引发了一场国际性的经济危机。

古代欧洲的丝绸几乎全部来自中国，蚕丝运销决定着欧洲市场的丝价。南朝梁武帝大同四年（538 年），欧洲市场的中国真丝价格忽然暴涨，涨幅高达上一年价格的 15 倍。到公元 545 年，丝绸价格已经是公元 537 年的 85 倍。欧洲大量的黄金白银，被人们拿去疯抢丝绸，而丝绸之路沿线的大批商人却因此而破产。

北朝的连年战乱不仅使丝绸之路受阻，也毁了蚕桑生产资源。南朝却成功开辟了海上丝绸之路，通过海运将江南丝绸经波斯转运欧洲。公元 537 年，梁武帝大规模征募渔民和海船，扩大军队，扩增兵力，准备北伐，这无疑严重影响了海上丝绸的运输，从而引发了一场欧洲贸易危机。在南朝的经济大盘中，农业是税赋的主要来源，丝绸贸易不过是毛毛雨。但这些毛毛雨落到了波斯帝国和东罗马帝国，却变成了一场滂沱暴雨。

东罗马帝国的皇帝查士丁尼，因丝绸价格暴涨而勃然大怒，认定是中间的波斯帝国在搞鬼。为此他悍然发动了对波斯的战争，却以失败告终。最后，东罗马帝国只得放下架子与波斯签订和约。一边承诺以高昂差价补贴换取中国丝绸，一边发出巨额悬赏：获得中国丝绸技术者给予重赏！

不久，两位印度僧人诡异地进入了遍地佛寺的江南，而萧梁时期朝廷的崇佛尊僧为他们的活动提供了护佑。八年之后的552年，他们的身影出现在了东罗马的宫廷里，不仅带去了养蚕缫丝技术，而且还通过空心竹竿盗取了中国江南的优质蚕种。差不多也是在此时，长于经商的栗特人也将南朝的织绸技术带到了东罗马。

细如芥子的中国蚕种，改变了历史的走向与世界经济的格局。东罗马帝国的君士坦丁堡在数十年后终于成了中国之外的另一个丝绸纺织中心。后来丝绸技术又传入了西罗马，意大利因此而成为欧洲的丝绸纺织重地。

四

隋开皇八年（588年），20岁的杨广奉命率50万大军南下伐陈，获得成功，江南由此纳入了中原大一统王朝。也从此时，江南的财富开始源源北流，成为隋朝重要的赋税来源。隋炀帝时期开凿的这条大运河，最初长度达2700多公里，江南的财粮得以北运，依靠的正是这条南北大通道。

隋朝，是历史上仅次于秦的短命王朝，后人对其微词颇多。隋炀帝，在正史中也被定型为一个暴虐无德的亡国之君。然而，正是他，最早意识到江南对于中央政权巨大的战略意义，而隋朝对于江南的经营和开发，不能不说是隋炀帝杨广具有划时代意义的贡献。

江南巨大的财赋潜力，深深吸引着帝王们的关注。隋开皇九年（589年），统一了北方的隋朝皇帝杨坚，派次子杨广任行军元帅，率50万大军南下伐陈。陈朝的第四任皇帝、人称"陈后主"的陈叔宝，继承了先辈创下的江山财富，却没能继承祖辈的雄才大略与骁勇善战，他风流任性，沉湎于声色犬马。当隋朝大军已经逼近宫廷时，陈后主还正在后宫一面欣赏宫娥们的曼妙舞姿，一面兴致勃勃地为他的爱妃张丽华画眉描容。隋军在顷刻间就完成了渡江、攻城、破门，而后诛杀了张丽华，活捉了陈叔宝。

如果说，隋文帝杨坚眼里的江南更多具有政治的价值，隋炀帝杨广则更多看到了江南经济对于朝廷的意义。因此，登基后的杨广不惜耗费巨大财力人力，疏浚长江北岸至洛阳的运河，还贯通了江南运河。绵延2000多公里的大运河串起了长江、钱塘江、淮河、黄河、海河五大水系，形成了一道道江南财粮北运的生命线，把江南牢牢维系在中央王权的掌控之中。

地处长江北岸的扬州，因此成了西去东下、南北交流的重要枢纽。扬州这座重要的古城，它在古代的繁荣和在近代的衰退，都与大运河的财富流量息息相

今天的大运河上仍然船来舟往，从不停歇

196

关。在大运河开通后的数十年间，扬州商贾云集，迅速崛起，一度空前繁荣，堪称一流大都会。唐代诗人张祜因留恋繁华扬州不舍离去，而写下"十里长街市井连，月明桥上看神仙。人生只合扬州死，禅智山光好墓田"的诗句。那时处在鼎盛时期的扬州上缴的税赋几乎接近朝廷收入的一半。

虽然经过后世的抹黑，正史中的隋炀帝已然身败名裂，但无论大唐，还是后来的历朝历代，却一直在享用着这条大运河输送的滚滚财源，直至今天。大运河沿岸的城市也都因为这条河而变得繁荣兴旺，成为这条巨大珠链上一颗又一颗璀璨的明珠。

隋大业十三年（617年）春，隋末农民起义的瓦岗军，在李密率领下攻占了运河与黄河交汇处的兴洛仓。起义军打开了这座周长10里、拥有300座仓窖

建于隋朝的大型粮食仓城——兴洛仓

的大型仓城，开仓济民，吸引了大量百姓的归附，从而在兴洛仓城建立了政权。兴洛仓的建造者，也是隋炀帝。为了储藏江南漕粮和朝廷财赋，他曾在河南、陕西靠近运河的地方建造了几座大型粮库和府库，以备不时之需。这些财粮直至隋朝灭亡之后的许多年，唐朝还在继续享用。唐贞观二年（628年），唐太宗李世民与黄门侍郎王珪的对话中就说：隋"天下计积，得供五六十年。"短短的隋朝留下的财物，竟然可以让大唐王朝享用半个世纪。《唐史》中，也有这样的记载，唐贞观十一年（637年），监察御史马周向李世民禀报

说："隋家贮洛口仓，而李密因之；东都积布帛，而世充据之；西京府库，亦为国家之用，至今未尽。"可见，隋朝所积累的江南财赋之巨，在十数年后仍用而未竭。

2012 年 1 月，考古专家对洛阳附近的回洛仓遗址进行了二次考古发掘。经过一年努力，终于弄清了这座隋朝粮库的全貌：东西长 1000 米、

洛阳附近的回洛仓遗址仓窖

南北宽 355 米，相当于 50 个足球场大小。700 座内径 10 米的仓窖，东西成行、南北成列，分布于仓城内。以每座仓窖储粮 50 万斤计，整座仓城可储粮 3.5 亿斤。

在洛阳老城的城北，还有一座沉睡了一千多年的含嘉仓。这座粮库始建于大业元年（605 年），是隋朝最大的国家级的储粮仓库，被誉为"天下第一粮仓"。含嘉仓在 20 世纪 70 年代因为修建铁路而被发现，在这片遗址上，出土有铭砖、生活器皿和大量已经炭化的粮食。其中，位于老城区古仓街的 160 号仓窖遗址最具代表性，在 2014 年入选京杭大运河联合国世界文化遗产申遗名录。在这片长 710 米、宽 612 米的宏大仓储遗址上，考古人员一共发现了 287 座古代粮食仓窖，每个仓窖深 12 米，小型仓窖直径 8 米，大型仓窖直径 18 米。它们东西成排，南北成行，排列有序，粮仓之间有通道，四周有城门城墙，内部划分为仓窖区、生活管理区和漕运码头区，真实地展示了古代的仓储文化。唐代建立以后，基本沿用了隋代的广通、黎阳、太原等粮仓，同时将位于洛阳城内的含嘉仓作为最重要

的库粮存储地。唐王朝规定，洛阳以东地区征收的租米都先行集中
在含嘉仓，再由含嘉仓通过陆路运往陕州，含嘉仓因此成为全国最
重要的粮仓。

据有关史料载，唐太宗时期，含嘉仓被改造为朝廷最大的储粮
仓库，总面积达 43 万平方米。唐玄宗天宝八年（749 年），全国主
要大型粮仓的储粮总数为 12656620 石，含嘉仓就有 5833400 石，占
比例将近二分之一。1971 年，当考古人员打开了这座巨大粮仓的第
160 号仓窖，人们惊异地发现，里面竟然还储存着来自江南的 50 万
斤已碳化的稻谷，这些稻米的产地是苏州、滁州、润州（今镇江）
等地。

今天，蜿蜒的大运河上，长长的运输船队仍川流不息，在各种
先进运输方式并存的时代，漕运仍然是成本最低的运输途径而令人
们依依不舍。站在无锡蓉湖桥畔的米市、布码头旧址处，桥头的老
人们会告诉你当年这里是怎样的繁忙盛景，河上永远穿梭着南来北
往的船队，码头边泊满运粮船只，岸上则粮行、米店商铺林立，不
宽的街巷人流不息。吴桥附近这条不大的街道上，当年光是米行就
有 80 多家。

因为这条大运河的开通，运河沿岸的城市迅速繁荣起来。公元
10 世纪，处于运河北端的京师汴梁（开封），成为世界上最大最繁
荣的都城，百万人口，繁华街市，林立店铺，客商如流，生意兴隆。
而处在运河最南端的杭州，在成为南宋首都之后，也迅速成为拥有
百万人口的大都市。在柳永的那首《望海潮》中，杭州的旖旎奢华
被刻画得淋漓尽致："东南形胜，三吴都会，钱塘自古繁华。烟柳画
桥，风帘翠幕，参差十万人家。云树绕堤沙。怒涛卷霜雪，天堑无
涯，市列珠玑，户盈罗绮，竞豪奢……"。这样的繁华与富丽，又怎
能不让那位窥视江南已久的金主完颜亮动了挥师南下之心?!

徐扬所绘的《姑苏繁华图》，也称《盛世滋生图》，描绘了清代

乾隆年间江南名城苏州"商贾辐辏，百货骈阗"的繁华景致。作为苏州籍的画家，徐扬带着深厚的情感、以精致的笔触描画了家乡市井繁荣、百业兴旺的生活景象。这幅长卷被后人誉为《清明上河图》的姐妹篇。明清时代，以北京为中心的直隶是帝国的政治中心，而以苏州为中心的江南，则是当之无愧的经济中心和文化中心。正如曹雪芹在《红楼梦》里发出的由衷赞叹："姑苏，是天下一等富贵风流之地。"

五

　　古中国经济中心的南移，至南宋基本完成。宋代，被史学家誉为古中国的"黄金时代"，经济繁荣，国家富裕，北宋的 GDP 总量居世界第一，朝廷年财赋收入为 7000—8000 万贯。汴梁陷落后，痛失半壁江山的南宋，财政收入仍然维持在这一高水平，甚至高达一亿贯。这一时期的江南，经济上呈现出一种以农为本、以工商谋富的新型格局。这时的江南人口数量已两倍于北方，地少人多的矛盾开始凸显。这一矛盾推动了原有理念和经济模式的转变，农业上更注重精耕细作，手工业商贸活动日渐增多。经济方式的更新，既是民众自身温饱的需要，也是朝廷税赋的需求。

　　我国人口众多，自古重视农业，举凡"水利灌溉，河防疏泛"历代无不列为首要工作。杭州西湖的白堤，苏州的山塘河，早期都是水利工程，唐代大诗人白居易任职期间的疏浚再建，成为名留青史的佳话。宋代，苏东坡继续完善西湖水利，用湖底淤泥建造了苏堤。范仲淹任职苏州时疏浚了白公塘（山塘河），范公闸、范公圩（位于常熟）。这些古代的优秀官员，高屋建瓴，治水治田结合，促进了农耕发展，百姓安居乐业，这些水利遗存不仅成为珍贵的名胜古迹，也成为百姓口口相传的佳话。水利设施的完善，精耕细作的农技，使唐宋时期江南地区稻米亩产达到北方地区的 3—4 倍。也就是在那时，"苏湖熟，天下足"的民谣不胫而走，传唱天下。

　　经过历代建设，到明代中期，江南已经成为整个中国最富庶的地区，在整个明帝国的税赋财政中，江南所占的份额举足轻重。明洪武二十六年（1393 年），苏、松、常、镇、湖、嘉六府的农田面积仅为全国土地面积的 4%，而田赋却占全国总数的 22%，"江南赋税甲天下，苏松赋税甲江南"的说法已广为传播。复旦大学戴鞍钢教授指出："以苏、松、常、镇、杭、嘉、湖、太仓推之，其土地无有一省之多，而计其赋税，实当天下之半。"据国外学者测算，当时江南的可量化财富，相当于工业革命初期的整个英格兰财富的总量。

　　在每年为朝廷贡献巨额赋税的同时，江南，也正在开始一场影响深远的经济变革。

　　人多地少的现实矛盾，开放灵活而务实的民风，海上丝绸之路的形成，成为推动江南经济转型发展的多元动力。过剩的劳动力、资金和资源，投入到商品化生产中，中国历史上史无前例的商品经济，就这样在江南的沃土上率先破土萌芽了。不仅贯通南北的大运河空前活跃，船来舟往，商贸繁荣。松江、江阴两处市舶司的码头边，也常常海船云集，那些安装了指南针、运力高达 300 吨的海轮，满载中国的陶瓷、丝绸、棉麻、茶叶，驶向亚非 50 多个国家和地区。在 16—18 世纪的 300 年中，东西方航道上那些源源不绝的船队，把产自江南的生丝、绸缎、棉布运往地球的各个角落，江南人的精工巧做，吸引了整个世界艳羡的目光。商业的繁荣带动了手工业的发展，工商业税赋已反超农业税收，成为朝廷最主要的经济来源。

　　明清时期的江南，已经出现了资本主义的萌芽。可以肯定地说，江南率先走出了自给自足的小农经济，开始了商品经济的步伐。苏州的南濠是渔盐药材及南北货交易市场，集市从阊门一直延伸到胥门，城内外由阊门吊桥而达者不下亿万，足见其交易繁忙程度，难

怪 时 人 有 评："天下财货莫盛于苏州，苏州财货莫盛于阊门。"

运河边的毗陵驿（位于今江苏常州运河边），是古代江南重要的经济坐标之一。小说

位于常州古运河边的毗陵驿，曾是古代重要水上驿站

《红楼梦》的结尾，主人公贾宝玉最终看破红尘、出家为僧。漫天风雪中，宝玉身披大红猩猩毡，与父亲贾政在一座驿站洒泪告别，这座驿站就是这个毗陵驿。康熙、乾隆几度南巡也都曾在此登岸。作为漕粮转运中心，毗陵驿在宋代时粮食转运量高达600万—700万石，清代达到800万石，"自苏、松至两浙七闽数十州，往来南北两京，无不由此途出"。

江南的芜湖和无锡，是长江运河沿线中国"四大米市"中的两个，唐宋时代曾占据朝廷漕粮运输总量的一半。当年的漕粮转运中心，在资本主义萌芽的明清时期逐渐为繁荣的民间粮食贸易所替代。据资料，两大米码头年交易额平均都在1000万石以上，1928年（民国17年）的无锡米市，年交易量更是超过了1200万石（约9亿公斤），是著名的江南米码头。

六

经济的发达，物质的丰富，有力刺激了市场消费。江南人的衣食住行日益变得考究，经济的繁荣也带动了文化艺术的消费，影响

了教育的发展。江南人富裕而精致的生活，特别是文人墨客的浪漫风雅生活，甚至引发了北方道统先生的指责，有人认为，江南的奢靡风气违背了儒家道统观念，而苏州的文人陆缉却大胆站出来辩称（《论奢辩》）：奢侈是富裕的产物，享受生活、消耗资财，可以刺激社会的商业和服务，从而创造新的财富。作为生活在16世纪的人，陆缉是国内第一个正面肯定消费行为积极意义的文人。20世纪初，著名的英国经济学家凯恩斯在欧洲提出：适度的奢侈能够刺激社会的消费和提供更多工作机会，对于社会财富积累具有重要意义。相比之下，东方苏州的陆缉，同样的言论比起凯恩斯要早了400多年。

江南人的弄潮儿性格与"水文化"的敏察、善变、勇进有着与生俱来的因缘，而真理更是被不同时空的现实一再证明着：亚平宁半岛亚得里亚海滨，一个同样水网密布的城邦共和国威尼斯，在欧洲首开商业贸易的先河，而经济格局的变化同样孕育了一场深刻的思想变革，人们把这场变革叫作"文艺复兴"。而在中国的江南，经济领域的敢为人先，同样促使这里的人们最早迈出了精神世界探索的步伐。

早在宋代，范仲淹似乎早就看到这一点。他在担任杭州知府时，曾经遭遇农业歉收，但他却逆势发布告示，鼓励富商豪门都去起屋造房，鼓励大家宴请娱乐，这样就可以为平民百姓提供更多就业赚钱机会，这一举动在古代可谓史无先例。

同治三年（1865年），有着23年流亡经历的长洲（今苏州）吴县人王韬，面对时代的大变局，依据易经"穷则变，变则通"的原理，在他的系列政论文《变法自强》中，第一次明确提出了"天下事未有久而不变者"的改革理念，率先提出君主立宪政治构想，主张经世致用，试图通过借鉴西方国家政治、经济、法律、制度，发展民族工商，兴学育才，振兴百业，达到"变法以自强"的目的。其卓立独行的见地，比郑观应的《盛世危言》还要早18年，比康有为、梁启超的变法维新更早了 23 年。

在 19 世纪中国所经历的"千古未有之巨变"中，无锡人薛福成（1838—1894 年）无疑是一位不能忽略的人物。他不仅继承了东林人的"经世致用"思想，更与王韬想法不谋而合。在《应诏陈言疏》中，他将"养贤才、肃吏治、恤民隐、筹海运、练军实、裕财用"作为"治平六策"，提出富民强国、促进商品流通、保护商民利益等一系列主张，被传统视为不入流的"工商末技"，在他的言论中被抬举到了"强国之本"的高度。这些在当时让保守派们震怒不已的言论，在后来的历史发展中被证明纯属真知灼见。

从明末清初，到晚清，江南虽然曾两度经历了近乎毁灭性的战乱，但都很快就重新站到了整个国家经济、文化、艺术的制高点，正是因为有了这样务实而进取思想的指引，江南才能恒久地站在时代的前排。

七

19 世纪后半期，社会动荡，风云际会，太平天国运动、鸦片战争爆发，推动着江南原有的经济格局开始了意义深远的改变。长期以来，江南的政治文化经济中心一直是苏州和杭州。但是，从鸦片战争之后的《南京条约》开始，一个新的江南经济中心逐步形成。

1851 年，太平天国农民起义爆发，1853 年起义军攻占南京，随后继续向南挺进，几乎占领了江南一带所有的重要府县，江南的富豪士绅几乎尽数逃往上海，上海成了他们最后的避风港。同治二年（1862 年），杨宗濂率领的由江南团练改编的一支淮军和江苏巡抚李鸿章率领的五营淮军，先后进驻上海，在他们的抵死守护之下，上海成为江南大地上唯一未被太平军攻克的城市。大批富绅与平民的涌入，使上海迅速成为一座沿海商贸大城市。

在《南京条约》所开放的五个通商口岸中，上海最让外国列强们痴迷。因为它处在江南富庶之地，又是国内南北海运的重要枢纽，而这一地区所盛产的丝绸、茶叶等，正是英美商人及其买办最渴望的商品。江南富豪的聚集、洋务运动的兴起、外国商人的趋之若鹜，共同推动了上海的快速崛起，商贸活动空前频繁，工商各业充满活力。两年之后，当太平天国宣告失败时，上海已经成为江南地区当仁不让的新经济中心。

外国列强的坚船利炮轰开中国大门之后，最早感受到帝国主义经济侵略的江南人，开始了自觉的经济抗争。在外国输入的商品中，除鸦片外，纺织品占了大头，洋布洋纱遍布国内市场。光绪四年（1878 年），著名学者、实业家郑观应在杨树浦筹建上海机器织布局，并拟定《上海机器织布局招商集股章程》，订购轧花、纺纱、织布等机器设备。为了扶持民族工业，两江总督李鸿章特别奏准"十年以内只准华商附股搭办，不准另行设局"，并给予该局"所产布匹在上海销售享受免税"的待遇，运销内地产品在上海完税后，沿途也不再收取厘税。

作为最早的官办企业，上海机器织布局在更换多任领导、历经十多年艰苦奋斗之后，终于呈现出令人欣喜的局面，棉布棉纱在大上海抢滩成功，西方产品与之不可匹敌。然而，不幸的是，1893 年由废棉引发的一场熊熊大火，却将李鸿章、郑观应们的一番心血彻底烧毁，也几乎焚毁了江南人的实业救国梦。

这场大火烧了十多个小时，织布局资产毁于一旦，损失高达 150 万两白银。时任织布局总办的杨宗瀚只得引咎辞职，黯然返回无锡老家。这位享有二品顶戴、开发台湾功勋卓著的人物，从此离开了官场。然而，他的归来对小城无锡却成了一件幸事。

1895 年，杨宗瀚与曾任天津武备学堂总理督办（校长）、淮军将领、卸任于三品布政使的长兄杨宗濂，通过民间融资，以 24 万银两的投资，在无锡运河边的羊腰湾建起了当地第一座机器纺织厂——业勤纺织公司。融资模式、设备规格、管理和运营模式和上海的织布局几乎一样，只是办厂资本全部来自民间。业勤纱厂，是近代江南地区第一家民营企业，也是中国最早的民族工商企业，"业勤"的建立不仅在中国民族工商史上写下标志性的一笔，也为无锡拉开了民族工商经济崛起的帷幕。

此后的十多年间，无锡的民族工商业快速兴起，形成了一个现代"锡商"群体。1902 年，荣宗敬、荣德生回乡创办了无锡第一家面粉厂（初名保兴面粉厂，后更名茂新）；1904 年，周舜卿在东绛开设了无锡首家缫丝企业裕昌丝厂；1905 年，荣氏兄弟与族人合办振新纱厂。1909 年，孙鹤卿筹建乾生丝厂，1911 年正式开工。1903年、1909 年，实业家祝大椿先后创办源康丝厂、乾元丝厂。1910年，常州人许稻荪来到无锡，开办了当时全国规模最大的振艺丝厂。1910 年，经营米布的商人唐保谦、蔡缄三合资创办了九丰面粉厂。1910 年，邹海周创办了邹成泰碾米厂，为无锡米市提供现代技术手段。1910 年，薛南溟在上海投资的永泰丝厂租赁期满，遂将该厂迁回无锡。租赁了锡金丝厂继续经营（后更名锦记），并高新聘请了专家管理工厂。1910—1911 年，无锡还先后出现了润丰、俭丰、恒丰三家榨油厂。至 1912 年，无锡的面粉加工、棉纺、缫丝三大主体产业已经形成。

如果说，20 世纪以前，无锡不过是一个普通的县，当历史步入20 世纪之后，这座集合了京杭大运河水路交通和沪宁铁陆路交通的双重便利的小城，积蓄千年的能量开始喷发了。除了明显的区位优势，涌动于背后的，还有江南传统文化的开放包容、灵活聪慧以及无锡人特有的市场敏感、创业勇气和生意上的精明，这些在当时都显示出了巨大的竞争优势。

到经济危机爆发前的 1929 年，无锡已形成了纺织、缫丝、粮油三大支柱产业，历史上名不见经传的小城，在近代短短数十年中一

跃成为上海之后江南工商业最为繁盛的城市，被誉为"小上海"，在
当年国内的"工商六强"城市中，唯有无锡的身份只是一个县。据
日本兴亚院华中联络部侵华前所做的《无锡工业实际情况的调查报
告》和国民政府军事委员会所编辑的资料：

> 至抗战前无锡工厂数 315 家，仅次于上海、天津、广
> 州和武汉，位居全国第五；工业投资总额为 1407 万元，超
> 过广州的 1302 万元，位居全国第五；生产总值 7726 万元，
> 仅次于上海、广州，位居全国第三；就业工人数为 63760
> 人，仅次于上海，位居全国第二。

在南通，清末状元张謇，也在其政治改良主张受到冷遇之后，
由追求功名转向了兴办实业。作为实业救国的积极倡导者和实践者，
他所开创的"南通模式"是中国工业发展的有益尝试，而他所主张
的"棉铁主义"也不失为工商强国的一道良方。如果说郑观应强调
的是"商战"，那么张謇则是典型的"重工主义"者。他认为：国
家"因非富不强，富非实业不能"，"救贫之法惟实业，致富之法亦
惟实业"，"工苟不兴，国终无不贫之期，民永无不困之望"。

从 1895 年筹办南通大生纱厂开始，30 年间，张謇陆续兴办了数
十家企业，被誉为"中国近代第一实业家"。目光清明、洞穿时势的
张謇，所鼓吹的"棉铁主义"主张，植根于当时的国情，面对当时
进口货"棉纺织物为首，钢铁次之"的实际，每年高达 3 亿两白银
的进口贸易逆差，在薛福成看到"洋商（每年）之利，当不下三千
万两"（1879 年）的同时，张謇也看到了外贸逆差的巨大黑洞，且
"较之赔款尤甚"，"若不能设法，即不亡国，也要穷死。"而面对这
一严酷现状唯有振兴自己的民族工业。

张謇把大生纱厂的性质定性为"绅领商办"，难得的从政经历和
官场身份，对其企业创办起到重要的作用。虽然张謇在 1904 年曾被
清政府任命为商部头等顾问官，1912 年又出任中华民国南京临时政

府实业部总长，但与一般提倡实业救国官员不同的，是他的亲力亲为。以他为首在江南沿海地区形成了一个庞大的民族资本集团——大生集团，麾下大小企业多达数十个，涉及纺织、冶铁、制造、日用品、食品、银行、交通、运输、盐业、垦殖、服务和文化教育等行业，总资本达到3300多万元，是民国初期国内资本和规模最大的企业集团。虽然，1926年张謇去世前，大生集团在内忧外患、洋商进逼中已濒临破产，但张謇的创业实践无疑留下了那个时代探索者最辉煌的足迹。

在中华民族走向繁荣富强的道路上，有过一轮又一轮的经济崛起，江南人无一例外都走在了最前面。今天，回眸那些漫长历史上走过的足迹，不仅能够领略那些缔造于乱世中的伟大奇迹，也能触摸到江南文化性格与经济崛起的内在关系。灵动而务实，敏察而善纳，开放而进取，这些江南特有的群体性文化禀赋就这样支撑和推动了经济的发展，从"苏湖熟天下足"，到工商强国实业救国；从古代的浙商、徽商，到近现代苏浙沪出色的实业家群体；从改革开放之初的"苏南模式""温州模式"，到新世纪外向型经济和产业结构转型，千百年来，在历史的发展演进中，江南始终扮演着一个勇敢而智慧的探索者形象，走出了自信而漂亮的足迹，那些历久形成的优秀文化传统深刻地影响了江南过去的发展，也必将继续影响其未来的走向。

第十章

经天纬地

——江南智者敏求先行的科技轨迹

1914年6月10日，一群热血贲张的留美中国学子，聚集在美国康奈尔大学的花园里，他们情绪激愤，指点江山，针砭时政，感慨于国家贫弱、民不聊生。忽然有人大声说："中国要富强，最或缺的莫过于科学!"此话得到了学子们的一致认同。有感于祖国积贫积弱的现状，他们决定组织科学社，并创办一份《科学》杂志，以"阐发科学精义及其效用"，向国人传播科学思想。

这些年轻人，大多来自中国富裕而又重视教育的江南，其中有来自常州的赵元任，来自南京江宁的周仁，来自无锡的胡明复，来自苏州的章元善，还有来自江西的杨杏佛（杨铨）和安徽黟县人金邦正。

就这样，在年轻学子们的努力下，"中国科学社"于1915年1月宣告正式成立，而中国历史上第一份《科学》杂志也同时诞生了。

这是一群江南的灵山秀水所养育的学子，也是一群致力于近代科学技术的拓荒者。在中国结束了1300年科举史、走向新的纪元时，他们毅然告别家乡远涉重洋，来到异国他乡进行学业的深造。他们是受到新思潮熏染的新青年，也是新科技崛起时代的佼佼者，落后挨打衰微国运的刺痛，和新时代科学风气的浸染，激活了血脉深处智慧求实的血脉遗传。山清水秀的自然环境，衣食无忧的经济背景，崇文重教的优秀传统，也让这些江南学子拥有得天独厚的条件，得以跨越海天阻隔，成为中国最早的一代科技的先驱者。他们的名字，无一不被刻在了中国近代科技发展的史册上，而养育他们的江南也当仁不让成了中国科技的摇篮。

一

许多历史考据和研究成果表明，长江流域，尤其是下游地区的文明，并不输于黄河文明。公元前5000—3000年前，黄河中游地区正孕育着伟大的仰韶文化，与此同时，江南的河姆渡文化也开始成熟。浙江余姚河姆渡，7000多年前江南先民的聚居地。从出土于河姆渡遗址的文物中，发现了大量人工栽培的稻谷，这是迄今为止发现的中国最古老的稻作文化遗存。江南，因此而成为世界上12个植物栽培发源中心之一。水系发达而沃野千里的江南，无疑是孕育古代农业文明的重要摇篮。

优越的地理位置，温润的气候和丰富的水资源，为稻谷的生长创造了最佳环境。而江南先民的智慧与创造，更成就了江南地区的早期文明。唐代的刘禹锡，在《机汲记》中，曾记载过一种神奇的半自动汲取江水的装置，这种装置在近1200年前实为罕见。但从唐代江南的实际情况看，人力水车早已普及，这种水车，被称为"翻车"和"筒车"，是一种能够从江湖河塘等地表水中持续汲水的大型农业机具，主要用于高地提水、低田排水，在江南稻作区是耕作必需之物，在传统农业生产中发挥了重要作用。通过排灌，一方面有效扩大水田灌溉面积，实现增产；另一方面减轻水旱灾害损失，达到保产。这一民间智慧的杰出创造，后来还超越了农业生产而被应用于宫廷生活，唐玄宗就曾叫人仿造水车原理，在宫内建造了一座避暑降温的"自雨凉殿"，盛夏时让水车旋转起来，将水带上屋顶再淋漓而下，形成多道水帘，带走暑热，从而有效降低屋内的温度。

唐中叶以后，江南地区渐渐取代北方成为全国的经济中心，由先秦时期的"地广人稀",变为重要粮食基地和朝廷赋税重地。韩愈在《送陆歙州诗序》中就曾说,"当今赋出于天下,而江南居十九"。宋代,"苏湖熟、天下足"的民谣已遍传天下,明代时朝廷将赋税重地的江南视为"外府"。而清代康熙乾隆多次下江南则最看中的也正是这一区域对朝廷的经济贡献,将江南喻为"家之府库,人之胸腹",密集的人口和发达的农业技术,令江南成为历朝历代朝廷的经济命脉。

农耕经济的发展,不断催生着人们对自然奥秘的探索欲望。先秦时,华夏民族的祖先就懂得在农事生产上讲求"顺天时地利之宜,识阴阳消长之理",从依靠感官判断季节变化,到记录月亮圆缺,逐渐形成了一套完整科学天文气象体系,使早期的农业活动有了因循的依据。

二

在江南人对自然规律的探索中,六朝时期的祖冲之(429—500年),是不能不提的先驱性人物。传播甚广的祖冲之"预测月食"故事,今天看来仍充满了神奇。宋孝武大明三年,九月十九日的晚上,月明风柔。离皇宫不远处的戴宅,红灯高挑,车马不绝,门口那对石狮子也披红挂彩,当朝权臣、孝武帝的朝中红人戴法兴今晚要在家中大宴宾朋。这一天是他 45 岁的寿辰。刚刚被孝武帝召入"华林学省"的祖冲之,也在受邀嘉宾之列。华林学省是朝廷的学术机构,"华林"的学士们虽无官职,却也专享皇帝赐房、赐衣、赐车、赐马,享有颇高的名誉地位。祖冲之因为学问高深而名噪京师,因此连戴法兴这样的权臣过生日,也在受邀赴宴的名单中,足见其身份不可小觑。岂料,作为客人的祖冲之,却不合时宜地宣称当晚将要发生月食。古人常以星象判断吉凶,而"天狗吞月"一直被视为"凶兆"。主宾们都为之而不悦,但祖冲之却坚持"月食"乃自然天象，无关人运天机，纯属天然之理。酒至半酣，在众人的疑虑中，那轮本来如镜初磨的明月，果然一点一点地被吞入黑影，渐渐如弓如钩。

祖冲之，无疑是那个时代顶尖的科技天才，也是开启江南科技历史的揭幕人。他于大明六年（462 年）所编撰的《大明历》，精准地计算出岁差，大胆革新闰周，确立了冬至时刻测量法，是当时最精确、最具创新性的一部历法。从宋孝武帝大明六年《大明历》完成之后，在长达 700 多年的时空里，没有一种历法的精确度能够超越它。

祖冲之，生长于南朝宋都——建康（今南京），一生中官阶最高不过四品，对于仕途似乎无可圈点。然而，他在科技领域的创造却异彩纷呈。除了历法上的成就，祖冲之还是将圆周率精确到小数点后 7 位（$3.1415926 < \pi < 3.1415927$）的第一人，这个纪录直至千年之后的 16 世纪，才被阿拉伯数学家阿尔·卡西所打破。汉代以前，圆周率数值一般为"周三径一"的三位数，计算圆的周长和面积时误差很大，汉代许多科学家曾尝试过多种方法，却都没能建立起科学的计算方法。及至祖冲之，他在前人基础上，采用了"割圆术"，"割之又割，以至不可割，则与圆周合体而无所失矣"，当圆内接正多边形的边数不断增加，正多边形的周长越来接近圆的周长，这个方法只需用圆内接正多边形的面积就可求取圆周率，极大地简化了计算过程。祖冲之运用这一方法，一直割圆到正 24576 边型，这时各边已经跟圆周紧紧贴合，最终他求出了精确到第七位有效数字的圆周率 $3.1415926 < \pi < 3.1415927$，此后，人们在制造量器时，一直采用这一数值。

祖冲之还制作了诸多奇巧的机械，如"圆转不穷，而司方如一"的指南车、"日行百余里"的千里船，以及利用水力转动石磨舂米磨谷的水碓磨等。为了纪念他在科学上的杰出贡献，1967 年，国际天文学家联合会将月球上的一座环形山命名为"祖冲之环形山",并将小行星 1888 命名为"祖冲之星"。

三

在农耕时代,科学家大多得不到应有的重视,但祖冲之是少有的以科学贡献记入朝廷正史的第一位。与他一样在天文、律历、算术上取得过辉煌成绩的浙江钱塘人沈括(1031—1095 年),却没有了这样的幸运。宋至和元年(1054 年),23 岁的沈括以父荫入仕,在其任上,修订历法,整治河道,观测天象,改良仪器,绘制地图,监造军器,几乎包办了北宋朝廷所有涉猎科技的事务,甚至督建城垒、安排郊祀等事务。这位横跨自然科学和社会科学两大领域、在理论和实践两方面都卓有成就的稀世通才,在世界历史上能与其比肩的,恐怕只有亚里士多德、达·芬奇等寥寥数人而已。

但是,作为王安石变法的中坚力量,沈括的晚年却无比凄凉。因为变法失败,沈括被朝中的守旧派视为眼中钉。熙宁九年(1076 年)十月,王安石罢相之后,沈括也多次遭到诬陷,两度被罢官降职。对政治早已心灰意冷的他,年届知天命时相依相守的发妻又去世了。他隐居江南,在那些孤寂凄凉的日子里,只有寄意笔墨,用回忆聊以慰藉苍凉的心。

寂寥的生活、悲凉的心态,却成就了沈括的皇皇巨著《梦溪笔谈》。书中,沈括以不带任何偏见的宽阔视野,纵横捭阖而不乏生动的文字,回忆了儿时跟随父亲四处上任所见到的自然景观、奇趣轶闻,和自己为官一方时所接触的民间工匠及其非凡技艺,也记述了他亲自尝试的各种饶有趣味的科学实验,更有历经尘世沧桑的顿悟与见解。在这些记录中,有布衣毕昇发明的活字印刷术,有航海水手发明的船用指南针,脍炙人口的中华"四大发明",有两项就是因为沈括的记录而扬名于世。与古代许多著述不同,《梦溪笔谈》占一半以上文字记录的是自然科学内容，涉及数学、物理、化学、天文学、地学、水利、生物医学、工程技术等学科的记述，多达 609 条。

沈括留下的文字，让后人有幸看到了当年古人的科学实验。《梦溪笔谈》中记载了一种有趣的共振实验，"剪纸人加弦上，鼓其应弦则纸人跃，他弦即不动"，把纸人放在一把琴的弦上，拨动另一把琴对应的琴弦，这根琴弦就会振动，而弦上纸人就会跳舞。但拨动其他琴弦，纸人则不会舞动。通过这一实验，沈括发现了声音共振的原理。将其运用到实际演奏中，便可以控制两琴之间因共振而产生杂音，也可以利用共振来产生共鸣，以增强音乐的效果。

沈括最为人熟知的是光学上的成像实验："以一指迫而照之则正，渐远则无所见，过此遂倒"，他取来一个凹面镜，将手指放在凹镜之前，这时在凹面镜上就会出现手指的成像，当他移动手指到达焦点位置时，凹面镜上的成像就消失了。当他再移动手指时，手指的成像又出现了，不过呈现出的是一个颠倒的成像，由此他揭示了凹面镜在焦点内、焦点上、焦点外成像的规律，开启了中国光学实验的大门。沈括的这两个实验，在物理学历史上影响十分久远。时至今日，中学的课堂上，老师仍会用小纸人和凹面镜，最直观地为学生们展示共振和光影成像的科学原理。

成就卓著的《梦溪笔谈》，虽然涉猎科学，但写来趣味盎然，显示出作者的博学和情趣，自问世以来，畅销于历代，影响力之巨可谓绝无仅有。南宋时，扬州知府就凭借刊印《梦溪笔谈》来为重建州学筹款。清朝时，《梦溪笔谈》作为重要典籍被编入了《四库全书》的子集。20 世纪三四十年代，由著名气象专家竺可桢发轫，研究沈括和《梦溪笔谈》成了一个专门的学问，被称为"梦学"。至今《梦溪笔谈》中的诸多科技知识仍然为人们所津津乐道。

四

明清之际，华夏民族的科技创造进入了一个鼎盛时期，古代传统科技有了梳理总结，而东西交流、西学东渐更成为科技发展的新动力。西方传教士及其大批西洋书籍的入华，让通江近海的江南，得风气之先，最早接触到了来自海上的各类信息。凭借着社会经济发展的优势和灵活开放的文化，江南再次成为求天问地、理想生发的重地。

在近代求索科学之风的催动下，江南人以前所未有的开阔视野，叩问着自然奥秘，探索着人类自身，并将热情投注于算学、物理、天文、地理等致用之学。"读万卷书，行万里路"成为探索自然、考察社会的重要途径。志在四方的江阴人徐霞客（1587—1641 年），少年世代就立下了"大丈夫当朝碧海而暮苍梧"的旅行大志，成年后毅然跨出书斋，投身广袤的大自然。他一生足迹遍及今 21 个省、市、自治区，"达人所之未达，探人所之未知"，探幽寻秘，寻奇访胜，并记录下观察到的各种现象、人文、地理、动植物等状况，为世人留下了不朽的传世之作《徐霞客游记》。这部游记既是伟大的科学探秘之作，也是寓情于景、情景交融的文学佳作，被赞为"世间真文字、大文字、奇文字"。在那些山川奇景、奇闻趣事的背后，不仅闪动着作者探究科学自然奥秘的执着身影，还有拥抱生活的那一腔热情。

明代，是一个科学蔚起的时代，许多科学理论开始形成体系走向成熟。医学上，会稽（今绍兴）人张景岳（1563—1640 年）在博览群书、研习经典的基础上，推陈出新，纠正时弊，辨证施治，用药专精，并形成了一套完整的中医医学理论，撰有《景岳全书》《质疑录》《类经》等中医经典著述，成为后世中医学必读典籍，在我国中医理论体系中占有重要地位。而今天已列入世界非物质文化遗产名录的珠算法，在那时也迎来了一次飞升，皖南休宁人程大位

（1533—1606 年）年轻时就在长江下游一带经商，其编纂的《算法统宗》，详述珠算规则，确立算盘用法，乃当时算学领域的集大成之作。《算法统宗》一经问世，风行宇内，彻底取代了传统筹算，"海内握算持筹之士，莫不家藏一编，若业制举者（考科举的人）之于四子书、五经义，翕然奉以为宗。"① 更具趣味的是，在《算法统宗》中，程大位将一道计算秋千绳索长度的数学题，写成了一首《西江月》："平地秋千未起，踏板一尺离地，送行二步恰竿齐，五尺板高离地，仕女佳人争蹴，终朝笑语欢嬉，良工高士素好奇，算出索长有几？"用文学诗词的形式来求问算数，是科学家的浪漫呢？还是文学家的跨界？

地理世家的无锡宛山顾氏，其族人顾大栋、顾柔谦、顾祖禹等，都是我国历史上罕见的地理专家。古代天文历算之学有专人执掌，父子世代相传为业，称为"畴人"，后来"畴人"也用来专指精通天文历算的专门人才。宛山顾氏，明代时就是父子相从、历数代而专攻地理学"畴人"之家。地理学，古称"舆地之学"。班固《汉书》首设《地理志》，此后许多正史都接续这一传统，如宋郑樵《通志》设《地理略》，马端临《文献通考》设《舆地考》，均分别设有专述。

江南顾氏对地理学研究可谓情有独钟，渊源有自。南朝陈时，顾野王钞撰众家之言，作《舆地志》30 卷。这是一部全国地理总志，也是我国古代最早的一部地理学专著，被誉为首开中国古代地学体例先河的巨著。至明代，私家地理学著作不断出现，尤其是明清之际，承袭前代史地学影响，又受"经世致用"思想感染，地理学研究成就远超前代。同出于江南顾氏的顾炎武，痛感明朝灭亡的

---

① 1716 年（清康熙五十五年），《算法统宗》出版新刻本，见于程家后裔所作序言。

现实，从明朝地方志书中辑录各地民生利害、政治经济利弊、军事得失等部分内容，纂集成书，名《郡国利病书》（120 卷）。全书主要总结明朝衰亡的原因，希冀寻找王朝的出路。但著作开首却是一片"舆地山川总论"，而后按照明代两京十三布政使司分区，详细论及各地的建置、赋役、屯田、水利、军事、边防、关隘等详情，鉴往知来，首开中国历史地理研究之先河。当然，顾炎武此书主要是杂采各种文献资料糅合而成，材料虽富，而体例庞杂，也缺乏必要科学分析。

顾炎武之后，阎若璩、顾祖禹等均循此路线而致力于史地研究，但这一时期的史地专著，若论体例严谨，考证精审，材料丰富，当以顾祖禹的《读史方舆纪要》为典范。顾祖禹所著的《读史方舆纪要》，是继顾炎武之后的又一部巨作。顾祖禹（1631—1692 年）堪称继往开来的一位史地巨擘。明末纷乱之际，顾氏家产、藏书均毁于战火，举家避乱从无锡迁徙于常熟。父亲顾柔谦，九岁而孤，早年入赘常熟城东谭氏。顾祖禹生于常熟，壮年时回到原籍无锡宛溪讲学，故自号"宛溪子"，后世亦尊称其为"宛溪先生"。顾氏父子均热衷于地理学，父亲去世时留下遗训，嘱咐儿子"继承家学，能考而知其详"，要"掇拾遗言，网罗旧典"，继承先祖遗志，自己有所阐发，以待将来有朝一日有补于世。并交代儿子要针对地理善本《明一统志》的欠缺疏漏，进行拾遗补阙，加以修订完善。顾柔谦认为，《明一统志》对各地山川的走势及形貌叙述时往往割裂分述，不能形成对山川全貌的阐析；对地理沿革、源流考述更是多有不完备之处；对国家舆图范围内的疆域形势、关河险要，也大多语焉不详。他将希望寄托在儿子身上："园陵宫阙，城郭山河，俨然在望，而十五国之幅员，三百年之图籍，泯焉沦没，文献莫征，能无悼叹乎？予死，汝其志之矣！"

顾祖禹拜受父命之后，终生隐居乡里，潜心于史地研究。"早起鸟啼先,夜眠人静后",在"子号于前,妇叹于室"的穷困潦倒景况下,朝夕勤志,著述不辍。经过十多年的研究积累,从顺治十六年(1659年)起,方才着手编撰巨著《读史方舆纪要》。他专心研究二十一史,参阅了历代总志及百余种地方志,旁及野史稗乘,爬梳各种文献资料,"以史为主,以志证之",对前代版图及地理书上的谬误加以一一纠正。顾祖禹的研究极为严谨,对典籍中记述粗略、互相矛盾处,都寻根问据、对照查证,还向外出经商和服兵役、徭役的人进行请教核实。他本人还徒步考察了很多地区,每到一处必实地察看城郭、道路、关隘、渡口等,以订正书志记载的缺失和讹误。全书广征博引,内容丰富,贯通古今,考订精详,给后人研究古代军事史和军事地理提供了大量的可贵材料。

后来,顾祖禹应聘于昆山徐乾学家坐馆授课。徐乾学家境殷厚,建有著名的藏书楼——"传是楼"。顾祖禹有机会在这里遍览藏书,同时继续编撰修改《读史方舆纪要》。他规定自己每日必须撰写几个条目,即使不眠不食也务必完成。多年如是,持之以恒,至康熙三十一年(1692年),这部《读史方舆纪要》终于得以完稿。从清顺治十六年(1659年)动笔,到他逝世前定稿,可谓"穷年累月,矻矻不休",三十余年苦心孤诣,十易其稿,"误则正之,漏则补之,甚至削之",积顾氏数代之力,穷祖禹一生之功,终于完成了这部皇皇130卷、280万字的旷世巨制。为后世留下了一部研究我国古代军事史和历史地理的、具有很高学术价值的珍贵文献。

顾祖禹好友魏禧看到此书后,不由惊叹"此数千百年绝无仅有之书也!"近代张之洞、梁启超也都对这部《纪要》赞不绝口,认为是在军事地理方面的独特贡献。梁启超说:"依我看,清代著作家组织力之强,要推景范(顾祖禹号)第一了。"左宗棠对此书更是推崇备至。左氏18岁时,就购买顾祖禹《读史方舆纪要》,"喜其所载山川险要,战守机宜,了如指掌",并认为"实学之要,首在通晓舆图"。左宗棠过人的军事才华和一生的文治武功，每多得益于《纪要》一书。

五

明朝中晚期，是我国由传统封建社会向近代社会转型的起点，人们探索自然，寻求真知，科技成果蔚为壮观。明嘉靖年间，一个开眼看世界的官员，登上了历史舞台。

那时的上海，不过是江南一个普通的农业县。明万历三十六年（1608 年），突如其来的大水几乎让这片土地颗粒无收。然而，有一片贫瘠的高地却意外地大获丰收，这块土地的主人便是当朝"翰林院检讨"徐光启。他所种植的作物，是来自美洲的番薯。这是他的一片实验田，垦田、种植、农事、水利、农器、树艺、牧养，直至除虫、荒政等一应事务，在他的《农政全书》中都能找到详细的记述。徐光启无疑是当时"农业革命"实验的先行者，而在史学家的眼里，他是"中国开眼看世界的第一人"[①]。

1600 年，一个偶然的机会，徐光启看到外国传教士利玛窦绘制的世界地图《坤舆万国全图》。他惊呆了：地球竟然是圆的！其后，他对西方的天文、数学、测量、武器制造等先进知识发生了极大的兴趣。1604 年，徐光启考中进士进入了翰林院。从这时开始，他与西方传教士利玛窦开始了密切往还，并于 1605 年二人合作开始翻译《几何原本》，从而开启了中国"几何学"的先河。这本书的"序言"中，他写道："唐、虞之世。自羲、和治历，暨司空、后稷、工、虞、典乐五官者，非度数不为功。""度数"就是数学，他强调数学是诸多科学之基础，而《几何原本》弥补了我国数学体系的重大缺失。在代数研究上，中国一度比肩世界，但几何推演却不受重

---

① 毛佩琦《百家讲坛》。

视,《几何原本》从五个基础公理出发,严格按照逻辑论证推导出457 个命题,创造了公理化演绎方法,从而将零散的数学理论梳理为一个从基本假定到复杂结论的严密体系。

1607 年的春天,徐光启完成了《几何原本》前 6 卷的翻译,不仅开启了我国几何启蒙的先河,更重要的还在于他对科学理论的应用。徐光启敏锐注意到数学方法可以融会贯通运用于其他领域,多年后,在《大统历》的修订中,他加入了几何学的内容,运用严格的科学推导,揭示了天文观测数据背后的宇宙奥秘,填补了我国历法只有经验函数的空白,从而引发了科学思想的一次巨变。

很多人今天也许很难想象,数学教材中常用的"几何""平行线""三角形""对角""直角""相似"等名词术语,都是出自 300多年前的这位徐光启。《几何原本》前 6 卷问世后,在科学界引起巨大反响,成为后世数学研究者的必读书目,更对发展我国近代数学起到了极大的推进作用。

1633 年,徐光启去世了。这一年,伽利略被罗马教廷判处终身监禁。据说他曾坚决拒绝了来华邀请,他无法想象,在遥远的东方古国,竟然有一个官方的天文研究机构,在那里可以自由地进行科学研究,因为那时的中国"几乎什么都能接受"。科学,促使徐光启这样的朝中精英,扭转了中国传统的"体用不分"的知识观,并试图为自然科学摘掉沉重的政治枷锁。

六

学术文化发展到清代,呈现出蔚然大观之势,江南更是儒林茂峻、大师辈出,科技学术俨然独步天下,尤其乾嘉考据学成就辉煌,形成了影响至巨的学术风格。为了遏制讽议朝政、裁量人物的风气,清初对群聚生徒、讲学议政进行严加掌控,书院设坛聚徒的形式逐渐被个体的闭门钻研所代替。这样的政治文化生态,成了打造"家族学术链"的特殊背景。江南一向家学兴盛，父子兄弟、亲戚族人、师生砚友往往形成学派、发源承流，学术传承在家族内部得到持续传承。如阳湖洪亮吉家族，对诗学、经史、音韵、训诂等无书不窥，尤其在舆地、方志之学的研究上最专，并以之传家。洪亮吉著有《西夏国志》16 卷、《补三国疆域志》16 卷、《东晋疆域志》4 卷、《十六国疆域志》16 卷等。其长子洪饴孙著有《梁书州郡志》3 卷及《汉书地理志考证》等，次子洪符孙著有《禹贡地名集说》2 卷、《鄢陵县志》18 卷、《禹州志》26 卷等，幼子洪璠孙著有《补梁疆域志》4 卷及《战国地名备考》、《汉魏六朝隋唐地理书目考证》等，洪氏家族对舆地学的贡献在乾嘉之际十分突出。常州的庄氏家族亦如此，庄存与的祖父庄绛，"平生肆力于古，参订经史，凡天文、疆索、九流百家之书，靡勿穿贯"，至庄存与复兴千年不传之学，成为清代今文经学大师。其学术思想在家族中生根发芽，其子庄述祖、其孙庄绥甲、族孙庄有可等，俱在经学研究方面卓有建树。而刘逢禄、宋翔凤治今文经学，发挥微言大义，学问也皆出于舅氏庄述祖，即所谓"家学渊源有自，诗书之泽不竭。"

不过，家族文化的兴盛和学术的群星璀璨，却并未将中国同步带入近代化的进程。英国学者李约瑟在《中国科学技术史》上，曾写下了自己的困惑："为什么在公元前 1 世纪到公元 16 世纪之间，古代中国人在科学和技术方面的发达程度远远超过同时期的欧洲？"但是，"为什么近代科学却没有产生在中国，而是在 17 世纪的西方，特别是文艺复兴之后的欧洲？"这个被称为"李约瑟难题"的疑问，很耐人寻味，曾经领先世界科技 1000 年的中国，究竟为什么没能产生出近代实验科学？

前清的闭关锁国很大程度遏制了科学技术的发展，所谓"康乾盛世"也只是封建帝国日落西山之前的余晖与折光。当 1776 年英国发明家瓦特制造出了第一台蒸汽机，欧洲正在启动第一次工业革命之际，大清的乾隆皇帝却正陶醉于江南的灵山秀水，在一片阿谀奉承声中四处题额，满足于老大帝国的强盛与富足。直至已经与欧洲拉开很大差距的清晚期，中国的近代科学才迈开了蹒跚向前的脚步。而在这个艰难的探索道路上，江南人又成了新时代的弄潮儿。

19 世纪的中国，历经两次鸦片战争的失败，创深而痛巨，也终于在西方列强的坚船利炮之下被轰醒。放眼世界，经过了工业革命洗礼的西方各国，科学技术突飞猛进。而以老大帝国自居的中国正处于一种前所未有的变局之中。"师夷之长技以制夷"，"师夷之长技以自强"的呼声，成为洋务运动前期许多知识分子的心声。

1861 年，在以李鸿章、曾国藩、左宗棠为代表的洋务派官员的力主下，安庆军械所成立了。这座不大的军械研制机构，不仅是中国建立的第一个近代军事工业基地，也是中国近代机械工业的发轫，更给了江南才俊们一个发挥聪明才智的平台。在这里，不仅制造出了开花弹等新式火炮弹药，为李鸿章的湘军提供武器装备。也是在这里，无锡人徐寿、徐建寅父子与至交、数学家华蘅芳一起，还主持制造了中国历史上的第一艘机器动力轮船——黄鹄号。虽然，这艘几乎是手工打造出来的机器船"黄鹄"，在黄浦江上航行了一百多米就熄了火，但中国划时代意义的机器产业却因此迈出了革命性的第一步。

华蘅芳（1833—1902 年）是清末的著名数学家、翻译家、教育家，出身于家境优渥的荡口华氏，年幼时就对经史典籍毫无兴趣，却迷恋上了"格致学问""奇技淫巧"，尤其是偶然见到了明代数学家程大位的《算法统宗》一书后，华蘅芳顿觉心意相通，夜以继日、废寝忘食钻研数学，无师自通。好在父亲华翼纶比较开通，并未强逼儿子读诗经，还设法为儿子买来许多古算学书供其习读，如《周髀算经》《九章算术》《孙子算经》《海岛算经》《益古演段》《数学九章》《测圆海镜》等，华蘅芳如获至宝，日夕浏览，嗜读不止，在"乐观各种算学之书"中渐入佳境。此后，他又大量阅读了各种数学专著，如《历算全书》《焦理堂算记》《数理精蕴》《几何原本》等，"凡古今畴人之书，见辄购之，计家中所藏及行箧中时有携紧者，不下数百卷"，使华蘅芳对上自秦汉下至明清的算学著作有了全面、系统的把握，在数学世界中他悠游而快乐，数学为他的生活开启了一道大门，引他进入了一个缤纷的世界。22 岁时，华蘅芳结识了大他 13 岁的徐寿，更是相见恨晚。两人很快合作出版了由徐寿作图、华蘅芳作文的第一部数学著作《抛物线说》。

徐寿（1818—1884 年）自幼丧父，17 岁时母亲也去世了，这使他"赋性狷朴，耐勤苦，室仅蔽风雨，悠然野外，辄怡怡自乐"，好新奇而能吃苦的他，在生活中很具自主性。徐寿毅然放弃了在他看来全无机趣的科考，而将兴趣投向了新兴科学。他畅游于律吕（音乐）、几何、重学（力学）、矿产、汽机、医学、光学、电学等新学之中，通过各种途径淘来的书籍，成为他生活中最好的伴侣。1862 年 3 月，华蘅芳、徐寿一起进入了李鸿章设办的安庆军械所，从事机械制作的研究，合作研制蒸汽机。在安庆军械所，徐寿率先把西方数学、物理、化学、工程学等基础理论引进中国，开启了国人知识结构近代化的历程。1864 年，军械所迁往南京，改为金陵机器制造局。三年之后，徐寿又受曾国藩派遣，携子徐建寅一起来到上海，襄办江南机器制造局，从事蒸汽轮船的进一步研发。为了获取更多资料，在他和冯桂芬的积极倡议下，第二年沪上建立了翻译馆。在这里，徐寿与英国传教士维列亚力、傅兰雅合作翻译了 13 部西方科技著作，有《化学鉴原》、《化学鉴原》续编、补编，《化学考质》《化学求数》《物体通热改易论》等，将西方近代化学知识系统地引入中国，在翻译中他所创造的钠、钙、镍、锌、锰、钴、镁等中文元素译名，一直沿用至今。

和当年的沈括一样，徐寿很喜欢根据书中的提示进行物理化学实验。一次，他打算解析光谱却买不到三棱玻璃，便将自己的水晶图章磨成三角形，用折射出的七彩色谱证实了光的传递原理。另一次，他给华蘅芳、华世芳等友人的孩子们做物理实验演示。他先折了一个小纸人，然后用快速摩擦过的玻璃棒让纸人舞动起来，在一片惊奇的笑声中，就这样把摩擦生电的知识传授给了孩子们。

多水的江南自古就是造船的高地。春秋时期，吴王阖闾曾经造出过一条长约40米、可乘员600余人的三层楼船——"艅艎"，畅行海上，所向披靡。明代，郑和船队下西洋的宝船，采用了硬帆和水密隔舱等多项先进技术，从而创造了中外海上交往史的新奇迹。而华蘅芳、徐寿研制的第一艘以机器为动力的小火轮，又将我国的近代造船业推向了一个新的高度。

七

在强国兴邦的道路上，头脑灵活、视野开放的江南人最早致力于现代科技的求索，那些深埋心中的强国大梦，与开放灵动的遗传基因一起，在时代的风云更替之际又一次生动地演绎出了新的精彩华章。

20世纪的江南，是一个学人辈出的时代。伴随着西学东渐和门户开放，江南学子们在1905年科举制度寿终正寝之后，又掀起了追求新学的热潮。家境殷实的江南人家很少单纯热衷于藏金储银，而更乐于将金钱投资于子女教育。借助殷实的经济基础，许多吴地后生纷纷留洋海外，学习西方先进科技文化。

宣统三年（1911年），是辛亥革命元年。受到新思想的召唤，这一年江南小城无锡有122位学子远赴海外留学，这一人数在几年后很快增加到了243人（1920年），其中包括杨氏、顾氏、薛氏、钱氏、胡氏等当地的名门望族子弟。

　　位于无锡学前街与中山路交界处的一座江南民居，原为无锡顾氏旧居，现在是著名科学家、教育家顾毓琇的纪念馆。在这里诞生的顾氏兄弟五人（顾毓琦、顾毓琇、顾毓瑔、顾毓珍、顾毓瑞），被百姓们誉为"一门五博士"①。1923 年 8 月 17 日，21 岁的顾毓琇告别家乡，登上了从上海驶往美国西雅图的邮轮"约克逊"号，同船赴美的还有余上沅、梁实秋、许地山、冰心，以及冰心后来的丈夫吴文藻，清一色的江南子弟。据说，冰心与吴文藻的才子佳人姻缘的牵线者，正是顾毓琇。在美国麻省理工学院攻读期间，顾毓琇仅以四年半的时间便取得了电机学科的学士、硕士和博士三个学位，是麻省理工学院电机专业获得科学博士学位的第一位华人。在读期间，顾毓琇不仅成绩优异，多次获奖，还发挥了他的话剧天赋，他率领闻一多、冰心等人将东方的《琵琶行》搬上了美国大学的舞台。1929 年顾毓琇回到祖国，20 多年间，他先后在多所著名大学任教授、系主任、学院院长，为中国科技教育事业做出了重要贡献。1938 年，36 岁的顾毓琇出任教育部次长（副部长），1944 年 8 月又接替蒋介石任中央大学（今南京大学）校长，是世所公认的"科坛领袖，杏坛泰斗"。

　　远在无锡城外的玉祁镇礼舍村，以人才荟萃而闻名遐迩。在这条不过 100 多米长的小街上，不仅诞生了被誉为中国"经济学双子座"的孙冶方（薛萼果）、薛暮桥，书画家秦谷柳，微雕大师薛佛影，教育家薛仲华和科学院院士秦伯宜，诞生在薛氏大院里的薛光鄂、薛光琦琦、薛光钊、薛光钺兄弟四人，和城中虹桥湾里的顾氏一样，也创造了"一门四博士"的佳话。薛氏兄弟分别毕业于英国

---

① 顾氏一门五博士：顾毓琦，德国汉堡大学博士；顾毓琇，美国麻省理工学院博士；顾毓瑔，美国康乃尔大学博士；顾毓珍，美国麻省理工学院博士；顾毓瑞，台湾文化大学博士。

剑桥大学、美国哈佛大学和日本早稻田大学，回国后出任国民政府检察院首席检察官、教育部次长、中央大学教授和江苏省长公署参议，是国内多个学科的重要奠基者。

锡北堰桥的村前村，是一个不算大的村子，原先有个奇特的村名，叫"天上"，更令人称奇的是从村里走出的大批杰出人才。被誉为民国"胡氏三杰"的胡敦复、胡明复、胡刚复三兄弟，无疑是这个江南小村最出色的人才代表。兄弟三人出身于教育世家，父亲胡壹修和叔父胡雨人是江南一带最早的乡村新学创办者，胡氏也因此赢得了"民国教育第一家"的美称。

光绪二十三年（1907年），中国首度公派留美学生，两江总督端方在江南各学府经过层层选拔，共选出15人，由遴委候选道温秉忠护送赴美。在15位优秀的江南学子中，22岁的胡敦复与大妹胡彬夏便占了二席。胡彬夏作为女榜第一名，与她一同考取赴美留学的另三位女生，分别是王季茝、曹芳芸和宋庆龄。

数年后，胡敦复顺利获得了美国康奈尔大学的博士学位，两个弟弟胡明复、胡刚复也双双考取庚款留美资格，分别进入了康奈尔大学和哈佛大学就读，成为那个时代少有的博士和科技精英。"胡氏三杰"学成后先后回到祖国，和上一代胡氏教育家一样，他们"毁家兴学，劳怨不辞"。1912年，胡敦复与同仁一起在上海创办了大同学院（上海交大、同济的前身），耕耘杏坛，鼎力开拓中国的科教事业。而胡刚复则在南京高等师范创立了国内第一个物理学实验室，成为中国实验物理学的开山人。遗憾的是，胡明复作为中国的第一位数学博士，被数学界视为"中国现代数学真正开始的标志"人物，却于1927年回乡奔丧时不幸溺水而亡，37岁英年早逝。他的博士论文《具有边解条件的线性积分——微分方程》，备受美国数学界赞赏，于1918年10月刊载于有着很高国际声誉的《美国数学会会刊》，成为中国现代数学史上的重要学术标识。

从虹桥湾顾氏、礼社薛氏到村前胡氏，不过是江南子弟求学报国、追求科学的缩影。无数留学海外的、投身科技的江南学子，学成归来后都成为新中国一流的杰出科技人才，他们的名字已成为闪耀在中国科技史上的璀璨星辰：

"中国航天之父"钱学森（杭州人），新中国火箭和导弹技术的重要规划者和奠基人；核物理学家钱三强（杭州人），新中国核武器的总设计师，被誉为中国"两弹一星元勋"；王淦昌（常熟人），著名核物理学家、中科院院士，中国核科学的奠基人与开拓者；周培源（宜兴人），科学院院士，新中国近代力学的重要奠基人和理论物理的开创者；地理、气象学家竺可桢（绍兴人），中科院院士，长期致力于自然灾害研究，是我国气象事业和物候学的开拓者；裴维蕃（无锡人），中国科学院生物学部委员（院士），我国最杰出的植物病理学家；邹承鲁（无锡人），中国科学院资深院士，第三世界科学院院士，我国著名生物化学家；辛一心（无锡人），杰出的造船学家和教育家，当代中国船舶设计和科学研究机构创始人；唐敖庆（无锡人），理论化学家，国家自然科学基金会名誉主任，中国量子化学之父；钱伟长（无锡人），世界奇异摄动理论界的创造者，被誉为新中国的"力学之父"；王大珩（苏州吴县人），中国科学院、工程院院士，应用光学家，新中国国防光学奠基人；华罗庚（无锡宜兴人），数学大师，中国解析数论的创始人，"中国现代数学之父"；苏步青（温州平阳人），科学院院士，杰出的数学家，被誉为中国"数学之王"；茅以升（镇江人），桥梁设计建造专家，主持修建了我国第一座公路铁路桥——钱塘江大桥；还有吴健雄（苏州太仓人），世界著名的核物理学家，被誉为"原子核物理女王"，美丽的"东方居里夫人"……

这些江南灵山秀水养育的科学家，血脉深处流淌着江南独有的智慧与灵气，他们在各自的研究领域攻坚克难，经天纬地，为新中国科技大厦的构建奠立了重要基础，也为世界科技的发展做出了重要贡献。

然而，这些自然科学大家也是具有诗性气质的一群人，他们热爱生活，喜爱文学，富于情趣，追求浪漫，是这片浸润着诗意的江南沃土养育了这一群诗情洋溢的人群。即便从事的专业是自然科学，但他们心里照样不乏活跃的诗情；即便是从事枯燥、乏味、单调的科学研究，他们心里也不乏生活的情趣。

他们右手科研实验，左手写诗著文，既有"百炼钢"的坚硬，也有"绕指柔"的温婉。顾毓琇（无锡人，1902—2002 年）是世界著名的机电科学家和计算机发明人之一，但他一生却留下了 8000 多首诗词，10 部话剧，两本小说，两本散文和一本佛教著作，文学创作几乎伴随了他的一生。同时，顾毓琇也是国立音乐学院（今中央音乐学院）的创始人和首任院长，中国古乐谱的研究权威，中国黄钟标准音的制定者，曾兼任国立交响乐团团长和礼乐馆的馆长，可谓科学、文学、艺术无所不能。

郑桐荪（1887—1963 年，吴江人）是著名数学家，早年毕业于康乃尔大学数学系，是清华算学系的创办人之一与首任主任，著有《四元开方释要》《微分方程初步》和数学史专著《墨经中的数理思想》等，但又精通二十四史，对历代兴废、山川变革、乃至名胜古迹、遗闻轶事颇有研究，著有《禹贡地理新释》《元明两代京城之南面城墙》以及《吴梅村诗笺释》《宋词简评》等文学评著，并创作了数百篇诗词，同时也是国画、书法、收藏的爱好者。

竺可桢（1890—1974 年，绍兴人），当代著名气象学家，毕业于哈佛大学，精通英、法、德、俄多种外语，科研上追求"排万难冒百死以求真知"，"博学之，审问之，慎思之，明辨之，笃行之"，但文学思维却涌动于科学叩问之间。他的《物候学》是一部科普著作，不禁文字流畅好读，还征引了许多古典诗词，如李白、杜甫、王之涣、刘禹锡、陆游的诗。那首陆游的诗就被他随手拈来形容初冬景物："平生诗句领流光,绝爱初冬万瓦霜。枫叶欲残看愈好,梅花未动意先香",科学著作中也流淌着唐宋诗词的馨香。

茅以升(1896—1989年,江苏丹徒人)是中国最著名的桥梁专家,中华科协副主席,会造桥,古典文学功底也很深,能将汉代的《京都赋》等古代诗文倒背如流。他撰写的《桥话》《中国石拱桥》《桥梁次应力》《钱塘江桥》《中国的古桥与新桥》《五桥颂》《二十四桥》《人间彩虹》等著作,既是科普著作,也是文学散文。因文笔优美知识性强《中国石拱桥》被选入初中语文课本,沿用至今。

苏步青(1902—2003年,浙江平阳人),著名数学家,亦能诗能文。苏步青最爱诗,几十年笔耕不辍,有近千首诗作存世。早在20世纪30年代末,他就和数学大师钱宝琮等创设湄潭吟社,在生活极度困难的情形下,自费出版《湄潭吟社诗存》(第一辑)。96岁高龄时又出版《苏步青业余诗词钞》,收近体诗444首、词60首,折射出这位科学家的诗书气质和文艺光华。在他赠予学生、数学家张素诚的著作《射影几何概论》扉页上,也是一首题诗:"三十年前在贵州,曾因奇异点生愁。如今老去申江日,喜见故人争上游",不仅打破了题词俗话,也将师生之情和盘托出,足见其诗艺功底的深厚。

著名数学家华罗庚(1910—1985年,江苏金坛人)也是一位诗词爱好者,平日说话妙语佳句频出,常使满座为之倾倒。1980年,华罗庚在苏州指导统筹法和优选法时,就写过"观棋不语非君子,互相帮助;落子有悔大丈夫,纠正错误"的对联。他有许多警言令人回味:"锦城虽乐,不如回故乡;梁园虽好,非久留之地。归去来兮。""日累月积见功勋,山穷水尽惜寸阴。"他常对人说"见面少叙寒暄话,多把艺术谈几声"。"科学的灵感,绝不是坐等可来。科学上要做敢于发现的弄潮儿，登上高峰采得仙草，深入水底觅得骊珠。"这些警句简洁、精辟、形象、隽永，充分显示了华罗庚不凡的文学修养。

被誉为"导弹之父"的钱学森（1911—2009 年，浙江杭州人），也是一位有着很高艺术造诣和文学修养的科学家，他曾说："科学家不是工匠，科学家的知识结构中应该有艺术，因为科学里有美学。"平日里，他与夫人蒋英弹钢琴、拉小提琴，欣赏欧洲古典音乐，生活中充满艺术情趣。他曾说，"难道搞科学的人只需要数据和公式吗？搞科学的人同样需要有灵感，而我的灵感，许多就是从艺术中悟出来的。"

钱锺书（1910—1998 年，无锡人）是做学问好手，也是文学创作的天才，《管椎篇》是探究文艺理论奥秘的著作，而《围城》则是表现人生百态的名著，"站在人生边上"的钱锺书更是典型的江南学人的代表，上帝在成就他缜密的科学思维的同时，同样赐予他幽默风趣诙谐的因子，让他成为形象思维的高手。

科技的旨归在于清晰地揭示出事物的内在规律，且不容人抗拒与反驳，最好不留一丝罅隙；而文学艺术的妙处却在无须写尽，给人留下想象的余地，让人回味无穷，"雾失楼台，月迷津渡，桃源望断无寻处"，恰如国画中大写意的笔法，妙在似与不似之间。从事科技的人需要的是理性的抽象思维，而操持文学艺术的人却需要灵秀的形象思维，二者截然相反，迥然相异，相去千里。然而，在江南子弟这里，科技转身一变而为文思，顿生妙趣。山的沉稳坚实与水的灵动活络是江南人的群体秉赋，也成就了众多文人气质的科学家。

太湖鼋头清三山一带的风光

2015 年 1 月，距中国科学社的成立和《科学》杂志问世，已经整整过去了 100 年，但江南学子们追求科学、探索真理的文脉仍会延续不息。江南，这片古老而神奇的土地，在漫长的历史进程中，一直扮演着一个无以取代的重要角色。这里有华夏民族文化的弥足珍贵的血脉传承，也潜隐着一部江南儿女追求真理、探求科技的传奇，在灵动智慧中有着务实坚韧的守望，在安逸自足中涌动着创新创造的渴望，融汇着实干的激情和诗意的梦想，江南温润而诗性的文化最终沉淀为一代又一代的人文气质和内在精神，成为这片土地永葆活力、生生不息的动能。

主要参考文献

1. 文震亨：《长物志》，重庆出版社 2008 年版。

2. 计成：《园冶》，中国建筑工业出版社 2010 年版。

3. 陈从周：《园说》，同济大学出版社 2007 年版。

4. 刘士林：《江南文化精神》，上海大学出版社 2009 年版。

5. 周宪：《文化表征与文化研究》，北京大学出版社 2007 年版。

6. 李伯重：《多视角看江南经济史》，三联书店 2003 年版。

7. 庄若江、蔡爱国、高侠：《吴文化内涵的现代解读》，中国文史出版社 2014 年版。

8. 盛翀：《江南园林意境》，上海交通大学出版社 2009 年版。

9. 江苏省社科联：《江苏人文精神概论》，凤凰出版社 2009 年版。

10. 陈嵘：《书香苏州》，南京出版社 2014 年版。

11. 蒋伟坚：《书香无锡》，上海文艺出版社、上海锦绣文章出版社 2012 年版。

12. 【日】大木康著，周保雄译：《明末江南的出版文化》，上海古籍出版社 2014 年版。

13. 邹振环、黄敬斌：《明清以来江南城市发展与文化交流》，复旦大学出版社 2011 年版。

14. 蒋明宏等：《明清江南家族教育》，知识产权出版社 2013

年版。

15. 刘士林：《人文江南关键词》，上海音乐学院出版社 2008年版。

16. 刘方：《盛世繁华——宋代江南城市的繁荣与变迁》，浙江大学出版社 2011 年版。

17. 郭明友：《明代苏州园林史》中国建筑工业出版社 2013年版。

18. 蒋金民：《明清江南文才甲天下及其原因》，东南文化，1988 年 4 月刊。

19. 罗时进：《明清江南文化型社会的构成》，浙江师范大学学报，2009 年 9 月刊。

20. 刘士林：《西洲在何处——江南文化的诗性叙事》，东方出版社 2005 年版。

21. 周振鹤：《中国历史文化区域研究》上海复旦大学出版社 1997 年版。

22. 朱夏君：《二十世纪昆曲研究》，上海古籍出版社 2015年版。

23. 景遐东：《江南文化传统的形成及主要特征》，浙江师范大学学报，2006 年 8 月刊。

24. 梅新林：《剑与箫：江南文化精神的二重演绎》，中国社会科学报，2011 年 7 月 12 日。

25. 董雁：《晚明文人园林观演剧活动及其戏曲史意义》，西北大学学报，2010 年 5 月刊。

26. 刘士林：《江南轴心期与中国古典美学精神的生成》，浙江学刊，2004 年第 6 期。

27. 张兴龙：《江南文化的区域界定及诗性精神的维度》，东南文化，2007 年第 3 期。